MICHAEL GERWIEN
Mord am
Viktualienmarkt

BIERGARTENKRIMI Freitagnachmittag in der bayerischen Landeshauptstadt. Seit Tagen herrscht eine extreme Föhnlage. Die Stimmung der Menschen in München ist deshalb reichlich aggressiv und aufgekratzt. Exkommissar Max Raintaler und sein Freund und Exkollege Franz Wurmdobler feiern im lauschigen Biergarten auf dem Viktualienmarkt die Lösung ihres letzten Falles. Kurz nachdem sie ihr erstes Bier geholt haben, gesellen sich zwei sympathische Urlauberinnen zu ihnen, die brünette Mathilde Maier und die blonde Dagmar Siebert aus Dortmund. Dagmar bleibt wenig später verschwunden, nachdem sie sich von allen wegen eines kurzen Treffens mit einem Bekannten am Marienplatz verabschiedet hatte. Da sie am Abend immer noch nicht zurück ist, machen sich Mathilde und Max auf die Suche nach ihr. Dabei wird Max von hinten niedergeschlagen. Als er wieder aufwacht, ist Mathilde ebenfalls nicht mehr auffindbar. Max und Franz befürchten, dass ein Verbrechen dahinter stecken könnte und machen sich auf die Suche nach den beiden Frauen.

Michael Gerwien lebt in München. Er arbeitet dort als Autor von Kriminalromanen, Thrillern, Kurzgeschichten und Romanen. Seine Lesungen begleitet er selbst mit Musik.

© privat

MICHAEL GERWIEN

Mord am Viktualienmarkt

Ein Fall für Exkommissar Max Raintaler

Immer informiert

Spannung pur – mit unserem Newsletter informieren wir Sie
regelmäßig über Wissenswertes aus unserer Bücherwelt.

Gefällt mir!

Facebook: @Gmeiner.Verlag
Instagram: @gmeinerverlag
Twitter: @GmeinerVerlag

MIX
Papier aus verantwortungsvollen Quellen
FSC® C083411
FSC
www.fsc.org

Besuchen Sie uns im Internet:
www.gmeiner-verlag.de

© 2021 – Gmeiner-Verlag GmbH
Im Ehnried 5, 88605 Meßkirch
Telefon 0 75 75 / 20 95 - 0
info@gmeiner-verlag.de
Alle Rechte vorbehalten
2. Auflage 2021

Lektorat: Claudia Senghaas, Kirchardt
Herstellung: Mirjam Hecht
Umschlaggestaltung: U.O.R.G. Lutz Eberle, Stuttgart
unter Verwendung eines Fotos von: © EdLantis / stock.adobe.com
Druck: CPI books GmbH, Leck
Printed in Germany
ISBN 978-3-8392-0052-0

Personen und Handlung sind frei erfunden.
Ähnlichkeiten mit lebenden oder toten Personen
sind rein zufällig und nicht beabsichtigt.

1

Freitagnachmittag, München, Viktualienmarkt. Der Föhn dauerte jetzt schon drei Tage an. Es war deshalb viel zu warm für die Jahreszeit. Die trotz des Sonnenscheins teils übellaunigen und unnatürlich aufgekratzt wirkenden Gesichter der hin und her eilenden Leute bereiteten dem sportlich kurzgeschorenen Ex-Kommissar Max Raintaler keine rechte Freude.

Herrschaftszeiten, sollten sie sich doch lieber zusammenreißen und ihn ein wenig aufheitern. Mit einem netten Lächeln zum Beispiel. Föhngrantig war er schließlich selber.

»Ich hol uns noch eine Halbe«, meinte der kleine, aber dafür sehr rundliche glatzköpfige Hauptkommissar Franz Wurmdobler, sein früherer Kollege bei der Kripo.

Max saß seit einer Stunde mit ihm an einem schattigen Tisch in einem gemütlichen kleinen Biergarten inmitten der Obst- und Gemüsestände. Es roch überall nach einer wilden Mischung aus Knoblauch, Kräutern, Blumen, Käse, Bier, Schweinsbraten, Sauerkraut und Schweinswürschteln. Vor einer guten halben Stunde hatten sich zwei sympathisch wirkende, gut gekleidete Frauen im mittleren Alter zu ihnen gesetzt. Sie hatten sich ihnen als Dagmar und Mathilde vorgestellt.

»Die Damen auch noch ein Bier?« Franz zeigte auf ihre fast leeren Gläser.

»Danke, Herr Franz. Sehr lieb. Aber wir holen uns

später selbst noch etwas.« Die auf seiner Seite des Tisches sitzende blonde Dagmar lächelte kurz.

»Ist in Ordnung. Man will sich auf keinen Fall aufdrängen.« Er nickte mit zurückhaltendem Gesichtsausdruck.

»Also, von mir aus gern«, erwiderte Max. Seine stahlblauen Augen strahlten fröhlich. »Bei dem trockenen Wind kriegt man ja Risse im Gesicht.«

Franz trollte sich lachend Richtung Ausschank.

Der Föhn, ein warmer Fallwind von der Alpennordseite, war in erster Linie angenehm trocken und mild auf der Haut zu spüren. Aber er wirkte auch auf das Gemüt und konnte so die Menschen im ganzen Voralpenland und speziell in München förmlich in den Wahnsinn treiben. So mancher sollte deswegen bereits aus dem Fenster gesprungen sein oder jemanden in rasender Wut erschlagen haben.

»Soll ich uns doch lieber gleich noch ein schönes Bierchen holen, Mathilde?« Dagmar bedachte ihre dunkelhaarige Begleiterin mit einem fragenden Blick.

Alle zwei waren vom Typ Naturschönheit ohne viel Schminke im Gesicht, wie Max gleich zu Beginn erfreut registriert hatte.

»Gerne, meine Liebe.« Sie schaute Max von der Seite an, während sie mit Dagmar sprach, und er bekam prompt das Lächeln geschenkt, das er sich gerade eben noch gewünscht hatte.

»Selbst ist die Frau, stimmt's?«, sagte er und sah abwechselnd von einer zur anderen.

»Wir wollen nur niemandem zur Last fallen, Max.« Dagmar räusperte sich umständlich.

»Verstehe.«

Die zwei hatten vorhin erzählt, dass sie aus Dortmund kamen und einen kurzen Wochenendtrip zusammen unternahmen. Sie seien absichtlich ohne Anhang am Vormittag mit dem Flieger angereist. Damit sie mal richtig schön ausspannen und shoppen gehen könnten.

Max und Franz hatten die offenherzigen Geständnisse mit einem interessierten und erfreuten Kopfnicken quittiert.

Möglicherweise hatten die beiden das aber missverstanden und nun befürchtet, sich mit einem angenommenen Angebot zum Biermitbringen zu etwas zu verpflichten, das sie am Ende gar nicht wollten. Vielleicht waren sie aber auch einfach nur schüchtern oder eigen.

»Ganz schön heiß hier bei Ihnen«, richtete sich die sehr schlanke Mathilde an Max, als ihre groß gewachsene Freundin Dagmar, wie zuvor bereits Franz, in Richtung Schenke verschwunden war. »Und das sogar Ende April und am späten Nachmittag.«

»Das dürfen Sie laut sagen«, erwiderte er lächelnd. Schüchtern fand er sie eigentlich nicht. Eher zurückhaltend. Was aber auf gar keinen Fall unsympathisch wirkte. »Man nennt uns Münchner auch die Sizilianer Deutschlands.« Er zog vielsagend die Brauen hoch.

»Das habe ich schon mal gehört.« Sie lachte glockenhell. »Die Männer hier sehen auch fast so gut aus wie die Italiener.«

»*Fast* so gut?« Er runzelte mit gespieltem Entsetzen die Stirn.

»Besser«, korrigierte sie sich. »Weil größer.« Sie lachte

erneut. »Ich persönlich mag dunkle Haare sehr gern bei Männern.« Ihr Blick war direkt.

»Blonde nicht?«

»Blonde erst recht.« Sie lachte erneut.

»Auch wenn sie kurz sind und graue Strähnen haben, wie bei mir?«

»Unbedingt.«

»Jetzt sind wir beieinander. Mir gefallen dunkle und blonde Haare auch sehr gut.« Er lachte ebenfalls.

»Hauptsache Haare.« Sie lachte noch lauter als zuvor.

»Ja, genau. Prost.«

Sie stießen mit den Resten in ihren Biergläsern an und tranken sie unverzüglich leer.

»Bei uns in Bayern duzt man sich übrigens am Biertisch, Mathilde.«

»Geht in Ordnung, Max.« Sie lachte wieder. »Bei uns in Dortmund trinkt man übrigens Pils.« Sie zeigte auf die leeren Gläser.

»Nichts für mich.« Max schüttelte sich mit gespieltem Ekel. »Viel zu bitter, und dann diese winzigen Gläschen. Da ist mir unser Münchner Helles schon lieber.«

»Hast du denn schon einmal ein Pils probiert?« Wenn sie ihren Kopf schräg legte, schien ihr die Sonne seitlich in die bernsteinfarbenen Augen und brachte sie somit auf wunderschöne Art zum Leuchten.

»Ich hab mir von einem guten Bekannten erzählen lassen, wie es schmeckt. Das reicht.« Max winkte ab.

»Aber hier in München gibt es doch sicher auch Pils.«

»Mein Durst ist viel zu groß für kleine Gläser.« Er schüttelte den Kopf. Lachte aber dabei. Natürlich hatte er bereits des Öfteren Pils getrunken, und natürlich war das hier ein reichlich inhaltsloses Gespräch. Aber das harmlose Geplänkel machte ihm gerade einfach Spaß. Schließlich konnte man sich nicht immer über Kriminalfälle, Politik, Fußball und andere wirklich wichtige Themen unterhalten.

»Flunkerst du mich etwa an?« Sie grinste breit.

»Weiß man's?« Er machte ein geheimnisvolles Gesicht.

»Warst du denn schon einmal in Dortmund?«, fragte sie.

»Warst du schon mal auf der Zugspitze?«

»Nein. Wieso?« Sie schüttelte den Kopf.

»Na siehst du.«

»Ich fürchte, ich verstehe nicht ganz.« Mathilde wirkte irritiert.

»Macht nichts, alles gut.« Er winkte mit einem erneuten Lachen ab.

»Wenn du meinst.« Sie hörte auf zu lächeln.

»Nur ein alberner Spaß«, fuhr Max fort, der bemerkte, dass sie auf dem inneren Rückzug war. Möglicherweise fühlte sie sich von ihm auf den Arm genommen. Das wollte er aber auf keinen Fall. »Aber wenn du Bayern richtig kennenlernen willst, musst du unbedingt auf die Zugspitze«, fügte er erklärend hinzu.

»Warum?«

»Weil du von da aus alles von oben sehen kannst.« Max zeigte in den weiß-blauen Himmel der bayerischen Landeshauptstadt hinauf.

»Aha, ein Romantiker.«

»Nein, Skifahrer.«

»Was hat das damit zu tun?«

»Auf der Zugspitze kann man Skifahren.«

Hast du das gerade wirklich so gesagt, Max Raintaler? Anscheinend hast du bereits zu viel Sonne abbekommen. Sie kommt doch gar nicht mehr mit bei deinem Schmarrn.

»Tatsächlich?«

»Tatsächlich. Deshalb war ich auch schon so oft dort oben.« Max fragte sich, wann er wohl zuletzt ein solch umständliches Gespräch geführt hatte. Blieb nur die Frage offen, ob es an ihr, an ihm, an allen beiden oder am Föhn lag.

»Dann muss ich irgendwann wohl auch mal hinauf.«

»Unbedingt. Aber heute ganz bestimmt nicht.«

»Warum?«

»Wir haben Föhn und wenn Föhn ist, tobt dort oben ein regelrechter Sturm. Zwar warm, aber heftig.«

»Was ist das mit diesem Föhn? Ich kenne das Teil nur zum Haare föhnen.« Sie lachte.

»Der Föhn ist ein warmer Fallwind aus den Alpen, der auf die Psyche geht. Die Leute drehen durch, wenn er weht.«

2

Eine blonde Frau ging direkt auf Franz zu, der in der Reihe vor der Schänke stand und ungeduldig darauf wartete, dass es weiterging. Schließlich war er nicht zum Vergnügen hier. Er hatte Durst. Als sie näher kam, identifizierte er sie schnell als Dagmar, die größere der beiden Urlauberinnen, die neben ihm und Max am selben Tisch saßen.

»Hallo, Herr Franz«, sagte sie.

»Franz genügt.« Er lächelte freundlich.

»Gut, Franz. Darf ich Sie nun doch um einen Gefallen bitten?«

»Wenn ich ihn erfüllen kann, gerne.« Er lächelte breiter.

»Könnten Sie Mathilde bitte ein Bier mitnehmen? Ich habe gerade einen Anruf von einem guten Bekannten bekommen und muss unbedingt persönlich ein paar Worte mit ihm wechseln.«

»Kein Problem«, erwiderte er. »Das hätten Sie aber auch gerne vorhin am Tisch sagen können.«

»Ich wollte nicht unverschämt wirken. Hier.« Sie hielt ihm einen Zehneuroschein hin.

»Lassen Sie nur.« Er winkte ab. »Das können Sie mir später geben. Ich leg es derweil für Sie aus.«

»Aber nehmen Sie doch.« Sie wedelte mit dem Geld.

»Passt schon.«

»Wirklich?«

»Ja.«

»Dann danke vielmals. Das ist wirklich sehr nett von Ihnen.« Sie schenkte ihm einen kurzen, offenen Blick, verstaute das Geld in ihrer Handtasche, verabschiedete sich von ihm und schickte sich an, Richtung Marienplatz davonzugehen.

Nach zwei Schritten drehte sie sich noch einmal zu ihm um.

»Ich bin in einer guten halben Stunde zurück«, sagte sie. »Gehe nur vor zum Rathaus. Kann ich Mathilde solange beruhigt Ihrer Obhut überlassen?«

»Selbstverständlich. Sie können meinem Freund Max und mir blind vertrauen.« Franz nickte.

»Das hört man gerne. Bis dann.« Sie winkte ihm zu und entfernte sich.

Franz blickte ihr immer noch breit lächelnd nach. Gut, dass ihn seine bessere Hälfte Sandra gerade nicht sah. Sie hätte bestimmt gleich wieder einen Grund für ihre fast schon sprichwörtliche Eifersucht entdeckt.

»Der Nächste!«, machte sich der schnauzbärtige Schankkellner mit laut schallendem Bariton bemerkbar.

»Drei Halbe, bitte. Aber gut eingeschenkt.« Franz wusste, dass sie es hier mit dem Eichstrich auf dem Glas nicht so genau nahmen. Für ihn ging so etwas gar nicht. Es kam einer Todsünde gleich, beim Bierausschank nicht korrekt vorzugehen. Da hörte jeglicher Spaß auf. Das hier war schließlich nicht Timbuktu, sondern die bayerische Landeshauptstadt. Ein Ort der altehrwürdigen Biertradition und der dazugehörigen Ernsthaftigkeit.

»Bei uns wird immer gut eingeschenkt«, erwiderte

der riesige, knorrige Bursche mit den leuchtend blauen Augen.

»Da habe ich aber etwas anderes gehört.« Franz sah ihn unbeeindruckt an.

»Dann haben Sie etwas Falsches gehört.«

Der auf einmal reichlich pampige Tonfall des Bierverkäufers legte die Vermutung nahe, dass er, wie so viele andere, den starken Föhn am heutigen Tag nicht vertrug. Kunden, die ihm Widerworte gaben, offenbar erst recht nicht.

»Das glaube ich weniger.« Franz konnte es nicht leiden, wenn man ihm unfreundlich kam. Wer konnte das schon. Gleichzeitig machte er sich Vorwürfe, dass er im Moment wohl selbst nicht unbedingt der zuvorkommendste Zeitgenosse unter der Sonne war. Schließlich hatte er schon herumgemotzt, bevor der Mann überhaupt einschenken konnte. Auch nicht gerade die feine bayerische Art.

Jetzt lass ihn halt in Ruhe seine Arbeit machen. Er hat es auch nicht leicht bei dem heißen Wetter und dieser Masse an Leuten.

»Dann glauben Sie halt das Falsche.«

»Bekomme ich jetzt mein Bier, oder ist das hier neuerdings ein Debattierklub?« Franz lachte kurz über den seiner Meinung nach gelungenen Scherz, den man allerdings auch als ernst gemeint auffassen konnte.

»Wenn Sie sich weiter so aufspielen, kriegen Sie gar nichts von mir.« Der Schankkellner stemmte seine Hände in die Hüften. Er schien den Spruch von Franz nicht witzig zu finden und blickte ihn herausfordernd an.

»Da schau her. Sie wollen der Münchner Kripo also ihr wohlverdientes Feierabendbier vorenthalten«, scherzte Franz weiter.

Eines ist sicher. Der geht zum Lachen in den Keller.

»Wenn du Gartenzwerg von der Kripo bist, bin ich der Kaiser von China.« Der Schankkellner grinste höhnisch, während er mit einem abschätzigen Blick auf Franz hinunterblickte.

Der zückte nur lässig seinen Dienstausweis und hielt ihn seinem Gegenüber mit ausgestrecktem Arm unter die Nase.

»Und jetzt hätte ich gern mein Bier, Eure Majestät«, sagte er. »Gut eingeschenkt, wie gesagt. Bitte schön.« Er lächelte übertrieben liebenswürdig. Dann steckte er seinen Ausweis wieder ein.

»Äh, selbstverständlich, Herr Hauptkommissar. Das konnte ich ja nicht wissen.« Der Schankkellner deutete eine kleine Verbeugung an. Er errötete. Von einer Sekunde auf die andere standen kleine Schweißperlen auf seiner Stirn.

Franz grinste innerlich. »Jaja«, sagte er abwinkend, »schon recht.«

Schon merkwürdig, wie viele Zeitgenossen im Angesicht der Polizeimarke ein schlechtes Gewissen zur Schau tragen. Es muss mehr Leichen in den verschiedenen Kellern dieser Welt geben, als wir jemals finden können. War ich gerade ein Arschloch? Ich glaube schon. Egal.

Dann nahm er seine drei gut eingeschenkten Halben entgegen, bezahlte und ging zu Max und Mathilde zurück an den Tisch.

3

Dagmar kam nicht nach einer guten halben Stunde zurück in den Biergarten. Auch nicht nach einer Stunde. Mathilde war die Sorge um ihre Freundin deutlich anzusehen.

»Normalerweise ist sie absolut zuverlässig«, sagte sie aufgeregt zu Max und Franz. »An ihr Handy geht sie auch nicht. Sehr merkwürdig.«

»Bestimmt hat sie es leise gestellt, weil sie bei ihrem Treffen nicht gestört werden will«, vermutete Max, der längst von Franz von dessen Gespräch mit Dagmar erfahren hatte.

»Glaub ich auch.« Franz nickte.

»Ich weiß nicht.« Mathilde, die direkt neben ihm saß, knetete unruhig ihre Finger. »Hoffentlich ist ihr nichts passiert.«

»Hier in der Innenstadt?« Max schüttelte den Kopf. »Viel zu viele Leute.« Er bemühte sich, so ruhig wie möglich zu klingen.

Natürlich wusste er als Ex-Kriminaler, dass immer und überall etwas Schlimmes passieren konnte. Aber er wollte nicht, dass sich die ohnehin schon besorgte Mathilde noch mehr beunruhigte. Zumal es ihm als unwahrscheinlich erschien, dass ihrer Freundin tatsächlich etwas zugestoßen war. Es war doch oft so: Ein kurzes Treffen zog sich in die Länge, weil es auf einmal doch viel mehr zu sagen gab, als ursprünglich gedacht.

»Wenn du das sagst.« Sie lächelte flüchtig. »Mit wem mag sie sich nur getroffen haben?«

»Wenn du das nicht weißt, weiß ich es erst recht nicht.« Max sah sie mit großen Augen an.

»Stimmt.« Sie zuckte nur die Achseln.

»Sie kommt bestimmt bald wieder.« Er klang zuversichtlich. »Hast du Hunger?«

»Ich glaube schon. Weiß nicht …« Sie sah ihn unentschlossen an.

»Dann hole ich uns jetzt original bayerische Schweinswürschtel mit Kraut. Schon mal gegessen?« Er blickte sie erwartungsvoll an.

»Das letzte Mal, als ich in München war.« Sie nickte. »Schmecken sehr gut.«

»Ich bin sofort zurück.« Max erhob sich, noch während er sprach, von seinem Platz und eilte davon.

Während er sich an der Essensausgabe des kleinen Biergartens in die Reihe der Wartenden stellte, geisterten ungute Gedanken in seinem Kopf umher.

Hoffentlich ist Dagmar wirklich nichts passiert. Das wäre nicht lustig, und es hieße Arbeit.

Franz und er hatten zufälligerweise gerade gestern einen Entführungsfall abgeschlossen. Franz als Leiter des Kommissariats in der Hansastraße, in dem unter anderem Entführungsfälle und Mord bearbeitet wurden. Er als externer Berater und ehemaliger Hauptkommissar mit viel Erfahrung und einer großen Anzahl an erfolgreich gelösten Fällen.

Das wollten sie eigentlich heute feiern. Nur deshalb waren sie hier. Gott sei Dank konnten sie das Opfer, zufällig eine Frau wie Dagmar, retten und den Kerl, der sie gefesselt in einem Heizungskeller fast verhungern und verdursten ließ, fassen. Es hatte nicht lange gedauert, bis er gestand.

Er kam mit einem Teller voller Würschtel und einem Extrateller Sauerkraut sowie einer großen Brezen an den Tisch zurück.

»Das sieht aber wirklich gut aus«, freute sich Mathilde.

»Bayern von seiner besten Seite.« Franz grinste zufrieden, während er Max den Teller mit den Würsteln abnahm und ihn direkt vor sich auf dem Tisch abstellte.

»Die sind für uns alle«, ermahnte ihn Max. Schließlich kannte er seinen besten Freund aus Kindertagen in- und auswendig. »Auch für Dagmar, wenn sie gleich wieder da ist.«

»Natürlich. Was denkst du denn?« Franz zog mit gespielter Empörung die Stirn kraus. »So viele schaffe ich doch gar nicht alleine.«

»Kein Wort wahr.« Max grinste breit.

Mathildes Handy klingelte.

»Dagmar?« Max sah sie neugierig an.

»Leider nicht.« Mathilde schüttelte den Kopf. »Nur eine Freundin aus Dortmund.«

»Vielleicht weiß die ja was.« Max nickte ihr aufmunternd zu.

Sie ging ran.

»Sabine, hallo … Ja, es ist sehr schön hier. Aber stell dir vor, Dagmar ist verschwunden. Ja, hier in München. Ich sitze auf dem Viktualienmarkt und warte auf sie. Sie geht nicht an ihr Handy.« Mathilde klang nach wie vor verunsichert und nervös.

»Schon merkwürdig«, raunte Max derweil Franz zu, der gerade gierig kauend sein drittes Schweinswürschtel in die Hand nahm.

»Hmm.« Er nickte nur und aß weiter.

»Nein, sag ihm nichts. Sonst macht er sich nur Sorgen.« Mathilde sprach nun lauter. »Ach, er ist sowieso nicht zu Hause? Wo denn dann? … Aha. Na gut. Ja, ich melde mich, sobald ich etwas Neues weiß.«

Sie legte auf.

»Jörg ist nicht zu Hause«, erklärte sie Max und Franz.

»Wer ist Jörg?« Max sah sie neugierig an.

»Hmm.« Franz dagegen ließ sich auch jetzt nicht beim Essen stören.

»Ach so. Könnt ihr ja nicht wissen.« Mathilde schüttelte flüchtig lächelnd den Kopf. »Jörg Krieger ist Dagmars junger Freund daheim in Dortmund.« Sie verstaute ihr Smartphone wieder in ihrer Handtasche. »Dagmar ist der Meinung, dass er in seiner eigenen Wohnung wäre. Ist er aber nicht, meint Sabine.«

»Wo ist er denn jetzt, wenn er nicht zu Hause ist?« Max konnte nicht anders, als weiterzufragen. Die Macht der Gewohnheit des Kriminalers in ihm.

»Das wusste Sabine auch nicht genau. Sie wollte ihn etwas wegen Dagmars Geburtstag nächste Woche fragen, hat ihn aber nicht erreicht. Auch auf dem Handy nicht. Jetzt vermutet sie, dass er zum Angeln gefahren ist und sein Telefon ausgeschaltet hat.«

»Für länger?«

»Keine Ahnung. Wieso?« Mathilde zuckte die Schultern.

»Nur so.« Max blickte ausdruckslos drein.

»Er fährt immer nach Holland und verkriecht sich dort irgendwo für ein paar Tage. Vor allem, wenn er und Dagmar Streit hatten.«

»Hatten sie?«

»Kurz bevor wir losfuhren. Sie zanken sich oft.« Sie zuckte erneut die Schultern. »Er hat da wohl einen Platz am Meer, wo man vom Ufer aus Fische erwischen kann. Wo genau das ist, verrät er niemandem.«

»Aha.« Max nickte. »Vielleicht ist er ja hier in München, weil er sich versöhnen wollte.«

»Zuzutrauen wäre es ihm.« Sie sah ihn nachdenklich an.

»Du musst unbedingt auch ein paar Würschtel essen«, meinte Max. Er zeigte auf den halbleeren Teller vor Franz. »Sonst sind sie weg.«

»Ich habe eigentlich gar keinen Hunger.« Sie blickte nachdenklich durch ihn hindurch.

»Der kommt beim Essen. Mach dir nicht so viele Sorgen. Dagmar ist bestimmt bald zurück.« Er zog Franz den Teller unter der Nase weg und schob ihn vor Mathilde.

»Hey, Moment mal«, protestierte Franz, »ich bin noch nicht fertig.«

»Schon recht, Franzi. Jetzt ist aber erst mal unser Gast an der Reihe. Wir sind doch höflich, oder?«

Während Mathilde zaghaft in eines der Würschtel biss, schickte Max seiner Teilzeitlebensabschnittsgefährtin Monika Schindler eine Nachricht aufs Handy, dass es später werden würde, bis er ihr heute in ihrer kleinen Kneipe in der Nähe des Tierparks beim Ausschenken helfen könne. Er und Franz hätten leider noch kriminalistisch zu tun. Da könne er im Moment nichts dagegen tun.

Das würde sie ihm bestimmt eher nachsehen als die Tatsache, dass sie in netter Gesellschaft am Viktualienmarkt saßen und Bier tranken. Vorausgesetzt, sie glaubte ihm überhaupt, was sie oft genug nicht tat, wie er wusste.

4

»Max wollte pünktlich zum Abendessen hier sein und mir danach hinter dem Tresen helfen«, sagte Monika zu ihrer Freundin Anneliese, während sie die Tür zu ihrer kleinen Kneipe aufsperrte. Sie waren in den Isarauen spazieren gewesen, und um 18 Uhr ging, wie an jedem Wochentag, das Geschäft los. »Und jetzt klebt er sicher wieder mit Franzi an irgendeinem Bierausschank in der Stadt fest. Immer dasselbe.«

»Und wenn schon«, erwiderte Anneliese. »Du kennst doch die Männer. Sobald sie zwei Halbe zu viel haben, kommen sie ins Ratschen und Herumblödeln, und alles andere ist vergessen.«

Die platinblonde Anneliese Rothmüller war Monikas älteste und beste Freundin. Blond und schwarz passt immer gut, scherzten die zwei gerne, wenn sie zusammen ausgingen oder gemeinsam eine Urlaubsreise unternahmen.

»Aber die Arbeit hier macht sich nicht von selbst. Bei dem heftigen Föhn ist der Biergarten heute bestimmt rappelvoll.« Obwohl sie ihr Lokal über alles liebte, graute Monika fast schon vor dem abendlichen Ansturm der Gäste, der bei dem heutigen warmen Wetter von ihr allein wohl kaum zu bewältigen war. Morgen und am Sonntag würde sich das besser verteilen, weil sie da schon mittags aufmachte. Aber heute war ihr voller Einsatz gefragt.

»Und wie immer bei Föhn wird die Hälfte deiner Gäste total grantig und daneben sein«, meinte Anneliese. »Das wird ein Spaß.«

»Das darfst du annehmen.« Monika nickte.

»Ich helfe dir.« Anneliese holte sich eine der weißen Schürzen, die hinter dem dunklen Holztresen hingen, vom Haken.

»Musst du aber nicht, Annie. Genieß doch lieber deinen wohlverdienten Eheruhestand.«

»Wer rastet, der rostet.«

Annelieses Mann hatte sie wegen einer Jüngeren verlassen, ihr aber dank ihres hervorragenden Anwalts ein riesiges Haus in bester Lage sowie jede Menge Bargeld überlassen müssen. Arbeiten musste sie in den nächsten 100 Jahren garantiert nicht mehr, um ihren Lebensstandard zu halten. Aber nur alleine zu Hause zu sitzen war einfach nicht ihr Ding, wie sie Monika bereits mehrmals anvertraut hatte. Sie würde dabei irgendwann ganz bestimmt an Langeweile sterben.

Also träfe sie sich lieber mit ihrer besten Freundin. Auch wenn diese etwas für sie zu tun hätte. Arbeit schadete schließlich nicht. Noch dazu in einer netten Kneipe, in der regelmäßig jede Menge interessante Männer auf der Bildfläche erschienen. Natürlich auch uninteressante. Doch die könnte man geflissentlich übersehen. Schließlich wäre sie, genau wie Monika, eine gestandene Frau und kein leicht zu beeindruckendes Mädchen mehr wie zum Beispiel ihre Tochter Sabine. Die schien regelrecht darauf programmiert zu sein, an die falschen Typen zu geraten. Anders könne man sich ihre diesbezüglichen Missgriffe nicht erklären.

»Du bist wieder mal meine Rettung.« Monika, die selbst keine Kinder hatte – Max reichte ihr auch völlig –, atmete erleichtert auf.

»Mach ich doch gerne, Schnucki. Geh du in aller Ruhe in deine Küche und bereite alles vor. Ich kümmere mich solange um den Tresen und den Biergarten.« Anneliese warf ihr eine Kusshand zu. Dann klatschte sie entschlossen in die Hände.

»Angeblich haben sie noch kriminalistisch zu tun«, meinte Monika auf dem Weg in die Küche.

»Max und Franzi?«

»Ja.« Monika blieb stehen und drehte sich um. »Das hat er zumindest so in seiner Nachricht geschrieben.« Ihr Tonfall verriet, dass sie ihre Zweifel daran hatte.

»Vielleicht stimmt es ja.«

»Vielleicht aber auch nicht.« Monika zuckte die Achseln. »Irgendwie traue ich ihm nach all den Jahren immer noch nicht so recht über den Weg.«

»Weil er das eine oder andere Mal fremdgegangen ist?«

»Das meine ich nicht.« Monika schüttelte vehement den Kopf. »Ich sehe das auch nicht so eng. Wollte ja selbst nichts Festes.«

»Das behauptest du immer. Aber ist es auch wirklich so?«

»Es ist so, Annie.« Monika blickte entschlossen drein. »Ich habe schließlich auch nie seine Heiratsanträge angenommen.«

»Aber warum traust du ihm dann nicht über den Weg?«

»Kann ich nicht sagen.« Monika zuckte die Achseln. »Müsste ich mal drüber nachdenken.«

»Klingt irgendwie zickig.«

»Ja?«

»Ja.«

»Dann ist es halt so.«

»Sie sprechen in Rätseln, schöne Frau.« Anneliese schüttelte langsam den Kopf.

»Lass uns arbeiten.«

»Magst du vorher einen kleinen Prosecco?«

»Immer.«

5

Max, Franz und Mathilde setzten gleichzeitig ihre Gläser auf dem Tisch ab.

»Zum Bruderschafttrinken gehört aber auch ein Küsschen links und rechts«, meinte Mathilde.

»Gerne.« Franz, der direkt neben ihr saß, hielt ihr schnell seine rechte Wange hin.

Dann hauchten sie jeweils zwei Bussis neben ihren Ohren in die Luft. Anschließend kam Max an die Reihe. Er und Mathilde beugten sich dazu weit über den länglichen Biergartentisch.

»Aber wir zwei küssen uns nicht schon wieder«, fuhr er danach, an Franz gewandt, fort.

Der nickte nur mit einem breiten Grinsen.

»Das wäre geschafft.« Mathilde lächelte zufrieden. »Duzen tun wir uns ja sowieso längst. Dann bin ich wohl jetzt mit Bierholen an der Reihe.«

»Auf gar keinen Fall. Du bist unser Gast«, wehrte Franz ab. »Max hat zuletzt das Essen geholt. Jetzt bin ich wieder mit Bier dran.«

»Wirklich?« Sie war bereits aufgestanden und blieb unschlüssig stehen.

»Setz dich wieder.« Franz entfernte sich schnell Richtung Schenke. Seinem breiten Grinsen nach freute er sich offensichtlich schon auf das Wiedersehen mit seinem neuen Freund, dem Schankkellner.

»Vielleicht sollten wir uns bald mal auf die Suche nach

Dagmar machen«, meinte Max. Er hatte die ganze Zeit über immer wieder an Mathildes verschwundene Freundin gedacht und machte ein ernstes Gesicht.

»Mir wäre es auch lieb. Sie ist jetzt wirklich zu lange fort, ohne erreichbar zu sein. Ist sonst gar nicht ihre Art.« Sie schüttelte langsam den Kopf. »Dabei hatten wir vor der Abreise extra abgemacht, immer die Handys anzulassen, falls wir uns verlieren sollten.«

»Wir könnten hier und da ein paar Leute nach ihr fragen. Vielleicht ist sie jemandem aufgefallen.«

»Den Leuten auf der Straße?« Mathilde sah ihn ungläubig an.

»Nein.« Max schüttelte nun ebenfalls den Kopf. Nur etwas schneller und entschiedener, als sie es zuvor getan hatte. »Wir fragen die Straßenkünstler, die Besitzer der Obststände und Metzgereien und so weiter, die auf dem Weg zum Marienplatz und drum herum liegen.«

»Das könnte Sinn machen.« Sie nickte jetzt nachdenklich. »Dann wissen wir vielleicht auch, mit wem sie unterwegs ist.«

»Eben.« Max nickte ebenfalls.

Franz kam zurück.

»Wir trinken zügig aus und suchen dann nach Dagmar«, empfing ihn Max. »Was meinst du?«

»Gute Idee«, erwiderte er. »Ich muss bloß um 20 Uhr daheim sein. Wir sind bei den Nachbarn zum Essen eingeladen.«

»Schon wieder essen?« Max runzelte die Stirn.

Franz war einfach ein Unikat. Dieser Mensch musste in einer Tour rauchen, essen oder trinken, wenn er sich nicht gerade kopfüber in die Arbeit stürzte. Max machte sich seit längerem Sorgen um Franz' Gesundheit. Aber wie brachte man einem Kamel bei, durch ein Nadelöhr zu gehen?

»Was glaubst du denn? Ich hab schließlich nur ganz wenige von den Würschteln abbekommen.« Franz untermauerte seine Aussage mit einem unschuldigen Augenaufschlag.

»Geht's noch?« Max sah ihn höchst verwundert an. »Du hast zehn von 15 Würsteln gegessen. Mathilde fünf. Ich hatte gar keins.«

»Zehn winzige Schweinswürschtel reichen gerade mal für den hohlen Zahn.« Franz blickte unverwandt zurück. »Außerdem, seit wann bist du zusätzlich zu deiner üblichen Erbsenzählerei jetzt auch noch ein Würschtelzähler?«

»Das sagt der Richtige. Wer zählt denn jedes Bier, das ich trinke, wenn Moni nicht dabei ist? Unglaublich.« Max lachte laut und künstlich.

Einige der Umsitzenden drehten sich neugierig zu ihnen um.

»Alles gut, Leute.« Max winkte ihnen weiterlachend zu. »Genießt euer Bier. Hier gibt es nur eine kleine föhnlastige Diskussion unter Freunden.«

Die Angesprochenen wandten sich murmelnd wieder ab.

»Ich wüsste nicht, was an hungrigen Menschen so besonders lustig ist«, meinte Franz zu Max. Er sah ihn ein wenig vorwurfsvoll und neugierig zugleich an.

»Nichts, was du nicht selbst wüsstest, Franzi.« Max lachte erneut. Diesmal allerdings nicht mehr aufgesetzt, sondern ehrlich amüsiert. »Herrschaftszeiten, wenn es dich nicht gäbe, müsste man dich glatt erfinden.«

Mathilde, die ihnen zugehört hatte, blickte nur lächelnd von einem zum anderen. Kindische Männer schienen ihr nicht fremd zu sein.

6

Es war 19.15 Uhr. Monikas kleiner Biergarten war bereits fast bis auf den letzten Platz besetzt. Sie und Anneliese hetzten im Affenzahn zwischen Tresen, Küche und den Gästen hin und her.

»Max kriegt was zu hören!«, sagte Monika zu ihrer besten Freundin während einer kurzen Verschnaufpause hinter der Bar. »Das ist ja jetzt schon kaum zu schaffen. Was wird das erst nachher, wenn die ganzen Stammgäste dazukommen?«

»Vielleicht kann er wirklich nicht kommen«, räumte Anneliese ein.

»Verteidigst du ihn etwa?«

»Du bist manchmal einfach zu misstrauisch.«

»Kriegen wir das alleine hin?« Monika ignorierte die Kritik an ihrer Person. Sie zeigte durch ein offenes Fenster auf den dicht bevölkerten Biergarten.

»Aber sicher.« Anneliese nickte. Sie begann damit, ihre nächste Bestellung selbst am Zapfhahn abzufüllen.

Monika ging derweil in die winzige Küche gleich hinter dem Tresen, um zu kochen. Ihre selbstgemachten Fleischpflanzerl gingen heute weg wie warme Semmeln.

Als sie wenig später zurück in den Schankraum kam, hörte sie durch die offen stehenden Fenster aufgeregtes Schreien und Schimpfen.

Sie eilte vor die Tür, um nachzusehen, was dort vor sich ging.

Als sie im Biergarten ankam, sah sie zwei Männer in Jeans und Lederjacke, die sich an einem Tisch gegenüberstanden und sich gegenseitig Bier in die vor Wut geröteten Gesichter schütteten.

Dabei trafen sie mit der wertvollen bernsteinfarbenen Flüssigkeit auch unschuldige Umsitzende an den Nebentischen, die sich darüber lautstark mit einfallsreichen bayerischen Beleidigungen beschwerten.

Drei von ihnen erhoben sich gerade und machten Anstalten, die durchgedrehten, dem Dialekt nach offenkundig norddeutschen Bierspritzer persönlich zur Räson zu bringen. So wie sie aussahen, würden sie dabei wohl auch nicht vor der Anwendung roher Gewalt zurückschrecken.

Bayern gegen Preißn. Das konnte schnell eskalieren. Monika eilte zum Tisch der Streithähne.

»Hey, ihr zwei. Streiten könnt ihr euch woanders!«, rief sie ihnen zu. »Hört endlich auf damit, oder sollen wir die Polizei rufen?«

»Kümmere dich um deine eigenen Angelegenheiten«, erwiderte der kleinere Schnauzbärtige, während er sich blitzschnell das Glas seines Tischnachbarn zur Linken griff und damit seinem Gegenüber erneut eine satte Dusche verpasste. Das karierte Hemd seines Kontrahenten wurde dabei komplett nass.

»Das hier *ist* meine Angelegenheit, weil *mein* Biergarten.« Monika deutete mit ihrem Zeigefinger auf sich selbst.

»Papperlapapp. Verschwinde in deine Küche!«, kam es unverschämt vom kleinen Schnauzbart zurück.

»Wollen Sie mir etwa sagen, was ich in meinem Lokal zu tun oder zu lassen habe?« Monika wurde laut. Wenn sie etwas auf den Tod nicht ausstehen konnte, waren es Anmaßung, Unhöflichkeit und grobe Unverschämtheiten, auch wenn heute noch so starker Föhn war. Das war keine Entschuldigung.

»Hau schon ab.« Der Mann schnappte sich das nächste Bier an seinem Tisch und schüttete es seinem größeren, aber dünneren Widersacher mitten ins Gesicht.

Der kam jetzt kaum noch zum Luftholen.

»Hör endlich auf, Joschi. Ich hatte nichts mit deiner Frau!«, rief der mit ausgestreckten abwehrenden Armen, sobald er wieder reden konnte.

»Na klar, der schöne Helmut Weiser hatte nichts mit meiner Marianne.« Joschi lachte unecht. »Und warum habt ihr euch dann letzte Woche im Swingerklub getroffen?«

»Reiner Zufall. Ich war mit meiner eigenen Frau dort.«

»Das heißt gar nichts in einem Swingerklub.«

»Stimmt, aber ich hatte wirklich nichts mit Marianne. Frauen von Freunden sind für mich tabu. Ich schwöre es dir bei allen Heiligen.«

»Ich glaube dir kein Wort.«

»Kannst du aber.« Helmut schüttelte den patschnassen Kopf wie ein Hund, der nach dem Baden aus dem See gestiegen war.

»Ich war noch nie in einem Swingerklub. Hab alles darüber gelesen. Das ist Schweinkram. Da bumsen sie durcheinander und sie gucken den anderen dabei zu. Pfui Teufel.« Joschi schüttelte sich mit deutlich erkennbarer Abscheu.

»Bitte, meine Herren«, mischte sich Monika ein. »Nehmen Sie wieder Platz und besprechen Sie Ihre Beziehungsprobleme in einer Lautstärke, die meine anderen Gäste nicht stört«, sagte sie. »Oder Sie sitzen ganz schnell draußen auf der Straße. Vor allem hören Sie mit diesem unappetitlichen Herumspritzen von unserem guten Bier auf.«

»Genau. Das ist eine Sünde in Bayern, ihr hirnlosen Kaschperlköpfe«, sagte der größte und breiteste der drei Bayern, die immer noch kampfbereit vor ihren Stühlen standen.

»Ihr sollt alle eure Schnauze halten!«, brüllte der kleine und nach wie vor komplett rabiate Joschi, den im Moment nichts auf dieser Welt zu beeindrucken schien. Er zuckte mit seinem Kopf hin und her wie ein Eichhörnchen auf Ecstasy.

»Komm schon, Joschi. Reg dich endlich wieder ab.« Helmuts Stimme klang wie die eines Krankenpflegers während der morgendlichen Medikamentenverteilung.

»Schnauze, Helmut.« Offensichtlich wollte sich Joschi nicht so schnell abregen.

»Das wird mir jetzt zu dumm«, raunte Monika der neben ihr stehenden Anneliese zu. »Ich rufe die Polizei.« Sie zog ihr Handy aus der Schürzentasche. »An dem Vollpfosten mache ich mir garantiert nicht selbst die Hände schmutzig.«

»Recht hast du. Aber dass der Föhn jetzt auch schon die Zugereisten verrückt macht, wundert mich, ehrlich gesagt.« Anneliese schüttelte den Kopf. »Ich dachte immer, das betrifft nur uns Einheimische.«

»Der Föhn ist für alle da.«

»Schaut ganz so aus.« Anneliese betrachtete noch einmal staunend und weiterhin ihren Kopf schüttelnd die Szenerie vor ihnen. »Männer«, murmelte sie. Vor allem der aufgebrachte Kläffer Joschi schien ein tiefergehendes Aggressionsproblem zu haben.

Monika wählte derweil die Nummer des nächstgelegenen Polizeireviers. Sie sollten ihr, so schnell es ging, einen Streifenwagen vorbeischicken. Bei Max und Franz brauchte sie es erst gar nicht zu versuchen. Die waren bestimmt längst jenseits von Gut und Böse und spritzten möglicherweise selbst mit Bier herum. Dabei hätte sie die beiden gerade wirklich dringend brauchen können, verflixt noch mal.

7

19.25 Uhr. Die Sonne stand bereits sehr niedrig am Himmel. Trotzdem wehte immer noch ein heißer Wind durch die belebte Münchner Innenstadt. Franz standen die Schweißperlen auf der Stirn. Max und Mathilde ging es nicht viel besser.

»Bin ich eigentlich in Afrika oder in Bayern?«, fragte Mathilde in die Runde.

»Das ist eine berechtigte Frage. Der Föhn war schon lang nicht mehr so heftig wie heute«, erwiderte Franz.

»Brutal«, meinte Max.

»Ich verstehe wirklich nicht, wo sie bleibt.« Mathilde hatte bisher mindestens zehnmal, aufs Äußerste beunruhigt, Dagmars Nummer gewählt und ihr immer wieder Nachrichten aufs Handy geschickt.

»Das wird in der Tat langsam etwas seltsam«, meinte Franz.

»Ich denke, wir sollten uns sofort auf die Suche nach ihr machen«, meinte Max. »Solange sich noch jemand an sie erinnert.«

»Ich muss, wie schon gesagt, heim zu dem Essen bei den Hubers. Gleich 19.30 Uhr.« Franz zeigte auf seine Armbanduhr. »Schafft ihr das auch ohne mich mit der Suche?«

»Sicher«, erwiderte Max. »Wenn nicht, rufen wir deine Kollegen auf dem Revier an.«

»Die melden sich aber dann sofort bei mir.« Franz klang beunruhigt. »Kann man das nicht anders lösen?«

»Vielleicht finden wir sie ja auch selbst.« Max schüttelte ungläubig den Kopf. »Dann musst du nicht deinen wertvollen freien Abend opfern.«

Manchmal war Franz wirklich kaum auszuhalten. Genau betrachtet, grenzte es nahezu an ein Wunder, wie er es mit seiner arbeitsscheuen Einstellung zum Leiter des K11, vorsätzliche Tötungsdelikte, Geiselnahme, Menschenraub, gebracht hatte.

»Das klingt gut.« Franz blickte zufrieden drein. »Es ist ja vor allem wegen meiner Sandra, weißt du?«

»Ich weiß.« Max nickte.

Natürlich ist es nicht wegen Sandra, sondern vor allem wegen dem Essen, dem Bier und dem Schnaps. Wieso glaubt er eigentlich, mich nach all den Jahren, die wir uns kennen, immer noch anschwindeln zu können?

»Aber wenn es gar nicht anders geht, dann kannst du mich gerne anrufen«, räumte Franz großzügig ein. »Nach dem Essen natürlich. Es gibt Schweinsbraten mit Semmelknödeln und Kraut. Das kann ich mir einfach nicht entgehen lassen.«

»Um wie viel Uhr wäre das dann ungefähr mit dem Anruf, Herr Hauptkommissar?« Max versuchte die Ironie in seiner Stimme gar nicht erst zu verbergen.

»So um 21.30 Uhr herum müssten sie die Nachspeise serviert haben. Du brauchst außerdem gar nicht so spitz daherreden.« Franz bedachte ihn mit einem strafenden Blick.

»Also dann kurz nach 21.30 Uhr?«

»Lieber 22 Uhr.« Franz machte ein ernstes Gesicht. »Am Schluss gibt es immer noch Espresso.«

»Ein genauer Stundenplan, Respekt.«

»Der Josef Huber war Oberstleutnant bei der Bundeswehr. Jetzt ist er pensioniert wie du.« Franz hob vielsagend die Brauen.

»Die Menschen sind, wie sie sind. Aber wie gesagt, vielleicht finden wir Dagmar bis dahin selbst.« Max hoffte inständig, dass es so wäre. Am Ende hätten sie alle beide sonst möglicherweise noch heute Nacht einen weiteren Entführungsfall oder Schlimmeres an der Backe.

»Ruf mich aber trotzdem gegen 22 Uhr an«, meinte Franz.

»Also doch. Warum?«

»Das Essen ist wirklich in Ordnung. Aber die Unterhaltungen mit den Hubers sind stinkfad. Ihre Kinder, ihr letzter und ihr kommender Urlaub, ihre neue Wohnungseinrichtung, vor allem die seit zwei Jahren neue Küche. Immer dasselbe. Langweilerthemen ohne Ende. Bei starkem Föhn wie heute ist es immer besonders schlimm. Da jammern die beiden auch noch in einer Tour über ihre Wehwehchen. Der blanke Horror.«

»Da reden wir zwei natürlich über interessantere Dinge miteinander, wie zum Beispiel Mord und Totschlag oder die Bierpreise, stimmt's?«

»Genau.« Franz nickte begeistert.

»Und deswegen soll ich dich anrufen? Nur damit du einen Grund hast, dort zu verschwinden, sobald du dir den Bauch vollgeschlagen hast?« Max schüttelte den Kopf.

»Was geht über eine überzeugende Erklärung, um sich vom Acker zu machen?« Franz grinste.

»Gehen wir dann mal?«, wandte sich Mathilde an Max.

»Oder gibt es noch mehr zu klären? Vielleicht, welcher Schnaps bei den Hubers zum Espresso gereicht wird?«

»Dort gibt es meistens billigen Weinbrand«, winkte Franz ab. Ob er schlicht und ergreifend nicht mitbekam, dass sie ihn auf den Arm nahm, oder ob er es überging, war seinem Gesichtsausdruck nicht anzusehen. »Ein ekelhaftes Zeug. Dabei habe ich ihnen schon hundertmal aufgetragen, einen anständigen Enzian zu besorgen.«

»Enzian ist doch eine Blume.« Mathilde machte große Augen. »Die kenne ich aus den Heidi-Filmen.«

»Enzian ist nicht nur eine Blume, sondern auch ein Schnaps«, erklärte ihr Max mit erhobenem Zeigefinger.

»Tatsächlich?«

»Ja, ein guter sogar«, fuhr der Herr Oberlehrer Raintaler mit erhobenem Zeigefinger fort. »Mir persönlich schmeckt er jedenfalls. Natürlich darf man nicht zu viel davon trinken, sondern nur gelegentlich ein kleines Stamperl.«

»Ein ganz kleines«, meinte Franz mit ernster Stimme.

Dass er und Max bei ihren Aussagen nicht rot anliefen und ihnen dabei keine langen Nasen wuchsen, sprach für ihre jahrelange Verhörerfahrung mit Kriminellen. Von denen lernte offenkundig jeder irgendwann das Schwindeln. Zwei erfolgreiche Ermittler wie sie erst recht.

»Sachen gibt's.« Mathilde schüttelte den Kopf.

»Dann mach's gut, Franzi.« Max erhob sich.

Sie tat es ihm gleich.

»Bis später.« Franz stand ebenfalls auf.

Er gab Mathilde links und rechts ein Küsschen auf die Wangen. Dann nickte er Max kurz zu und entfernte sich leicht wankend Richtung Sendlinger Tor, wo er für den letzten Rest seines Heimwegs die Trambahn nehmen wollte.

Max und Mathilde sahen ihm eine Weile nach.

»Ich muss kurz noch jemandem Bescheid sagen, bevor wir losgehen«, meinte Max, sobald Franz nicht mehr zu sehen war.

Er holte sein Smartphone heraus, trat zwei Schritte beiseite, drehte sich um und schrieb Monika eine Nachricht, dass es auf jeden Fall später werden würde. Er habe es gerade möglicherweise mit einer Entführung zu tun. Da werde er dringend gebraucht. Es ginge dabei um Leben und Tod, wenn es ganz übel herging. Er käme aber trotzdem noch heute Abend zu ihr, sobald es möglich war. Sie solle sich keine Sorgen machen und ihm den Abwasch aufheben. Egal wie spät es wurde.

»Wartet deine Frau auf dich?«, fragte Mathilde, als er sich ihr wieder zuwandte.

»Ich habe keine Frau.« Er schüttelte den Kopf.

»Entschuldige, ich wollte nicht neugierig sein.«

»Kein Problem.«

Ich muss ihr ja nicht gleich auf die Nase binden, dass ich etwas locker Festes mit Monika habe. Geht niemanden außer Moni und mich etwas an.

»Dann gehen wir jetzt?«

»Du könntest mir übrigens ein Bild von Dagmar auf mein Handy schicken. Hast du eins dabei?«

8

19.30 Uhr, Monikas kleine Kneipe.

»Gott sei Dank, ihr seid gleich gekommen.« Monika führte die beiden breitschultrigen Polizisten, die am Straßenrand vor dem Lokal ihrem Streifenwagen entstiegen waren, geradewegs zu den Streithanseln im Biergarten. Noch immer war dort keine Ruhe eingekehrt.

»Wir waren gerade um die Ecke«, erklärte ihr der Fahrer, während sie sich dem Ort des Geschehens näherten.

»Zum letzten Mal. Hör endlich auf, mit dem bescheuerten Bier herumzuspritzen, Joschi!«, rief Helmut gerade. Seine patschnassen dunklen Haare hingen ihm in kleinen Strähnen ins Gesicht, als wäre er gerade aus der Dusche gekommen.

»Genau, hör endlich auf«, meinte der größte der drei Bayern, die nach wie vor bei ihrem Tisch standen. »Ja, so ein hirnamputierter Depp.« Er schüttelte bestimmt zum zehnten Mal in den letzten Minuten missbilligend den Kopf. Seine beiden Freunde neben ihm taten es ihm gleich. Es sah ganz so aus, als würden sie jeden Moment auf die Norddeutschen losgehen. Kräftig genug, um diese Schlacht für sich zu entscheiden, sahen sie auf jeden Fall aus.

»Grüß Gott, die Herrschaften. Ich bin Polizeiobermeister Alois Schmied. Mein Kollege ist Polizeimeister Holger Brauchitsch. Um was geht es hier?« Der blonde und größere der beiden Streifenbeamten, der den Wagen gefahren hatte, trat einen Schritt vor und bekam prompt einen Schwall Weißbier von Joschi ins Gesicht geschüttet, der sich dafür blitzschnell ein Glas vom Nebentisch geschnappt hatte.

Verblüfft schüttelte er sich. Dann zog er hastig seine Dienstwaffe.

»Angriff auf einen Vollzugsbeamten, Holger!«, rief er seinem kleineren dunkelhaarigen Kollegen zu.

Holger zog daraufhin ebenfalls seine Waffe und entsicherte sie.

Anschließend stellten sie sich mit nervösen Gesichtern Rücken an Rücken und zielten wild in der Gegend umher.

»Ja, spinnen denn hier alle!« Monika konnte nicht fassen, was sie gerade sah. Der Föhn trieb die Leute offenbar wirklich zum Äußersten. »Wegen einem Schluck Weißbier im Gesicht wird hier keiner erschossen«, wandte sie sich in strengem Tonfall an die Polizisten. »Steckt auf der Stelle eure Waffen wieder ein, oder ich ruf den Leiter des Dezernats für Gewaltdelikte an. Der ist ein guter Freund von mir.«

Alois und Holger zögerten. Sie blickten eine ganze Weile lang unschlüssig in die Runde. Dann beruhigten sie sich langsam wieder und steckten ihre Waffen ein. Offenbar erachteten sie die aufgeladene Gesamtsituation jetzt doch nicht mehr als unmittelbar lebensbedrohlich.

Es war inzwischen totenstill geworden. Keiner der Anwesenden traute sich, auch nur einen Muskel im Gesicht zu bewegen. Jeder wartete offensichtlich gespannt darauf, wie es weiterging.

»Das glaube ich nicht«, sagte Alois schließlich.

»Was glauben Sie nicht?« Monikas Gesichtsausdruck war hart vor Empörung.

»Dass Sie den Herrn Wurmdobler kennen. Ich kenne ihn nämlich auch. Hab ihm schon mal bei einem Mordfall geholfen.«

»Wir können es gerne drauf ankommen lassen.« Sie stemmte entschlossen ihre Hände in die Hüften und warf dabei herausfordernd den Kopf zurück.

»Sie kennen ein hohes Tier bei der Polizei persönlich?« Sogar der betrunkene Wüterich Joschi schien beeindruckt. Er schielte Monika, hin und her schwankend wie ein Halm im Wind, mit großen Augen an.

»So ist es.« Monikas Stimme klang fest und selbstbewusst.

»Dann gebe ich auf.« Joschi setzte sich. »Tut mir leid. Ich bezahle alle Schäden und eine Lokalrunde.«

Monika schaute ihn verblüfft an. Da schau her. So schnell konnte sich das Blatt wenden. Szenenapplaus der Umsitzenden. Anfangs noch zögerlich, dann immer lauter.

9

20.15 Uhr. Max und Mathilde arbeiteten sich immer weiter Richtung Marienplatz vor. Sie fragten auf dem Weg, wie er es vorgeschlagen hatte, die Verkäuferinnen und Verkäufer der Obststände und Metzgereien, die noch offen hatten oder gerade schlossen, nach Dagmar. Das dauerte seine Zeit. Sie schwitzten alle beide.

Natürlich hatte Mathilde ein Bild der Freundin auf ihrem Smartphone gehabt und es ihm auf seins geschickt.

Max zeigte es den möglichen Zeugen. Doch niemand wollte Dagmar gesehen haben. Es sah ganz so aus, als wäre sie spurlos verschwunden.

»Vielleicht hat sie tatsächlich diesen Jörg getroffen«, mutmaßte Max. »So heißt doch ihr Freund?«

»Das ist, wie gesagt, möglich. Aber eigentlich sollte er doch beim Angeln in Holland sein.« Mathilde schüttelte langsam den Kopf. »Sagt zumindest Sabine.«

»Und was, wenn er niemandem, auch ihr nicht, verraten hat, dass er stattdessen euch beiden hierher gefolgt ist?«

»Aber Sabine …«

»Weiß sie denn wirklich so genau, wo er ist«, unterbrach er sie, »oder vermutet sie es nur?«

»Du hast recht.« Mathilde nickte langsam. »Du meinst also, Dagmar und Jörg könnten durchaus irgendwo hier in München zusammen unterwegs sein, und deswegen meldet sie sich nicht?«

»Ja.« Er nickte ebenfalls. »Vielleicht wollte er den Streit, den sie vor eurer Abfahrt miteinander hatten, mit ihr klären.«

»Aber warum sagt sie dann nicht kurz Bescheid und ist darüber hinaus nicht zu erreichen?«

»Tja, gute Frage.« Max kratzte sich ausgiebig am unrasierten Kinn. »Weil die Leidenschaft sie übermannt hat?«

»Dazu ist Dagmar nicht der Typ.« Sie schüttelte den Kopf. »Sie leitet eine große Softwarefirma, die ihrem Vater gehörte. Das schaffst du nur, wenn du ein kontrollierter Mensch bist.«

»Ist sie das?«

»Sie ist ein wahrer Kontrollfreak.«

»Aber gerade die sind doch besonders für unkontrollierte Ausbrüche bekannt. Weil sie sich sonst immer total zusammenreißen.« Max sann kurz über sich selbst nach. Er hatte bereits des Öfteren gedacht, dass er womöglich auch so einer war, der ewig lange alles in sich hineinfraß und dann auf einmal explodierte, wenn man am wenigsten damit rechnete. Möglich wäre es schon. Monika würde es ihm sicher genau sagen können.

»Moment mal, Max.«

Mathildes Smartphone surrte. Da sie es in der Hand hielt, um wie Max Dagmars Bild reihum zu zeigen, bemerkten sie es beide sofort.

»Eine Nachricht von Dagmar?« Max sah sie neugierig an.

»Ja.« Mathilde nickte. »Sie schreibt, sie wäre in zwei Stunden, also gegen 22.30 Uhr, am Karl-Valentin-Brunnen. Dann könnten wir noch gemütlich irgendwo etwas trinken. Alles andere später.«

»Keine Erklärung oder Entschuldigung?«

»Nein. Nichts dergleichen. Nur das, was sie geschrieben hat.« Sie zeigte ihm die Nachricht.

Er las sie mit der stets brennenden Neugier des Ermittlers.

»Ist das normal bei ihr?«, wollte er danach wissen.

»Eigentlich nicht.«

»Seltsam.«

»Hauptsache, sie hat sich gemeldet.« Sie steckte das Handy erleichtert in ihre Handtasche. »Und ich befürchtete schon, sie wäre wegen ihrer andauernden Streitereien mit Jörg mit einem Wildfremden mitgegangen.«

»Wozu sollte sie das tun?«

»Um sich an ihm zu rächen.«

»Würde Jörg das denn treffen?«

»Unbedingt.« Sie nickte heftig. »Er ist eifersüchtig wie ein Sizilianer.«

»Aber es kann doch trotzdem so sein.« Max hob den Zeigefinger. Eine alte Gewohnheit aus seiner Dienstzeit als Hauptkommissar. Er hatte dabei überdurchschnittlich viele Fälle gelöst und oft mit seinen Vermutungen und Behauptungen recht behalten, was ihm irgendwann im Kollegenkreis den Spitznamen »Herr Oberlehrer« eingebracht hatte.

»Was?«

»Dass sie sich mit einem Fremden getroffen hat. Woher willst du wissen, dass sie die Nachricht selbst geschrieben hat?« Ein Kriminaler oder Privatdetektiv war nur dann erfolgreich, wenn er bei seinen Ermittlungen nichts außer Acht ließ. Natürlich wusste das Max aus eigener Erfahrung.

»Du hast recht. Oh Gott, hoffentlich kommt sie nachher wirklich zu diesem Brunnen.« Ihre Stimme hörte sich gleich wieder alarmiert an.

»Karl Valentin.«

»Wie bitte?« Mathilde wurde, während sie sprach, von einem vorbeieilenden mittelalten Geschäftsmann im dunklen Anzug angerempelt. Sie stolperte ein Stückweit nach vorn.

»Hey, pass auf, wo du hinrennst!«, rief ihm Max nach.

»Fick dich, Arschloch«, kam es unfreundlich mit erhobenem Mittelfinger zurück.

»Kein Benehmen mehr auf den Straßen«, echauffierte sich Max lauthals und kopfschüttelnd. »Und bei Föhn drehen alle voll am Rad. Die ehrgeizigen Anzugtypen sind oft die Schlimmsten. Geht es dir gut? Hat er dir wehgetan? Wenn ja, renn ich ihm nach und schmier ihm eine.« Er straffte, bereit, für sie in die Schlacht zu ziehen, seinen Oberkörper.

»Alles gut. Nichts passiert.« Sie winkte lächelnd ab. »Er ist den Aufwand nicht wert. Aber danke. Sehr lieb.« Sie bedachte ihn mit einem tiefen Blick, der definitiv länger war als ihre bisherigen Blicke.

»Karl-Valentin-Brunnen«, fuhr Max fort, während er sich wieder entspannte.

»Karl-Valentin-Brunnen?« Sie sah ihn fragend an.

»Karl Valentin war ein berühmter bayerischer Humorist. Ein echter Wortakrobat und Satzverdreher mit viel Sinn fürs Abseitige und Schräge.« Max grinste unwillkürlich. Er war bei einem seiner Lieblingsthemen angelangt. Bayern und seine Charakterköpfe von gestern und heute.

»Klingt nach Kabarett.«

»So was in der Art, ja.« Er nickte. »Manchmal wäre ich auch lieber Humorist als Polizist geworden.«

»Wieso das?«

»Bestimmt zeigt sich das Leben einem Humoristen von einer witzigeren Seite.«

»Wer weiß.« Sie machte eine abwägende Handbewegung.

»Stimmt.« Er nickte erneut. »Wer weiß.«

Die hereinbrechende Dunkelheit ließ das Geschehen rundumher unwirklich erscheinen. Nach wie vor war es warm. Tatsächlich eher ein lauer Sommerabend als ein zu Ende gehender Frühlingstag im April. Die Passanten liefen zum großen Teil leicht bekleidet herum. Manche trugen sogar kurze Hosen und nur ein T-Shirt darüber wie im Hochsommer.

»Sollen wir noch irgendwo etwas trinken, bis du Dagmar triffst?«, fragte Max.

»Hast du denn noch Zeit?« Sie sah ihn neugierig an.

»Die kann ich mir nehmen.«

Wenn er ehrlich war, wollte er einfach nur allzu gerne wissen, was hinter der seltsamen Abwesenheit von Dagmar steckte. Immerhin war ihr Verhalten laut Mathilde mehr als ungewöhnlich gewesen, und solche Dinge interessierten ihn schon rein berufsmäßig.

Außerdem konnte es tatsächlich ebenso gut sein, dass ein Unbekannter ihr Smartphone an sich genommen hatte und Mathilde mit der gerade gesendeten Nachricht zum Karl-Valentin-Brunnen locken wollte, warum auch immer.

Auf jeden Fall war Vorsicht geboten.

»Gehen wir.« Mathilde hakte sich bei ihm unter.

Den bärtigen Riesen, der 20 Meter hinter ihnen seine Zeitung zusammenklappte und sich daranmachte, ihnen zu folgen, bemerkten sie nicht.

10

»Fast 23 Uhr und er ruft einfach nicht mehr an, Annie.« Monika wischte ihre vom Putzen des Tresens feuchten Hände an ihrer Schürze ab. Sie hatte das Lokal wie immer im Frühjahr um 22 Uhr geschlossen und richtete nun zusammen mit Annie alles für den nächsten Tag her.

»Wer? Max?«

»Hoffentlich ist ihm nichts passiert.« Monika blickte besorgt drein.

»Was soll ihm denn passieren?«

»Keine Ahnung. Ein Autounfall?«

»Auf dem Viktualienmarkt, wo keine Autos fahren?«

»Dann halt ein Herzinfarkt wegen dem starken Föhn oder ein durchgedrehter Heckenschütze. Gab es doch alles schon.« Monika zuckte die Achseln. »Er hat mir nur vorhin noch einmal eine Nachricht geschrieben. Es ginge um eine aktuelle Entführung, und ich solle ihm den Abwasch aufheben. Das ist aber auch schon wieder eine Zeitlang her. Ich würde wirklich zu gerne wissen, wie die entführte Person aussieht, nach der er sucht.«

»Du meinst, blond und blauäugig und mit einer Bombenfigur?« Anneliese grinste anzüglich.

»Warum nicht. Könnte doch sein.« Monika starrte nachdenklich an die Wand.

»Doch eifersüchtig?«

»Nein, Schmarrn. Wirklich nicht. Er gehört mir schließlich nicht alleine.« Sie winkte errötend ab. »Na ja, vielleicht ein bisschen«, gab sie zu.

»Und wenn er tatsächlich arbeitet?«

»Dann bin ich ein egoistisches Ekel, weil ich mich ohne Grund über ihn beschwere.« Sie zuckte die Achseln. Natürlich konnte Anneliese recht haben. Es war nicht das erste Mal, dass Max sie wegen seiner Arbeit versetzte. Oft genug war das auch nicht grundlos der Fall. Dabei lag es eindeutig an ihr, Verständnis aufzubringen. Sie konnte ihn ja nicht hier im Lokal anbinden.

»Kein Ekel, dazu bist du viel zu nett.« Anneliese schüttelte lächelnd den Kopf. »Aber auf dem falschen Dampfer könntest du wohl sein. Zumindest mit anderen Frauen. Heute Abend, meine ich.«

»Möglich.« Monika nickte.

»Sehr gut möglich.« Annie zog die Gummihandschuhe aus, die sie sich zuvor zum Putzen übergestreift hatte. Sie legte sie auf den Tresen und kramte eine Schachtel Zigaretten aus ihrer Schürzentasche. »Du auch eine?« Sie sah Monika fragend an.

»Okay, ausnahmsweise. Ich hab zwar eigentlich aufgehört, aber ich glaub, ich fang wieder an. Kann ja nächste Woche wieder aufhören.« Monika grinste.

»Das ist meine alte Moni.« Anneliese grinste ebenfalls. Sie gab Monika und sich selbst Feuer.

»Ich mach uns einen Prosecco auf. Was meinst du?« Monika eilte hinter den Tresen.

»Prosecco ist Lebenselixier. Wie könnte ich da Nein sagen.«

Beide lachten.

»Weißt du, was heute mit Abstand das Beste war?«, fragte Monika, nachdem sie ihnen eingeschenkt hatte.

»Sag's mir.« Anneliese machte ein gespanntes Gesicht.

»Als die zwei Streifenpolizisten wie in einem Actionfilm aus Hollywood ihre Knarren gezogen haben und ...« Monika konnte nicht weiterreden. Sie musste laut lachen.

»... und?«

»... und sich fast in die Hosen gemacht haben wegen den zwei depperten Preißn. Dabei konnten die vor lauter Rausch doch schon gar nicht mehr richtig stehen.« Monika prustete laut los.

Anneliese schloss sich ihr umgehend an. Sie versprühte dabei den Schluck Prosecco, den sie bereits im Mund hatte, in einer riesigen Fontäne über den gesamten Tresen.

Das brachte Monika noch mehr zum Lachen. Sie hielt sich den Bauch, hatte Tränen in den Augen.

»Und dann dieser Polizeiobermeister Alois. Wie bedeppert der dreingeschaut hat mit seinem gewaschenen Weißbiergesicht.« Anneliese brüllte vor Lachen.

»Jaaaa!« Monika legte keuchend ihren Oberkörper auf den Tresen. Sie bekam kaum noch Luft.

Die Erleichterung nach der Anspannung des schwierigen Föhntages hatte alle beide erfasst. Gott sei Dank war vorhin im Biergarten niemand wirklich zu Schaden gekommen.

»Hoffentlich ist Max nichts passiert bei seinem neuen Entführungsfall«, meinte Monika, nachdem sie sich wieder einigermaßen beruhigt hatte.

»Er ist Profi, Monika.« Anneliese trank immer noch grinsend ihr Glas leer.

»Das heißt gar nichts.«

11

Max schlug die Augen auf. Er sah sich um. Stellte fest, dass er irgendwo auf dem Boden liegen musste, da er in erster Linie nur Schuhe und Beine stehen und gehen sah. Er entdeckte eine graue Brunnenmauer neben sich. Der Karl-Valentin-Brunnen. Da wollten sie vorhin doch hin, oder? Na klar. So musste es sein.

Herrschaftszeiten, am schlimmsten waren die Schmerzen an seinem Hinterkopf. Jemand musste ihn von hinten niedergeschlagen haben oder er war wegen der Kombination aus Föhn und Alkohol einfach umgekippt und anschließend mit dem Hinterkopf gegen den Brunnen geknallt. Beides war möglich.

Zwei junge Männer in Jeans und T-Shirts kamen direkt an ihm vorbei. Sie hielten an, schauten zu ihm hinunter und fragten ihn, ob sie ihm helfen könnten.

»Nein, danke«, erwiderte er, während er, mit einer Hand am Brunnenrand, vor Schmerzen stöhnend aufstand. »Ich komme klar.«

»Ein Bierchen zu viel erwischt, was?«, erkundigte sich der größere von beiden in astreinem Berliner Dialekt.

»Ich komme klar«, wiederholte Max eine Spur bestimmter und deutlich unfreundlicher als zuvor.

»Man darf das bayerische Bier nicht unterschätzen«, stichelte der Tourist unbeeindruckt weiter. Er grinste breit dabei.

»Schleicht's euch, aber schnell.«

Zwei oberschlaue Jungpreißndeppen haben mir gerade noch zu meinem Glück gefehlt.

»Mein Gott, man wird ja noch helfen dürfen«, erwiderte jetzt der kleinere. »Sie sind schließlich auch nicht mehr der Jüngste.«

»Ach, habt's mich doch gern.« Max winkte ab. Er beachtete die beiden nicht mehr, sondern drehte sich lieber einmal um die eigene Achse, um dabei zu realisieren, dass Mathilde nicht mehr da war. Hätte ihm auch gleich auffallen können. Aber da waren schon beim Aufwachen diese mörderischen Kopfschmerzen gewesen, die ihn immer noch nicht klar denken ließen.

»Das ist gar nicht gut, Max Raintaler«, murmelte er mehr zu sich selbst, während er immer noch dabei war, sich vollends in der Senkrechten auszurichten. »Hoffentlich ist ihr nichts Schlimmeres zugestoßen. Mann, was ist bloß passiert?«

»Du hast das Bier bei der Hitze nicht vertragen«, meinte der größere der beiden Burschen, die immer noch neben ihm standen. »Das ist passiert. Sonst nichts.«

Sie lachten albern und zeigten dabei mit den Fingern auf ihn.

Max lachte nicht.

»Wenn ihr nicht in einer Sekunde verschwunden seid«, sagte er laut, »kriegt ihr eine Tracht Prügel, die sich gewaschen hat. Hamma uns, ihr Kaschperlköpfe?« Er holte demonstrativ mit der rechten Faust zum Schlag aus.

»Ist ja schon gut. Meine Güte, was für ein unhöflicher bayerischer Waldschrat«, empörte sich der größere.

»Da will man helfen und dann das. So viel zum Thema ›Weltstadt mit Herz‹.«

Dann sahen sie zu, dass sie Land gewannen. Anscheinend befürchteten sie, dass sie sich tatsächlich gleich eine Tracht Prügel einfingen.

»Was mach ich jetzt nur?«, fragte sich Max währenddessen wieder halblaut. »Mathilde ist doch sicher nicht einfach verschwunden und hat mich hier auf dem Boden liegen gelassen.«

Vielleicht holte sie sich aber auch nur irgendwo etwas zu trinken oder zu essen. Er wollte solange kurz hier auf sie warten, und dann hatte ihm jemand überraschend von hinten einen Scheitel gezogen. Wenn es so war, konnte sie gar nicht wissen, was geschehen war, und müsste jeden Moment wiederkommen. Aber warum hatte er eins draufgekriegt? Wenn er sich doch nur daran erinnern könnte, was geschehen war. In seinem Kopf herrschte diesbezüglich nichts als Dunkelheit.

Er sah auf seine Armbanduhr. 23.15 Uhr. Das letzte Mal hatte er, kurz bevor er und Mathilde den Brunnen erreichten, drauf gesehen. Da war es 22.55 Uhr gewesen. Dagmar war noch nicht hier gewesen. Mathilde hatte sich ängstlich darüber beschwert. Das wusste er noch. Aber an mehr konnte er sich nicht mehr erinnern. Also war er wohl locker eine Viertelstunde lang ohnmächtig gewesen. Den Schmerzen in seinem Kopf nach konnte dies sehr gut so gewesen sein.

Moment mal. Er wurde um kurz vor 23 Uhr nachts mitten auf dem Viktualienmarkt niedergeschlagen, und niemand hatte es beobachtet oder die Polizei gerufen?

Sehr seltsam. Oder war er doch nur umgekippt?

Obwohl, allzu viel war nicht mehr los in dieser eher etwas abgelegenen Ecke des großen Platzes, und dunkel war es obendrein.

Vielleicht sollte er noch ein paar Minuten warten, bis sie eventuell wieder zurückkam.

Nicht lang herumraten. Entscheidungen treffen, Raintaler.

Zum Glück hatte er Mathildes Handynummer, da sie ihm vorhin das Bild von Dagmar aufs Display geschickt hatte. Er rief sogleich bei ihr an.

Sie ging nicht ran, obwohl er wusste, dass sie ihr Handy bisher die ganze Zeit über wegen Dagmar eingeschaltet hatte.

»Das ist gar nicht gut, Max«, murmelte er. »Das ist sogar eher ziemlich schlecht.«

Er legte wieder auf.

Denk nach, Mann. Was ist passiert, bevor du ohnmächtig wurdest? Hast du, außer Mathilde, noch jemanden gesehen? Was tat sie in dem Moment, ab dem du dich nicht mehr erinnern kannst?

In Ermangelung einer Antwort rief er erst mal Monika an.

»Ich komme später, Moni. Ich wurde, glaube ich, niedergeschlagen, und die zweite Frau ist auch verschwunden.«

»Welche zweite Frau?«

»Erst ist Dagmar verschwunden, dann Mathilde.«

»Ach wirklich?« Die Ironie in ihrer Stimme war nicht zu überhören.

»Jetzt tu nicht so blöd gespreizt.« Er schnaubte genervt. »Franzi und ich hatten zwei Touristinnen aus

Dortmund am Tisch. Hier im kleinen Biergarten am Viktualienmarkt. Alles ganz harmlos. Doch jetzt sind beide weg, und ich hab eins auf den Kopf bekommen. Denke ich zumindest.«

»Von Mathilde oder Dagmar?«

»Ich weiß nicht, wer es war. Vielleicht bin ich auch nur unglücklich gestürzt.« Er schüttelte verwirrt den Kopf, ließ es aber wegen der stechenden Schmerzen gleich wieder bleiben. »Auf jeden Fall tut es verdammt weh. Ich war ohnmächtig.«

»Was? Wirklich?« Sie hörte sich auf einmal gar nicht mehr so forsch an wie zuvor. Eher erschrocken und ernsthaft besorgt.

»Ja.«

»Und wo ist Franzi?«

»Beim Essen.«

»Wo sonst.«

»Stimmt.« Max konnte sie förmlich grinsen sehen. Er grinste ebenfalls schwach, obwohl ihm überhaupt nicht danach zumute war. »Aber er müsste längst fertig sein bei den Hubers. Ich ruf ihn gleich mal an.«

»Tu das, und lass jemanden deine Verletzung anschauen. Mit einer Gehirnerschütterung ist nicht zu spaßen. Das weißt du selbst.«

»Mach ich.«

12

Max kam gegen 2 Uhr bei Monika an. Er klopfte laut an die Tür ihrer Kneipe, über der sie ihre kleine, aber feine Wohnung hatte. Klingel gab es keine. Normalerweise schlief er drüben in Thalkirchen in seiner eigenen Zweizimmerwohnung, weil Monika es nicht mochte, wenn sie so eng aneinanderklebten. Es würde ihrer Beziehung nur schaden, meinte sie.

Außerdem behauptete sie, dass er sehr laut schnarche. Das bezweifelte er allerdings. Es war bestimmt nur eine Ausrede von ihr, damit er ihr nicht zu nahe kam. Sie hatte ein echtes Problem mit dauerhafter Nähe. Bereits zwei Heiratsanträge hatte er ihr gemacht, aber sie hatte alle beide nicht angenommen. Eine Verletzung am Hinterkopf war jedoch ein guter Grund, die heutige Nacht bei ihr zu verbringen, meinte er.

»Wenn ich den Kerl erwische, der mich umgehauen hat, darf er sich auf was gefasst machen«, sagte er undeutlich zu ihr, als er mit ihr am Küchentisch der Kneipe saß. Er verzog dabei leidend das blutverkrustete Gesicht.

»Weißt du das jetzt?«

»Was?«

»Dass du niedergeschlagen wurdest?«

»Ja.« Max nickte. »Die von der Spurensicherung meinten, dass nirgends am Brunnen Blut von mir zu finden war, was eindeutig für einen Gegenstand spräche, mit dem ich niedergestreckt wurde.«

»Jetzt beruhig dich erst mal. Wie viel hast du denn getrunken?«

»So gut wie nichts.« Er sah sie verständnislos an. »Was denkst du denn von mir? Ich bin schließlich Sportler.«

»Sportler? Seit wann?«

»Tennis, Fußball, Skifahren. Ist das etwa nichts?«

»Doch, doch. Sehr sportlich.« Sie nickte. »Und warum lallst du dann?«

»Ich lalle nicht«, nuschelte er.

»Manche werden halt nie gescheit.« Sie nickte nicht mehr, sondern schüttelte missbilligend den Kopf.

»Na gut, es war heut ein bisserl mehr als normal«, gab er zu. »Aber es war wahnsinnig heiß mit dem ganzen Föhn und so. Da kriegt man Durst. Und wenn dann nichts anderes als Bier in der Nähe ist …« Er machte eine unbestimmte Geste. »Aber das ist schon etliche Stunden her.«

»Und warum lallst du dann?«

»Lalle ich wirklich?« Er sah sie ungläubig an.

»Ja.« Sie nickte entschieden.

»Vielleicht kommt's von dem Schlag auf den Kopf?«

»Davon kriegt man Kopfweh, aber man lallt nicht.«

»Dann halt doch vom Schnaps«, räumte er nachdenklich ein.

»Ach geh. Wer wird denn vom Schnaps lallen?« Sie lachte höhnisch. »So was hat die Welt noch nicht gehört. Herrgott noch mal, Max. Warum trinkst du bei der Affenhitze denn kein Wasser?«

»Du weißt genau, dass ich kein Wasser vertrage.« Sein Gesichtsausdruck war ein einziger großer Vorwurf. »Davon krieg ich jedes Mal dieses mörderische

Sodbrennen, und von dem bekommt man auf Dauer ein Magengeschwür, hat mein Arzt gesagt, wie du sehr wohl weißt. Außerdem wollten Franzi und ich die Lösung unseres letzten Falls feiern.«

»Ich höre immerzu *feiern*. Ich feiere doch auch nicht jedes Fleischpflanzerl, das ich in den Biergarten trage.«

»Das ist auch etwas ganz anderes. Wir hatten eine Feier nach wochenlangen anstrengenden Ermittlungen. Da trinkt man dann eben kein Wasser, sondern Bier. Niemand trinkt bei einer wichtigen Feier Wasser. Kein Mensch. Schon gar nicht, wenn ihn sein ältester Freund und Kollege einlädt.«

»Tatsächlich? Und was war das mit dem Schnaps?«

Er bemerkte, dass sie sich ein Grinsen verbeißen musste.

»Also, Franzi hat vorhin gemeint, ein Schnaps wäre das Beste nach einer Ohnmacht. Damit die Körpersäfte wieder in Schwung kämen. Da dachte ich, drei Doppelte davon wären sicher noch besser. Von wegen Heilungsprozess beschleunigen und so. War wohl falsch gedacht.« Er blickte ein wenig hilflos drein.

»Hast du ihn also erreicht?«

»Sicher. Er war längst mit Essen fertig. Hab ich das nicht gesagt?« Max zögerte, bevor er weitersprach. Sein Gedächtnis schien von dem Schlag auf den Hinterkopf tatsächlich einige Lücken zu haben. Hoffentlich kam da nicht noch etwas Schlimmeres nach. Eine Hirnblutung oder Ähnliches. Ein Koma zum Beispiel stellte sich schneller ein, als man dachte. Dann hing man dann womöglich jahrelang, ohne aufzuwachen, an den Maschinen im Krankenhaus. »Er kam mit mehreren Kollegen zu mir auf den Viktualienmarkt, nachdem ich ihn angerufen hatte. Wir suchten alle gemeinsam die Gegend nach Mathilde und Dagmar ab. Aber nix. Alle beide sind wie vom Erdboden verschluckt.«

»Wie du niedergeschlagen wurdest, hat auch keiner gesehen?«

»Zumindest niemand, den wir gefragt haben.« Er schüttelte mit schmerzverzerrtem Gesicht langsam den Kopf.

»Und jetzt?«

»Franz lässt gerade weiterhin in der ganzen Umgebung des Viktualienmarktes nach Mathilde und Dagmar suchen. Sogar mit Hunden.« Max hoffte, dass Franz mit seiner Suche Erfolg hatte. Er fühlte sich von dem ganzen Theater im Moment schlicht überfordert.

»Es wird eine große Suchaktion eingeleitet, nur weil zwei Touristinnen in der Nacht verschwunden sind? Vielleicht amüsieren sie sich ja einfach irgendwo.« Monika schüttelte ungläubig den Kopf.

»Nein, weil ihr Verschwinden mit der Körperverletzung eines Ex-Kommissars in Verbindung gebracht wird, weil beide nicht der Typ Frau waren, der unverantwortlich handelt, und weil alles zusammen mehr als mysteriös ist.«

»Mit der Platzwunde am Kopf musst du auf jeden Fall ins Krankenhaus«, fuhr sie, milder gestimmt, fort. »Aber zieh dich vorher um. Deine Jacke und dein Hemd sind voller Blut.«

»Kein Krankenhaus.« Er winkte rigoros ab.

»Warum nicht?«

»Schon mal was von Krankenhauskeimen gehört?«

»Was ist das?« Sie sah ihn neugierig an.

»Die holst du dir nur im Krankenhaus, und sie sind tödlich. Hunderttausende sterben pro Jahr daran. Ohne mich. Ich bin zu jung zum Sterben.«

»Und was soll ich jetzt tun?« Sie legte ihre Hände in den Schoß und sah ihn erwartungsvoll an.

»Die Wunde reinigen und ein Pflaster draufkleben.« Er senkte seinen Kopf, damit sie die verletzte Stelle besser sehen konnte.

»Auf die Haare?«

»Natürlich nicht.«

»Soll ich sie etwa wegrasieren? Dabei reiß ich doch bloß alles wieder auf. Mein Gott, hättest du dir denn keinen ungefährlicheren Beruf aussuchen können?«

»Drum herum.« Er kreiste mit dem rechten Zeigefinger über seinem Hinterkopf.

»Was, drum herum?« Sie hörte sich zunehmend ungeduldig an.

»Um die Wunde drum herum rasieren.«

»Was soll das bringen?« Sie schüttelte den Kopf.

»Dort, wo du rasiert hast, kannst du dann das Pflaster festkleben.«

»Und das soll auf den Stoppeln halten?«

»Dann musst du halt gründlich rasieren, Herrschaftszeiten noch mal.« Er klang nun ebenfalls ungeduldig. Obwohl sie kein altes Ehepaar waren, benahmen sie sich oft wie eines.

»Und die Haare, die auf der Wunde bleiben? Die wachsen sich doch ein.« Sie sah ihn mit weit aufgerissenen Augen an.

»Dann rasier sie halt in Gottes Namen auch weg.« Er stöhnte genervt. »Ich werde es hoffentlich überleben.«

»Ich hole Pflaster und dein Rasierzeug von oben.«
Monika drehte sich um.
»Ich gieße mir solange noch einen Schnaps ein.«
»Hast du nicht schon genug Alkohol intus?«
»Betäubung vor der Operation.«
»Aha.« Sie stieg kopfschüttelnd die knarrende Holztreppe hinter dem Tresen zu ihrer Wohnung hinauf.
»Wie hat sie denn ausgesehen, deine Begleiterin, die zuletzt verschwunden ist?«, wollte sie noch wissen und blieb stehen.
»Normal.« Er blickte verständnislos drein.
»Was heißt das, normal?«
»Normal heißt normal. Kopf, Bauch, Beine, Arme. Was eine Frau halt so hat.«
»Sehr interessant.« Sie ging, ohne noch einmal zurückzublicken, weiter die Stufen hinauf.
Das Gespräch war für sie beendet. So wie ihre Gespräche jedes Mal dann beendet waren, wenn sie es für richtig hielt.
»Bist du etwa eifersüchtig?«, rief er ihr nach.
Keine Reaktion. Logisch. Er wusste, dass sie es, selbst wenn es so wäre, nicht zugeben würde.
»Okay, Max. Du brauchst jetzt wirklich dringend einen Schnaps«, sagte er zu sich selbst, stand schwankend auf, schlurfte in den Schankraum hinüber hinter den Tresen, nahm ein Flasche Grappa aus dem Regal dahinter und schenkte sich einen Dreifachen ein.
Bei einer Narkose, die wirken sollte, durfte man auf keinen Fall mit dem medizinischen Wirkstoff sparen. Das hatte er einmal in so einer Arztserie im TV gehört. Die Drehbuchautoren dort mussten es schließlich wissen.

Vielleicht hatte Monika recht und er sollte den Beruf wechseln. Zu oft war er in den letzten Jahren entweder angeschossen oder anderweitig verletzt worden. Aber was sollte er stattdessen tun? Ermitteln konnte er nun mal am besten, und außerdem hatte er erwiesenermaßen Erfolg damit.

13

»Max!«

»Ja.«

»Dein Handy.«

»Was?«

»Dein Handy!«, wiederholte Monika eine Spur lauter und eine Spur gereizter als zuvor. Sie schlug dreimal mit der flachen Hand auf seine Bettdecke, damit er endlich aufwachte.

»Wie spät ist es?«, fragte er, verschlafen stöhnend.

»Keine Ahnung. Geh endlich ran, dann weißt du es.«

»Okay, okay. Kein Grund, so herumzuschreien. Ich hab brutale Kopfschmerzen.«

»Ich schreie nicht. Ich rede laut, damit du mich hörst.«

»Ist ja gut.« Er schlug seine Augen auf, erkannte, dass er in Monikas Wohnung war, nahm sein Handy vom Nachtkästchen, wo er es beim Schlafengehen zum Aufladen hingelegt hatte. »Wer stört?«

»Franz hier.«

»Wie spät ist es?«

»8.30 Uhr. Hast du keine Uhrzeit auf deinem Smartphone?«

»Bin zu schnell rangegangen.«

»Sie wurde wahrscheinlich gefunden.«

»Wer?«

»Mathilde.«

»Und? Wo ist sie?«

»So wie es aussieht, wurde sie erschlagen.«

»Was?« Max richtete sich geschockt auf. Das hätte Franz auch etwas einfühlsamer sagen können. Manchmal war der Kerl ein echter Haudrauf.

»Ein Mitarbeiter der Müllabfuhr rief vorhin hier auf dem Revier an. Er hat sie in einer Seitengasse in der Nähe vom Viktualienmarkt entdeckt.«

»Du bist nicht dort?«

»Nein, ich sitze im Büro.«

»Woher weißt du dann, dass sie es wirklich ist?«

»Sie haben zwar keine Handtasche oder Papiere bei ihr entdeckt, der genauen Beschreibung des Müllmannes nach könnte sie es aber gut sein.«

»Okay, und jetzt?« Max rieb sich mit der freien Hand den nach wie vor schmerzenden Hinterkopf.

»Ich brauche deine Hilfe in dem Fall. Wir sind wieder mal total unterbesetzt auf dem Revier. Bedingungen als Berater wie gehabt.«

»Ist gut. In einer halben Stunde am Tatort?« Max überlegte kurz, ob er das tatsächlich zeitlich schaffen würde. Dann gab er sich selber grünes Licht.

»Komm einfach zum Karl-Valentin-Brunnen. Dann gehen wir zusammen dorthin.«

»Alles klar.«

Sie legten auf.

»Haben sie deine vermissten Touristinnen gefunden?«, erkundigte sich Monika, die sich inzwischen ebenfalls aufgesetzt hatte.

»Sieht so aus.« Er nickte.

»Ist doch super.« Sie gähnte lang und laut. »Und was war das mit diesem Tatort?«

»Sie ist tot. Anscheinend wurde sie ermordet.«

»Ach du Schande!« Monika schlug erschrocken die Hand vor den Mund. »Und jetzt?«

»Franzi und ich untersuchen den Fall.«

»Schnelles Frühstück?«

»Danke, Moni. Keine Zeit.« Noch während er sprach, eilte er ins Bad. »Rufst du mir bitte ein Taxi?«

Nach einer oberflächlichen Katzenwäsche, weil es eilte, zog er frische Sachen an. Für den Fall der Fälle hatte er immer ein paar T-Shirts, Unterwäsche, Hemden, Socken und Jeans bei Monika gelagert. Die blutigen Sachen legte er auf ihr Geheiß vor ihre Waschmaschine.

»Was macht der Kopf?«, fragte sie ihn, während er in die schwarze Lederjacke schlüpfte, die er bei seinen anderen Kleidungsstücken im Schlafzimmerschrank deponiert hatte.

»Tut weh. Wie kommen wir hier rauf in dein Schlafzimmer?«

»Ich hab dich nach deiner Grappanarkose hochgeschleppt.«

»Ich weiß nur noch, dass du Pflaster und mein Rasierzeug holen wolltest.«

»Immerhin. Hier.« Sie reichte ihm eine Kopfschmerztablette und ein Glas Wasser.

»Danke.« Er schluckte sie ohne Wasser hinunter.

»Die anderen nimmst du mit.« Monika drückte ihm die Packung in die Hand. »Wenn es nicht besser wird, gehst du zum Arzt, versprochen?« Sie legte ihre Stirn in Sorgenfalten.

»Jaja«, erwiderte er. »Mach dir nicht immer so viele Sorgen.«

»›Jaja‹ heißt, dass du es *nicht* tust.«

»Doch, doch.«

»Sturkopf.« Sie stöhnte leicht genervt.

»Ciao, Moni. Es eilt.«

Er ließ die Wohnungstür hinter sich ins Schloss fallen und eilte die Treppen hinunter.

Unten angekommen, stand das Taxi, das ihm Monika gerufen hatte, bereits vor dem Lokal.

Max stieg ein.

»Zum Viktualienmarkt«, sagte er zu der jungen Fahrerin. »So schnell es geht.«

»Wird gemacht, Chef.« Sie stieg aufs Gaspedal.

14

Franz wartete bereits am Karl-Valentin-Brunnen. Obwohl Max keine 20 Minuten von Thalkirchen aus her gebraucht hatte, und das bei durchaus munterem Samstagvormittagsverkehr. Er hatte es der Taxifahrerin mit einem großzügigen Trinkgeld gedankt.

»Guten Morgen. Was macht der Kopf?« Franz sah ihn abwartend an.

»Geht so.« Max verzog, Schmerzen andeutend, das Gesicht. »Wo ist sie?«

»Ein Stück die Reichenbachstraße runter. Dann gleich rechts in die Utzschneiderstraße. Dort liegt sie in einem Hinterhof. Keine zwei Minuten von hier.«

»Also los. Der Föhn wird nicht besser, verflixt noch mal.«

»Stimmt. Ich spüre es an meinem Kopf. Es ist ein Doppelsyndrom.«

»Föhn und Knüppel?«

»Du sagst es.«

Wenig später erreichten sie den Tatort, einen Innenhof, in dem sich Müll, Paletten und Kisten stapelten. Der Hausbesitzer schien nichts von einem gepflegten Ambiente für seine Mieter zu halten, wie das andere Vermieter taten, die ihre Höfe zu gemütlichen Aufenthaltsorten gestalteten. Aber bestimmt kassierte er dafür trotzdem ordentlich ab, wie es längst überall in der Stadt üblich war.

»Verdammt, es ist wirklich Mathilde.« Max schüttelte betroffen den Kopf. Das durfte doch alles gar nicht wahr sein. Noch vor wenigen Stunden hatte er fröhlich mit ihr geplaudert. Jetzt lag sie mit seltsam verdrehtem Kopf vor ihnen im Schmutz. Die Welt um ihn herum bekam von einer Sekunde auf die andere einen grauen Schleier. »Den Kerl erwischen wir, Franzi. Wenn du nicht mitmachst, suche ich ihn alleine.«

»Wieso sollte ich nicht mitmachen?« Franz sah ihn verständnislos an. »Genau genommen ist es meine Aufgabe, den Mörder zu finden. Ich bin von der Kripo, schon vergessen?«

»Logisch. Ich mein ja bloß. Die Sache geht mir wirklich an die Nieren.« Max blickte finster drein. »Sieht aus, als hätte ihr jemand das Genick gebrochen.«

»Ja.«

»Muss ein kräftiger Täter gewesen sein. Vielleicht jemand, der Ahnung von Kampfsport hat.«

»Das ist wohl richtig.« Franz nickte.

Max fragte Jan Reiter von der Spurensicherung, der direkt neben ihnen stand, was er über den Tathergang berichten könne.

»Ihr wurde eindeutig das Genick gebrochen«, erwiderte er. »Das kann ich bestätigen.«

»Hast du eine Tatzeit für uns?«

»Ungefähr zwischen Mitternacht und 1 Uhr. So viel kann ich jetzt schon sagen.«

»Irgendwelche Spuren? Hinweise auf den Täter?« Max kniff vor Schmerzen die Augen zusammen. Vielleicht sollte er doch auf Monika hören und einen Arzt aufsuchen.

»Wir nehmen wie immer Proben von allem, was uns notwendig erscheint. Das hier haben wir zum Beispiel unter ihren Fingernägeln gefunden.« Jan zeigte einen kleinen Stofffetzen in einer Plastiktüte. »Aber genaue Hinweise gibt es erst, wenn sie auf dem Tisch in der Gerichtsmedizin liegt und wir mit unseren Fundstücken im Labor waren. Auch zur Tatzeit. Wisst ihr doch, Leute.«

»Trotzdem, Jan. Was könnte geschehen sein? Gib uns irgendwas.« Max wusste, dass man nicht nachgeben durfte, wenn man von den Jungs in den weißen Kitteln etwas erfahren wollte.

»Es sieht irgendwie nach Raubmord aus. Sie hat weder Papiere noch Geld, Handy oder eine Handtasche bei sich.« Der große, übergewichtige Jan wischte sich den Schweiß von der Stirn. Obwohl es früh am Tag war, sorgte der Föhn bereits wieder für ungewöhnlich hohe Temperaturen.

»Das mit der Handtasche ist mir auch schon aufgefallen«, sagte Max nachdenklich. »Sie hatte gestern so einen hellgrauen Lederbeutel bei sich.«

»Stimmt.« Franz nickte.

»Aber es muss nicht zwingend ein Raubmord gewesen sein, oder?« Max richtete sich erneut an Jan.

»Nein.« Jan schüttelte den Kopf. »Der Täter kann mit dem Diebstahl ihrer Sachen genauso gut versucht haben, ihre Identität zu verschleiern. Wisst ihr ja selbst.«

»Um Zeit zu gewinnen«, meinte Franz.

»Zum Beispiel. Aber ich will mich da noch auf nichts festlegen.« Jan steckte sorgfältig das Plastiktütchen mit dem Stofffetzen darin in die Tasche. »Wir suchen in der näheren Umgebung weiter. Vielleicht finden wir ihre Handtasche irgendwo.«

»Danke, Jan.« Max nickte ihm mit zusammengekniffenen Lippen zu. Er musste sich schwer zusammenreißen, nicht laut über das Schicksal loszufluchen. Mathilde war viel zu jung zum Sterben gewesen und viel zu nett.

»Wir müssen ihre Familie benachrichtigen«, meinte Franz.

»Sie hat mir gestern erzählt, dass sie nicht verheiratet ist«, erinnerte sich Max. »Ihre Eltern starben vor einigen Jahren. Nur ihr Bruder ist noch am Leben. Aber zu ihm hatte sie in der letzten Zeit kaum Kontakt.«

»Das weißt du alles noch?« Franz runzelte ungläubig die Stirn.

»Es war gleich nachdem du zu deinem Essen gegangen bist. Da ging es mir noch gut.« Max wich einem der Männer von der Spusi aus, der gerade mit einer großen Schaufel an ihnen vorbeiwollte.

»Gab es noch andere Personen, die ihr nahestanden?«, fragte Franz. »Vielleicht hatte sie einen Freund.«

»Davon hat sie leider nichts erzählt.« Max schüttelte langsam den Kopf. Die ganze Sache machte ihm wirklich zu schaffen. »Ruf doch mal die Kollegen in Dortmund an. Die sind näher an ihren Lebensumständen dran und finden sicher schneller etwas raus, als wenn ich zum Beispiel da hochfahre, um mich umzuhören.«

»Mach ich.« Franz nickte.

»Gehen wir uns irgendwo besprechen?«

»Ums Eck ist ein italienisches Café. Die müssten schon aufhaben.«

»Gute Idee.«

»Ein Hörnchen wäre gut. Ich hab Hunger«, warf Franz noch ein.

»Du musst doch noch satt von gestern sein.«

»Warum?«

»Nix. Nur so.« Max winkte ab.

Er machte noch mit seinem Handy ein Foto von Mathilde, um sich bei der Befragung eventueller Zeugen leichter zu tun. Dann verabschiedeten sie sich von Jan und gingen los.

Herrschaftszeiten. Das alles ausgerechnet so kurz vor seinem 55. Geburtstag. Eigentlich wollte Max diese einmalige Schnapszahl am nächsten Samstag gebührend feiern. Mit selbstgespielter Livemusik und einem großen Büffet in seinem alten Schwabinger Lieblingslokal, dem früheren »Musiktresor«. Dort hatte er damals auch seinen 40. gefeiert. Seine Gäste damals waren begeistert gewesen, als er selbst eine halbstündige Musikeinlage mit Stücken von Johnny Cash gebracht hatte.

Die Planung des diesjährigen Jubiläums stand bereits. 55 Gäste. Eine tolle Band, und Hartmut, der Besitzer des »Musiktresors«, hatte ein grandioses Büffet bei seinem Lieblingsmetzger bestellt. Doch jetzt schaute es erst mal eher nach Arbeit und einer gehörigen Portion Wut auf den Täter aus.

15

Franz hatte sich nach ihrer kurzen Lagebesprechung ins Revier verabschiedet, um die nächsten Schritte der Ermittlungen von dort aus mit seinem Team zu koordinieren. Max machte sich derweil auf die Suche nach Zeugen am Viktualienmarkt. Er begann dort, wo er niedergeschlagen worden war und Mathilde zum letzten Mal lebend gesehen hatte. In der Nähe des Karl-Valentin-Brunnens. Natürlich hatten die Kollegen gestern Nacht auch schon hier herumgefragt. Aber oft genug wurde etwas dabei übersehen oder überhört. Deshalb wollte er sich der Sache noch einmal höchstpersönlich annehmen.

Überall herrschte rege Betriebsamkeit. Lieferanten fuhren hin und her. Die Verkäufer begannen damit, ihre Stände für das Publikum zu öffnen. Obst und Gemüse, Fisch, Blumen, Fleisch und Wurstwaren, Kaffee, frisch gepresste Fruchtsäfte – das vielfältige Angebot aus aller Welt war schier unbegrenzt.

Max blieb vor einer Kneipe stehen, die bekanntermaßen rund um die Uhr geöffnet hatte. Ein hagerer Mann in seinem Alter mit grauen Haaren und Vollbart stand in Jeans und T-Shirt davor. Er genoss sichtlich seine Zigarette in der warmen Vormittagssonne. Seine Arme waren mit bunten Tattoos übersät.

»Haben Sie kurz Zeit für mich?«, fragte ihn Max.

»Kommt darauf an.« Der Mann lächelte nicht unsympathisch.

»Max Raintaler mein Name. Ich arbeite für die Münchner Kripo.«

»Ein Schnüffler, da schau her. Ich bin der Lucky. Mir gehört das Stüberl hinter mir.« Er zeigte lässig mit dem Daumen auf die Eingangstür zu seinem Lokal. »Was gibt es?«

»Haben Sie eine dieser Frauen gestern Abend zufällig gesehen?« Max hielt ihm die Bilder von Dagmar und Mathilde auf seinem Handy hin.

»Die eine schaut nicht so gut aus«, meinte Lucky.

»Sie ist tot.«

»Das ist schlecht.« In Luckys hellblauen Augen spiegelte sich Betroffenheit.

»Sehe ich genauso. Sehr schlecht.« Max nickte mit zusammengepressten Lippen. Man sah ihm an, dass er das, was er sagte, auf keinen Fall witzig fand. »Ich kannte sie flüchtig. Sie war ein sehr netter Mensch.«

»Ich bin mir sicher, dass ich sie gestern noch lebendig gesehen habe«, meinte Lucky nach einer Weile des Nachdenkens. »Sie ging mit der anderen und einem jungen Mann Richtung Reichenbachplatz.«

»Sind Sie sich wirklich ganz sicher?« Max war sichtlich erfreut darüber, möglicherweise gleich beim ersten Zeugen einen kleinen Erfolg verbuchen zu können.

»95 Prozent.« Lucky blickte ihm fest in die Augen.

»Haben Sie mich auch irgendwo gesehen?«

»Nein«, sagte Lucky. Er schüttelte den Kopf, nachdem er Max gründlich betrachtet hatte.

»Wann war das mit den Frauen und dem Mann?«

»Müsste genau um 23.30 Uhr gewesen sein. Die Glocken vom Alten Peter haben gerade zweimal geschlagen. Ich war draußen eine rauchen und hab zur Turmuhr hochgeschaut. Mach ich immer so.«

»Wenn es zur nächsten Viertelstunde schlägt?«

»Ja.« Lucky nickte. »Ist so ein Tick von mir.«

»Wie sah der Mann aus?«

»Mittelgroß, wie gesagt, relativ jung, braune Haare und Drei-Tage-Bart. Er hatte Bluejeans und ein grünes Hawaiihemd an. Sie blickten alle drei nicht gerade glücklich drein.«

»Eher so, als würden sie streiten?«

»Könnte man sagen.« Lucky nickte nachdenklich. »Die Hand würde ich aber nicht dafür ins Feuer legen.«

»Sie schauen sich die Leute wohl ganz genau an.« Max lächelte freundlich.

»Was glauben Sie denn? Ich bin seit über 30 Jahren Kneipenwirt. Da kennt man seine Pappenheimer und vergisst sie nicht. Auch die bisher Fremden.«

»Verstehe. Wie lang arbeiten Sie eigentlich hinter Ihrem Tresen?« Max sah ihn neugierig an. Lucky war ein Wirt vom alten Schlag. Eine gestandene Persönlichkeit und schon rein vom Äußeren her sympathisch. Vielleicht besuchte er ihn demnächst einmal nach Feierabend an seiner Theke.

»In der Nacht bis ungefähr um 2 Uhr, dann übernimmt mein Partner.«

»Und da sind Sie um 10 Uhr schon wieder fit?«

»Um 10 Uhr? Nix da. Ich bin seit 7 Uhr wach. War bereits im Großmarkt einkaufen. Geht nicht anders.« Lucky zuckte mit den Schultern. »Alte Schule«, fügte er noch hinzu.

»So schauen Sie auch aus. Nicht despektierlich gemeint.« Max hob die Hände wie ein gestikulierender Italiener. »Ich finde es eher gut so. Würden Sie Ihre Aussage schriftlich auf dem Revier bestätigen?«

»Was ist denn passiert mit den dreien?« Lucky lächelte.

»Die dunkelhaarige Frau ist, wie bereits gesagt, tot. Sie wurde ermordet.«

»Oha. Und die Blonde?«

»Sie und ihr Begleiter sind spurlos verschwunden.«

»Verstehe.« Lucky nahm seinen dünnen Kinnbart zwischen Daumen und Zeigefinger und zwirbelte daran herum. »Klar komm ich aufs Revier und unterschreibe, was ich gesehen habe.«

»Danke, Lucky.« Max schüttelte seinem Gegenüber die Hand.

Inzwischen waren seine Kopfschmerzen nahezu unerträglich geworden. Er schluckte eine von den Tabletten, die ihm Monika vorhin mitgegeben hatte, und hoffte, dass es bald besser würde. Sonst musste er tatsächlich noch einen Arzt aufsuchen.

»Kater?«, erkundigte sich Lucky mit ernsthaft besorgtem Gesichtsausdruck. »Das kann die Hölle sein. Niemand weiß das besser als ich.«

»Alles gut.« Max winkte ab. Er notierte sich Luckys genauen Namen und seine Telefonnummer.

»Könnten Sie heute oder morgen noch aufs Revier schauen?«

»Sicher. Wo?«

»Sie können Ihre Aussage gleich hier ums Eck bei den Kollegen von der Inspektion elf machen. Die leiten sie dann weiter an meinen Chef Franz Wurmdobler.«

»Die Inspektion elf kenn ich. Kein Problem.«

Max ließ Lucky wieder an die Arbeit gehen. Er selbst machte sich auf den Weg zum nächsten Obststand in Richtung Reichenbachplatz. Möglicherweise konnte er so Mathildes Weg zum Tatort nachvollziehen. Vorher versuchte er es in Richtung Marienplatz. Die Stände dort hatte er gestern bereits wegen Dagmar abgegrast. Jetzt würde er noch einmal wegen Mathilde nachfragen. Manchmal war Polizeiarbeit banaler als gedacht.

16

»Er hat das Opfer als Letzter lebend gesehen. Das sollte man schon bedenken.« Kommissar Karl Freisinger, der vor zwei Tagen aus Rosenheim zum Team in der Hansastraße gestoßen war, machte ein wichtiges Gesicht.

»Was wollen Sie damit sagen, Freisinger?« Franz, der in seinem kleinen stickigen Büro hinter seinem riesigen Schreibtisch saß, auf dem sich die Akten stapelten, sah den neuen Kollegen neugierig an.

»Nichts Besonderes.« Karl lächelte unbestimmt. »Außer vielleicht, dass man Ihren früheren Kollegen nicht so ohne Weiteres aus dem Kreis der Verdächtigen ausschließen sollte.«

»Und was soll Max Raintaler Ihrer Meinung nach getan haben?« Franz' Stimme hatte einen gereizten Unterton. Hier wollte ein vollkommen neuer Mitarbeiter offenkundig seinen ältesten Freund bei ihm anschwärzen. Das gefiel ihm gar nicht.

»Man nehme bloß mal an, er hat versucht, bei der Toten zu landen. Sie hat ihm einen Korb gegeben. Er wurde zudringlich. Sie hat sich gewehrt. Da hat er sie in betrunkener Raserei erschlagen.« Karl nickte eifrig.

»Sie wurde nicht erschlagen. Jemand hat ihr das Genick gebrochen.«

»Dann hat er ihr eben das Genick gebrochen.« Karl zuckte die Achseln.

»In betrunkener Raserei? So eine gezielte Aktion?« Franz schüttelte den Kopf. Wie konnte jemand nur so beharrlich eine solch abstruse These verfolgen. Er fragte sich, ob Karl Freisinger möglicherweise eine Rechnung mit Max offen hatte, von der nur die beiden etwas wussten.

»Warum nicht?«

»Mitten auf dem Viktualienmarkt?«

»Nein. In der Gasse, in der sie aufgefunden wurde, natürlich.« Karl setzte ein siegessicheres Grinsen auf.

»Ach, und dann ist Max blitzschnell zum Karl-Valentins-Brunnen zurückgerannt und hat sich selbst von hinten niedergeschlagen.«

Karl machte mit seinem viereckigen Schädel und den

schläfrig dreinblickenden braunen Augen rein äußerlich einen eher derben und einfach gestrickten Eindruck. Franz vermutete, dass es in seinem Gehirn wohl nicht recht viel anders zuging.

»Wie soll das denn gehen?«, sagte er laut. »Sie wurde lange nach der Zeit, zu der er niedergeschlagen wurde, umgebracht.«

»Vielleicht wurde er gar nicht niedergeschlagen.«

»Wie meinen Sie das, Freisinger?« Franz' Tonfall verschärfte sich. »Ich habe die Wunde an seinem Kopf doch mit eigenen Augen gesehen.«

»Die Wunde oder einen Verband?«

»Die Wunde natürlich. Er hat geblutet wie ein Schwein.«

»Theaterblut?«

»Schwachsinn.« Franz schnaubte genervt. »Wo soll er das denn auf die Schnelle hergehabt haben?«

»Vielleicht war es Schweineblut aus einer Metzgerei. Er könnte Ihnen das Ganze nur vorgespielt haben.«

»Und wie erklären Sie sich, dass Max während der Tatzeit zwischen Mitternacht und 1 Uhr mit mir zusammen war?« Franz fixierte seinen neuen Untergebenen neugierig. »Sogar bis halb zwei suchten wir gemeinsam nach Mathilde und ihrer Freundin Dagmar. Dann fuhr Max mit dem Taxi zu seiner Freundin Monika Schindler. Ich habe ihn höchstpersönlich hineingesetzt.«

»Vielleicht hat er die Frau erst ganz kurz danach erschlagen, als er sie zufällig beim Heimfahren auf dem Gehsteig entdeckte. Als verspätete Rache wegen der Abfuhr, die er von ihr bekommen hatte.« Karl hatte ein leicht irres Grinsen im Gesicht. Er schien es zu lieben, sich in unbewiesene Theorien zu versteigen. Warum auch immer. »Da müsste man halt noch die Ergebnisse der Leichenbeschau abwarten.«

»Und der Taxifahrer hat dabei zugeschaut und gewartet, bis er fertig war? Du spinnst doch, Spezi.« Franz schüttelte fassungslos den Kopf. Einen derart ausgemachten Schmarrn hatte er schon lange nicht mehr gehört. »Aber nicht zu knapp.«

Am besten schickte er den seltsamen Vogel vor sich gleich wieder dahin zurück, wo er hergekommen war. In die Provinz nach Rosenheim. Aber bestimmt wollten die ihn dort auch nicht mehr. Sicher hatten sie zehn Vaterunser gebetet und freiwillig für irgendetwas gespendet, nachdem sie ihn los waren.

»Beleidigend brauchen Sie nicht zu werden, Herr Hauptkommissar.« Karl straffte angriffslustig seinen Oberkörper. »Das muss ich mir nicht gefallen lassen.«

»Sie werden sich noch ganz andere Dinge gefallen lassen müssen, wenn Sie meinen, hier mit irgendwelchen haltlosen Beschuldigungen durchzukommen.« Franz bekam einen roten Kopf vor Ärger. Der Neue ging ihm gerade gewaltig auf die Nerven.

»Man wird ja noch seine Arbeit als Kriminaler tun dürfen.« Karl blieb stur.

»Was ist los mit Ihnen, Freisinger?« Franz sah ihn übellaunig und verständnislos an. »Haben Sie nichts Besseres zu tun, als hochverdiente Leute zu beschuldigen, von denen Sie nicht das Geringste wissen? Oder kennen Sie Max Raintaler etwa und wollen ihm absichtlich etwas in die Schuhe schieben? Eine Art Rache?«

»Es reicht, Herr Wurmdobler. So etwas müssen Sie mir nicht unterstellen. Dagegen werde ich mich zu wehren wissen.« Karl blickte trotzig wie ein kleiner Schulbub vor sich hin.

»Was wollen Sie denn dagegen machen?« Franz war kurz davor, auszurasten. Entweder war sein Gegenüber schwer geistig gestört oder von einer nie gekannten Sturheit besessen, was Ersterem nahezu gleichkam.

»Das werden Sie dann schon sehen.«

»Verlassen Sie auf der Stelle mein Büro, Freisinger, oder Sie werden mich kennenlernen.« Franz zeigte auf die Tür. »Unverschämter Kerl, unverschämter.«

»Gut, ich gehe.« Karl gab sich völlig unbeeindruckt. »Aber ich habe alles richtig gemacht. Im Rahmen unserer Sorgfaltspflicht bei den Ermittlungen sollten wir nämlich jeder Spur nachgehen, jawohl.«

»Wissen Sie was? Sie machen die nächsten vier Wochen Innendienst, Freundchen.« Franz wurde es nun endgültig zu dumm mit dem hirnlosen Kaschperlkopf. »Von den Ermittlungen in unserem Mordfall sind Sie hiermit abgezogen, und wenn Sie nicht ganz schnell zu einem brauchbaren und loyalen Mitglied unseres Teams werden, dürfen Sie gerne wieder nach Rosenheim zurückkehren. Lieber heute als morgen.«

»Sie wissen aber schon, dass mein Onkel der Polizeipräsident ist, Herr Wurmdobler? Er ist der Bruder meines Vaters und besucht meine Eltern bis heute häufig auf unserem Hof bei Bad Aibling.« Karl setzte ein arrogantes Gesicht auf. »Er hält sehr viel von mir als Kriminaler«, fügte er noch hinzu. »Das hat er selbst zu mir gesagt.«

»Ich kenne den Herrn Faltermeier sehr gut. Seit unserer gemeinsamen Zeit auf der Polizeiakademie. Und glauben Sie mir, es ist mir scheißegal, dass er Ihr Onkel ist.« Franz blickte noch eine Spur arroganter drein als sein Gegenüber. »Und jetzt raus hier. Ich lasse Ihnen ein paar alte Akten ungelöster Fälle bringen. Damit können Sie sich an Ihrem Schreibtisch vergnügen. Und wehe, mir kommt zu Ohren, dass Sie noch ein einziges schlechtes Wort über Angehörige unseres Teams verlieren.«

»Was ist denn dann?« Karl reckte provozierend seinen Kopf nach vorne.

»Das werden Sie schon sehen, Freisinger. Aber auf eines können Sie sich jetzt schon verlassen. Dann raucht's im Karton, und es wird verdammt unangenehm für Sie.«

»Ach ja?«

»Ach ja, und jetzt Tür zu. Aber schnell und von außen.«

Nachdem Karl die Tür hinter sich geschlossen hatte, atmete Franz ein paarmal tief ein und aus, um wieder runterzukommen.

»So ein Depp, so ein ausg'schamter«, sprach er dabei immer noch aufgebracht zu sich selbst. »Und dann mag er mir noch mit seinem halbdebilen Onkel kommen, der demnächst sowieso abgesetzt wird, weil er nur Schmarrn baut.«

Er stand auf und lief wie ein Raubtier im Käfig vor seinem Schreibtisch auf und ab.

»Max soll Mathilde umgebracht haben«, führte er sein Selbstgespräch weiter. »So ein hirnrissiger Schmarrn.«

Natürlich hatten sie einiges getrunken, und im Rausch und bei Föhn hatte erwiesenermaßen schon so mancher Dinge getan, die man ihm für gewöhnlich nicht zutraute. Aber Max doch nicht. Der war als von Gerechtigkeit und Anstand besessener Ex-Kommissar über alle Zweifel erhaben.

»Nix als Schmarrn!« Franz winkte kopfschüttelnd ab. Er rief Manuel Leinen, einen guten Bekannten in der Personalabteilung, an, um sich zu erkundigen, was er in Sachen Karl Freisinger unternehmen konnte, um ihn so schnell wie möglich loszuwerden.

Manuel meinte, dass es am besten wäre, wenn er ihn bei einem krassen Verstoß gegen die Vorschriften erwischen würde oder wenn man Karl offiziell einen psychischen Schaden nachweisen könnte, der ihn sozusagen von Amts wegen arbeitsunfähig machte. Beides wäre aber nicht so einfach und müsste schon Hand und Fuß haben.

17

Max erkundigte sich überall zwischen Viktualienmarkt und Marienplatz sowie Gärtnerplatz nach Mathilde und Dagmar und nach ihrem unbekannten jungen Begleiter im Hawaiihemd. In Kneipen, Cafés, Läden und bei Obstständen.

Doch keiner der Befragten hatte die drei gesehen.

Er musste die Sache also anders aufziehen. Wenn er doch nur Mathildes Smartphone hätte. Dann könnte er diese Sabine aus Dortmund anrufen. Bestimmt wusste sie mehr über Dagmars Freund Jörg oder über etwaige Gründe, die jemanden dazu gebracht haben könnten, Mathilde umzubringen.

Als er am Gärtnerplatz ankam, rief er Franz an.

»Franz, ihr müsst herausfinden, wer diese Sabine ist, die gestern an unserem Tisch bei Mathilde angerufen hatte«, sagte er schnell, nachdem Franz abgehoben hatte.

»Warum?«

»Sie könnte uns sicher mehr über Mathilde und Dagmar, ihr Umfeld und vor allem diesen Jörg, Dagmars Freund, sagen. Vielleicht war er der Unbekannte, der die beiden gestern nach meinem Knockout begleitet hatte. Er könnte Dagmar wegen eines Streits hierher nachgereist sein, um sich mit ihr auszusprechen.«

»Müssen Sie da so saublöd im Weg herumstehen«, pöbelte ihn ein älterer Herr im Trachtenjanker an, der anscheinend in den Supermarkt, vor dem Max stand, hinein wollte.

»Nein«, erwiderte Max, während er die Sprechmuschel seines Smartphones zuhielt. Er trat zur Seite.

Mein geliebtes München. Voll mit freundlichen und gelassenen Zeitgenossen. Vor allem bei Föhn. Warum wandere ich eigentlich nicht zum Beispiel nach Neuseeland aus? Da sollen die Menschen allgemein ziemlich gut gelaunt sein. Föhn haben die außerdem auch keinen, wie man hört.

»Den Anruf von ihr hatte ich gar nicht mehr in Erinnerung«, meinte Franz währenddessen.

»Du warst wohl zu sehr mit deinen Schweinswürschteln beschäftigt.« Max musste grinsen. Ließ es aber gleich wieder bleiben, weil es seine Kopfschmerzen nur noch anheizte.

»Von einem Unbekannten, der die beiden gestern Abend begleitet haben soll, weiß ich auch nichts. Wann genau war das?«

»Ein Zeuge hat die drei um 23.30 Uhr auf dem Viktualienmarkt gesehen.«

»Gut, dass ich das auch mal erfahre.« Franz klang gereizt. Fast schon beleidigt. Jeder in seinem Umfeld wusste, dass er sich nicht gerne übergangen fühlte. Max natürlich als Erster. Aber manchmal war einfach keine Zeit für persönliche Rücksichtnahmen. Schon gar nicht bei einem Mordfall, und erst recht nicht, wenn man das Opfer auch noch persönlich gekannt hatte. »Zu der Zeit waren wir doch schon bei dir.«

»Ja, wir waren ganz in der Nähe, und trotzdem musste sie sterben.« Max wurde schlagartig von einer tiefen Traurigkeit übermannt. Mathildes Gesicht tauchte vor seinem inneren Auge auf. Sie schien ihn mit ihrem freundlichen Wesen tiefer berührt zu haben, als er gedacht hatte.

»Gibt es eine Beschreibung des Begleiters?«, wollte Franz wissen.

»Mittelgroß, braune Haare und Drei-Tage-Bart, relativ jung. Er hatte Jeans und ein grünes Hawaiihemd an, meint der Zeuge. Es ist gerade mal eine Stunde her, dass ich ihn befragte. Entschuldige, dass ich es dir erst jetzt sage, aber meine Kopfschmerzen machen mir echt zu schaffen.«

»Dann geh doch endlich zum Arzt. Herrgott noch mal, du mit deiner panischen Angst vor den Weißkitteln.« Franz hörte sich jetzt ungehalten an. »Das gibt es doch gar nicht. Anscheinend stirbst du lieber, als in eine Arztpraxis zu gehen.«

»Ich trink erst mal einen Espresso mit Zitronensaft«, sagte Max. »Ein Tipp von Josef gegen Kopfschmerzen. Der hilft bestimmt.« Max' Freund und Vereinskollege beim »FC Kneipenluft«, Josef Stirner, hatte für alle möglichen Fälle ein altes Hausrezept parat. Seine Mutter war so etwas wie eine Heilerin gewesen, die ihm ihr ganzes diesbezügliches Wissen sozusagen in die Wiege gelegt hatte.

»Wie du meinst. Dann gehst du halt nicht zum Arzt.« Schon wieder klang Franz irgendwie eingeschnappt. Er schien heute nicht seinen besten Tag zu haben. »Ich ruf gleich mal die Kollegen in Dortmund wegen dieser Sabine an.«

»Es eilt«, drängte Max. »Vielleicht ist Dagmar die Nächste, die sterben muss.«

»Ist mir schon klar. Ich melde mich, sobald ich etwas herausgefunden habe.«

»Perfekt.« Max schickte sich an aufzulegen.

»Einer von der Spusi hat übrigens Mathildes Handtasche gefunden«, meinte Franz noch wie nebenbei. »Es war alles noch da: Papiere, Geld, Handy. Also ziemlich sicher kein Raubmord, wenn es nicht um etwas Spezielles wie einen Computerstick oder Ähnliches ging, von dem wir nichts wissen können. Sie hieß übrigens Maier mit Nachnamen.«

»Sag mal, geht's noch, Franzi?« Max traute seinen Ohren nicht. Mit halboffenem Mund starrte er auf das imposante Portal des jüngst renovierten Gärtnerplatztheaters.

»Wieso?«

»Du hast ihr Handy?«

»Und?«

»Dann kannst du einfach die Nummer von dieser Sabine wählen. Die ist doch gespeichert.«

»Ach so, klar. Sorry, Max.« Franz räusperte sich verlegen. »Ich bin noch nicht ganz fit, und dann hatte ich gerade noch einen Streit mit einem neuen Mitarbeiter. Ein absolut unangenehmer Zeitgenosse.«

»Du bist der Leiter des Kommissariats für Entführungsfälle und Mord, stimmt's?« Max schüttelte fassungslos den Kopf. Das musste der andauernde Föhn sein. Anders ließ sich Franz' Aussetzer nicht erklären.

»Sicher.«

»Dann versprechen wir uns jetzt gegenseitig Folgendes: Wir reißen uns zusammen und konzentrieren uns besser, okay? Auch wenn heute Samstag ist, und auch wenn wir gelegentlich mal einen über den Durst trinken wie gestern.«

»Klar.«

»Sonst könnte es nämlich ganz schnell bergab gehen mit unseren Karrieren als Ermittler.«

»Jaja. Schon recht, Herr Raintaler.« Franz' Tonfall nach schien ihm sein Versäumnis einigermaßen peinlich zu sein und das nervte ihn offenkundig selbst. Offiziell zugeben würde er das allerdings nicht. Dazu war er zu uneinsichtig, wie Max von Hunderten ähnlich gelagerter Vorfälle wusste.

»Na ja, Franzi ...« Er grinste in sich hinein. »Sag mal, hast du vielleicht auch nicht daran gedacht, Mathildes Freundin Dagmar über Mathildes Handy zu erreichen? Dann könnte man ja möglicherweise auch etwas über ihren jungen Begleiter herausfinden.«

»Das wollte ich gerade tun.«

»Sehr gut.« Max konnte an Franz' Stimme hören, dass er schwindelte. Sicher hatte er das ebenfalls vergessen, und es war ihm gerade alles nur noch peinlich.

»Ich ruf sie sofort an«, versicherte ihm Franz.

»Schick mir bitte ihre Nummer aufs Handy, auch die von dieser Sabine. Dann kann ich es auch immer mal wieder bei ihnen versuchen.«

»Mach ich«, sagte Franz. »Bist du gestern um 1.30 Uhr eigentlich direkt zu Moni gefahren?«, erkundigte er sich anschließend noch im beiläufigen Plauderton.

»Sicher, weißt du doch.« Max hob irritiert die Brauen an. »Warum fragst du?«

»Nur so.«

»Nur so gibt's nicht.«

»Alles gut. Bis später.« Franz legte auf, bevor Max etwas erwidern konnte.

Was war das denn? Max legte ebenfalls auf. Er schüttelte verwirrt den Kopf. Sehr seltsames Benehmen von Herrn Hauptkommissar Wurmdobler. Was so ein Alkoholkater an einem heißen Föhntag alles anrichten konnte.

18

Franz rief seinen Kollegen Hauptkommissar Müller zu sich ins Büro, den alle wegen seiner harten Verhörmethoden den »scharfen Bernd« nannten. In all den Jahren war ihm immer wieder mal bei besonders unverschämten Verdächtigen die Hand ausgerutscht. Allerdings hatte es nie ernsthafte Konsequenzen für ihn gehabt, weil Franz schützend seine Hand über ihn gehalten hatte.

Jetzt war es an der Zeit, dass er auch Franz einmal einen persönlichen Gefallen tat und ihm bei der Sache mit Max und Karl und dem Mord an Mathilde auf eher unkonventionelle Weise half. Vor allem, ohne dass es Karl Freisinger und ihre anderen Kollegen mitbekamen, die allesamt wegen des Mordes an Mathilde ebenfalls in ihren Büros saßen oder im Einsatz waren, obwohl heute Samstag war. Franz hatte die Aufklärung des Falles zur Chefsache erklärt, bei der jeder antanzen musste, ob er wollte oder nicht.

»Was gibt's, Franzi?« Bernd kam zur Tür herein. Er setzte sich in den bequemen Besuchersessel vor Franz' Schreibtisch.

»Nun ... es ist ein wenig delikat«, zögerte Franz.

»Nur raus damit.« Bernd nickte ihm aufmunternd zu.

»Wir haben da doch diesen Neuen, Karl Freisinger.«

»Ich weiß. Ein rechter Depp, so wie es ausschaut, und?«

»Es sieht so aus, als wollte er Max den Mord an dieser Mathilde vom Viktualienmarkt in die Schuhe schieben.«

»Unserem Max? Ja, spinnt denn der?« Bernd schnaubte empört. »Das sieht dem Dumpfschädel ähnlich. Ich konnte den von Anfang an nicht leiden.«

»Ich mag ihn auch nicht. Das muss aber unter uns bleiben.« Franz nickte erleichtert. Endlich konnte er offen mit jemandem über alles reden. Bernd hatte das Herz am rechten Fleck. »Er ist nämlich der Neffe unseres hochgeschätzten Polizeipräsidenten Jürgen Faltermeier.«

»Haben sie den komischen Vogel immer noch nicht abgesetzt?« Bernd setzte ein verwundertes Gesicht auf.

»Leider nein. Aber nicht so laut.« Franz legte den Zeigefinger an den Mund. »Die Wände haben Ohren.«

»Die Wände?« Bernd stutzte.

»Sprichwörtlich. Ich meine jetzt mehr, dass möglicherweise einer an der Tür vorbeigeht und uns dabei belauscht.«

»Verstehe.« Bernd nickte. »Aber der Faltermeier baut doch wirklich nur einen Mist nach dem anderen«, fuhr er leiser fort. »Das weiß inzwischen nicht nur die Presse, sondern so gut wie jeder.«

»Hast ja recht.« Franz verdrehte wissend die Augen. »Und jetzt hat er uns auch noch seinen Neffen auf den Hals geschickt.«

»Was kann ich für dich tun, Franzi?« Bernd richtete seinen Oberkörper auf. Er straffte sich.

»Dieser Karl Freisinger will Max also etwas anhängen, und ich wüsste gern, warum. Kannst du dich da mal schlaumachen?«

»Du könntest ihn doch offiziell überprüfen lassen.«

»Zu auffällig.« Franz schüttelte den Kopf. Auch er sprach jetzt deutlich leiser. Das Treffen bekam gerade einen regelrecht konspirativen Charakter. »Das kriegt sein Onkel mit, und blitzschnell haben wir mehr Ärger am Hals, als wir verkraften können.«

»Dann also inoffiziell«, raunte Bernd.

»Du nimmst mir das Wort aus dem Mund.« Franz atmete erleichtert auf. »Finde alles über den Kerl heraus, was du kannst. Ob er Max früher schon mal begegnet ist, welche Freunde oder Feinde er hat, ob und mit wem er sich in Rosenheim auf dem Revier angelegt hat und so weiter.«

»Meine leichteste Übung, Franzi.« Bernd lächelte vielsagend.

»Danke, Bernd. Ich wusste, dass ich mich auf dich verlassen kann.« Franz stand auf und schüttelte ihm dankbar die Hand.

»Was, wenn ich dabei etwas Unangenehmes über Max herausfinden sollte? Ich glaube es zwar nicht, aber wenn doch?«

»Dann sag es bitte erst mal nur mir.«

»Geht klar, Franzi.« Bernd erhob sich. »Ich fang am besten gleich mit dem Revier in Rosenheim an. Zufällig kenne ich den Dienststellenleiter dort von früher, den Matthias Schweiger.«

»Wie das?« Franz staunte ihn einigermaßen überrascht an. »Du bist doch sonst von keinen zehn Pferden aus deinem geliebten München wegzukriegen.«

»Matthias kommt wie ich aus Pasing. Wir sind dort zusammen in die Schule gegangen.«

»Sehr gut.« Franz lächelte erfreut. Alte Seilschaften konnten manche Ermittlung erleichtern. Das wusste er aus eigener Erfahrung. Zum Beispiel hatte ihm Hans Premer, der Nürnberger Leiter der dortigen Mordkommission, einmal auf kurzem Dienstweg und deshalb sehr schnell zwei Spezialisten abgestellt, als es darum ging, im Münchner Norden gegen eine russische Mafiaorganisation vorzugehen. Die sehr heikle Sache war dann natürlich von Erfolg gekrönt gewesen. »Aber bitte sonst wirklich zu niemandem ein Wort. Das Ganze muss streng unterhalb des Radars laufen.«

»Hab ich schon kapiert. Bis dann.«

Bernd ging hinaus. Er schloss schwungvoll die Tür hinter sich.

Franz lehnte sich, teils etwas beruhigt, teils mit immer

noch sorgenvoller Miene, in seinem Bürosessel zurück. Er wagte nicht, sich auszumalen, was los wäre, wenn Max in seinem Vollrausch tatsächlich etwas Schlimmes angestellt hatte. Dass er immer noch ganz schön benebelt gewesen war, als er gestern mit dem Taxi zu Monika heimfahren wollte, war nicht zu übersehen gewesen.

Der Wegstrecke und dem Tatort in der Utzschneiderstraße nach hätte er Mathilde dabei durchaus begegnen können. Allerdings gab es da natürlich eine Sache, die klar für ihn sprach. Er war erst kurz nach 1.30 Uhr aufgebrochen. Das wusste Franz so genau, weil er bei ihrem Abschied auf die Uhr gesehen hatte, da er selbst endlich ins Bett wollte.

Wenn sich also die von Jan Reiter vor Ort angenommene Tatzeit zwischen Mitternacht und 1 Uhr in der Gerichtsmedizin bestätigen sollte, am besten noch eher in Richtung Mitternacht, hatte Max nichts zu befürchten. Da konnte dieser unsägliche Karl Freisinger intrigieren, so viel er wollte.

Unglaublich, was es für Menschen gab. Hoffentlich machte der Kerl nicht noch mehr Ärger.

19

In einer halben Stunde würde das Mittagsgeschäft losgehen. An einem Samstag wie heute und bei so warmem Wetter waren dabei Monikas ganze Kraft und Aufmerksamkeit gefordert. Gott sei Dank hatte ihr Anneliese auch für heute und morgen ihre Hilfe zugesagt. Sie musste sich wirklich bald mal eine feste Kellnerin anstellen. Zumindest im Sommer, wenn der Biergarten, so wie gestern, bis auf den letzten Platz besetzt war.

Sie war gerade dabei, saubere Aschenbecher und neues Besteck im Biergarten auf den Tischen zu verteilen, als ihr jemand von hinten auf die Schulter tippte.

»Was zum …?« Sie drehte sich erschrocken um.

»Wir sind's«, sagte Joschi mit einem schüchternen Lächeln auf den Lippen. Der Wüterich vom Vortag stand mit seinem Freund Helmut vor ihr. Jeder von ihnen hatte einen riesengroßen Blumenstrauß in der Hand. »Wir möchten uns entschuldigen. Vor allem ich«, fuhr Joschi fort. »Ich habe mich wirklich unmöglich benommen.«

»Einsicht ist der erste Weg zur Besserung.« Monika grinste freudig überrascht.

Damit hatte sie nicht gerechnet. Viele Menschen benahmen sich wie Idioten. Nicht nur in ihrem Biergarten. Aber die wenigsten hatten genug menschliche Größe, um sich danach dafür zu entschuldigen. Mit Blumen schon gleich gar nicht.

»Wir haben es eingesehen«, meinte Helmut und reichte ihr seinen Strauß als Erster. »Entschuldigung.«

Joschi folgte ihm mit seinem.

»Danke, Entschuldigung akzeptiert.« Monika nahm die Blumen mit einem breiten Lächeln entgegen. »Auch noch Wiesenblumen. Die mag ich am liebsten. Woher wusstet ihr das? Sie müssen schnell in eine Vase. Wollt ihr einen Kaffee? Ich gebe einen aus.«

»Ja, äh, gerne«, stammelte Joschi unsicher. Offensichtlich hatte er eher erwartet, dass sie immer noch verärgert wäre.

Aber da kannte er Monika schlecht. Sie konnte sich schnell aufregen, doch sie kam auch genauso schnell wieder runter. Vor allem, wenn sie Blumen geschenkt bekam. Was das betraf, konnte sich Max gerne eine Scheibe von den beiden hier abschneiden. Obwohl, so streng durfte sie auch wieder nicht sein. Er schenkte ihr immerhin jedes Jahr zum Geburtstag eine langstielige rote Rose. Das war schließlich auch etwas.

»Dann setzt euch.« Sie zeigte auf den frisch geputzten Tisch vor ihnen. »Kaffee kommt gleich.«

»Prima. Alkohol trinken wir erst mal keinen mehr.« Helmut setzte ein verschämtes Lächeln auf.

»Sehr vernünftig.« Monika betrat ihre kleine Kneipe und füllte zwei Tassen mit frischem Filterkaffee, den sie vorhin erst aufgegossen hatte.

Während sie die Kaffeebecher auf zwei Untertassen stellte, meldete sich ihr Handy.

»Hallo, Moni. Franz hier.«

»Was verschafft mir die seltene Ehre, Herr Hauptkommissar?« Franz hatte sich in den letzten Wochen ziemlich rargemacht. Da war es nur angemessen, ihn ein wenig auf den Arm zu nehmen.

»Ich weiß, ich weiß«, sagte er schnell. In seiner Stimme klang ehrliches Schuldbewusstsein mit. »Ich war länger nicht mehr bei dir in der Kneipe. Aber du wirst es nicht glauben, wir haben zurzeit dermaßen viel Arbeit, dass ich kaum noch zum Biertrinken komme.«

»Aber manchmal klappt es ja doch noch. Wie gestern auf dem Viktualienmarkt.« Sie lächelte amüsiert. Er konnte das zwar nicht sehen, aber ihren ironischen Unterton überhörte er bestimmt nicht.

»Das war eine Ausnahmesituation, Moni. Ich weiß nicht, ob es dir Max erzählt hat, aber wir ...«

»Ihr habt die Lösung eures letzten Falles gefeiert«, unterbrach sie ihn.

»Ganz genau. Weil, so viel Zeit muss sein. Nächstes Mal feiern wir wieder bei dir im Biergarten, versprochen.«

»Was kann ich für dich tun, Franzi? Du wolltest doch sicher nicht nur fragen, wie es mir geht. Gut übrigens.« Sie grinste breit.

Langsam kannst du wieder damit aufhören, ihn zu veräppeln, Monika Schindler.

»Das freut mich«, erwiderte er. »Ich hab eigentlich nur eine kurze Frage.«

»Schieß los.«

»Wann ist Max gestern Nacht zu dir gekommen?«

»Hat er dir das nicht selbst gesagt?«

»Ich wollte es gern von dir hören.«

»Wieso?« Sie zog irritiert die Stirn kraus.

»Weil ich ganz sichergehen muss.«

»Wegen …?«

»Wegen der Tatzeit.«

»Der Tatzeit? Welcher Tatzeit?«

»Er hat dir doch sicher erzählt, dass es einen Mord gab.«

»Ja, eine der Frauen, mit denen ihr gestern zusammen wart, ist tot.« Sie sprach einen Moment lang nicht weiter. »Was ist damit?«

»Ich muss wissen, wann Max bei dir ankam.«

»Noch mal, Franzi. Hat er dir das nicht selbst gesagt?«

»Ich weiß, wann er am Viktualienmarkt wegfuhr.« Franz sprach auf einmal leiser, als würde ihn jemand belauschen. »Jetzt muss ich noch wissen, wann er bei dir ankam. Dann ist alles gut.«

»Kapier ich nicht.« Sie verstand wirklich nicht, was er gerade von ihr wollte. Er und Max kannten sich seit ihrer Kindheit. Sie waren die besten Freunde. Sprachen über so gut wie alles miteinander. Wieso fragte er Max nicht selbst, wenn er etwas von ihm wissen wollte.

»Pass auf, Moni. Hier bei uns ist ein Neuer. Der will Max die Sache anhängen.«

»Den Mord an der Frau?« Monika zuckte erschrocken zusammen. »Warum denn das?« Sie hielt sich fassungslos instinktiv am Tresen fest. »Was hat Max ihm getan? Der tut doch keiner Seele was zuleide. Außer denen, die es verdient haben natürlich.«

»Weiß ich noch nicht, finde ich aber heraus.« Franz räusperte sich umständlich.

»Gut.« Sie kaute unruhig auf ihrer Unterlippe herum.

»Es wäre einfach schön, deine Bestätigung von Max' und meiner Aussage zu haben, damit der hirnrissige Kerl Max nichts anhaben kann.«

»Aha.« Sie schüttelte den Kopf. »Verstehe ich zwar immer noch nicht so ganz, aber Max war um kurz vor 2 Uhr bei mir.«

Erfand Franz die Geschichte mit dem Neuen etwa, um ihr nicht sagen zu müssen, dass er Max nicht über den Weg traute? Das wäre allerdings ein Hammer gewesen. Hoffentlich war es nicht so. Von einem Tag auf den anderen wäre die Freundschaft zwischen den beiden Geschichte gewesen.

»Das ist sehr gut, Moni, danke. Dann muss er tatsächlich direkt zu dir nach Thalkirchen gefahren sein.« Franz schnaufte deutlich erleichtert in den Hörer. »Bei mir am Viktualienmarkt ist er um kurz nach 1.30 Uhr losgefahren. Wie lang braucht ein Taxi nachts von der Innenstadt zu dir? Du fährst die Strecke doch sicher öfter.«

»Kommt auf die Ampeln und den Verkehr an. Aber normalerweise 15 bis 20 Minuten.«

»Du hast mir sehr geholfen. Mach's gut, Moni.«

»Das war's schon?«

»Ja.«

»Na, dann mach's besser.«

Sie legten auf.

Während Monika die zwei versprochenen Kaffees nach draußen brachte, rasten ihr die wildesten Gedanken durch den Kopf. Da wollte tatsächlich einer ihren Max des Mordes beschuldigen. Gut, er hatte seine Macken wie jeder andere auch. Aber er war auf keinen Fall bösartig, und er würde garantiert niemals jemanden umbringen. Da war sie sich 1.000-prozentig sicher. Um Himmels willen, was war dieser Neue nur für ein ausgemachter Blödmann, wenn er einen solchen Verdacht hegte.

Sie setzte sich kurz zu Joschi und Helmut, die sich in ihren beigefarbenen Sommeranzügen besonders fesch gemacht hatten, und wechselte einige freundliche Worte mit ihnen. Dann ließ sie die beiden in Ruhe austrinken und machte sich wieder an ihre Arbeit. In kurzer Zeit würden alle Tische besetzt sein. Darauf galt es, vorbereitet zu sein.

20

Gleich nachdem Franz mit Monika telefoniert hatte, rief er Sabine, Mathildes und Dagmars Freundin in Dortmund, an, deren Nummer auf Mathildes Handy gespeichert war.

Er hatte Glück. Sie hob gleich nach dem zweiten Klingelzeichen ab.

»Bornschläger.«

»Spreche ich mit Frau Sabine Bornschläger?«

»Ja?«, kam es vorsichtig vom anderen Ende der Leitung.

»Keine Angst, Frau Bornschläger. Ich will Ihnen nichts verkaufen.« Franz räusperte sich. »Mein Name ist Wurmdobler. Hauptkommissar Wurmdobler von der Münchner Kripo.«

»Oh Gott. Ist etwas mit Mathilde oder Dagmar?« Sabine klang verunsichert und besorgt.

»Ist Frau Mathilde Maier Ihre Freundin?«, tastete sich Franz vor. Er rückte umständlich seine Krawatte zurecht. Es fiel ihm auch nach all den langen Dienstjahren immer noch schwer, Freunde oder Angehörige vom Tod ihrer Lieben zu benachrichtigen.

»Ja. Ist etwas passiert?«

»Mathilde ist leider tot, Frau Bornschläger.«

»Sie wollen mich wohl veräppeln. Ich habe gestern Abend noch mit ihr telefoniert.« Sabine klang sehr aufgeregt. »Machen Sie gefälligst keine dummen Scherze mit mir. Wer immer Sie auch sein mögen. Kripo kann ja jeder sagen.«

»Frau Bornschläger«, Franz sprach schnell weiter, bevor sie auflegen konnte. »Es ist kein Scherz, tut mir wirklich sehr leid. Sie können sich gerne bei den Kollegen von der Dortmunder Kripo erkundigen.«

Ihre Reaktion war ihm nicht fremd. Es würde wohl eine Weile dauern, bis er sie davon überzeugt hatte, dass er die Wahrheit sagte.

»Das werde ich auch tun«, erwiderte sie, nach wie vor aufgebracht. »Ihre Nummer habe ich gespeichert. Da kommt was auf Sie zu, Freundchen. Das dürfen Sie mir glauben.«

»Würden Sie mir trotzdem ein paar Fragen beantworten?«

»Geht's noch? Warum sollte ich das tun?«

»Ihre Freundin Mathilde wurde umgebracht.«

Sie hat ja recht. Ich würde wohl auch nicht antworten, wenn mich ein Wildfremder anruft und behauptet, er wäre von der Kripo. Aber ich brauche jetzt ihre Hilfe, verflixt noch mal. Da kann ich ihr nicht erst eine schriftliche Einladung schicken.

»Sie haben sie doch nicht mehr alle«, erwiderte Sabine empört.

»Ich habe Mathildes Handy hier. Sie ist wirklich tot.« Franz versuchte, so seriös wie nur irgend möglich zu klingen. Er wunderte sich, dass sie nicht schon längst einfach aufgelegt hatte. Anscheinend war ihre Neugier doch größer als ihre Empörung.

»Wie kommen Sie dazu? Haben Sie es ihr gestohlen? Ich melde Sie unverzüglich der Polizei.«

»Bitte, Frau Bornschläger. Bleiben Sie ruhig. Wir machen es so.« Franz atmete tief durch. Er wusste, dass er hier mit reinem Reden nicht weiterkam. »Damit Sie sehen, dass ich nicht lüge, rufe ich Sie per Videoanruf von Mathildes Handy aus auf Ihrem Handy an. Dann sehen Sie ja, ob ich lüge oder nicht.«

»Weil Sie so ein vertrauenswürdiges Gesicht haben? Lachhaft.«

»Nein. Ich zeige Ihnen mein Büro hier bei der Kripo. In Ordnung?«

Herr im Himmel. Die ist wirklich ein harter Brocken.

»Von mir aus. Aber ich melde Sie sofort, wenn irgendetwas nicht stimmt.«

Franz tat, wie er es angekündigt hatte. Er rief sie per Videoanruf an und zeigte ihr sein Gesicht, sein Türschild im Flur, seinen Schreibtisch und ein paar Akten mit seinem Titel und Namen darauf.

»Ich glaube Ihnen jetzt, Herr Wurmdobler«, sagte sie anschließend und brach in Tränen aus. »Wir waren gut befreundet«, fuhr sie schluchzend fort. »Nicht so eng wie Dagmar und Mathilde, aber doch recht nah.«

»Gibt es jemanden, den wir benachrichtigen sollten?«

»Sie hatte, glaube ich, einen Bruder, mit dem sie so gut wie keinen Kontakt pflegte, und einen neuen Freund.« Sabine schniefte laut. »Der Freund heißt Peter, Peter Tauber. Das weiß ich, weil Mathilde und ich am Anfang ihrer Beziehung einmal zusammen über seinen lustigen Nachnamen gelacht hatten. Wie ihr Bruder heißt, weiß ich nicht. Hab ihn auch nie gesehen.«

»Danke, Frau Bornschläger. Können Sie mir etwas über diesen Peter Tauber oder die Beziehung der beiden sagen?«

»Nicht viel. Sie hielt sich, was ihre Freunde betraf, immer bedeckt. Er soll aber eine Exfrau haben, die sehr eifersüchtig ist. Sie hatte Mathilde wohl sogar einmal gedroht, dass ihr etwas passieren würde, wenn sie ihre Finger nicht von ihm ließe.«

»Tatsächlich? Das klingt ja sehr interessant.«

»Mathilde hat das aber nicht weiter ernst genommen. Diese Daniela, wie Taubers Exfrau hieß, wäre eine reichlich hysterische Person, sonst nichts, meinte sie nur.«

»Haben Sie zufällig eine Telefonnummer von diesem Peter Tauber?«

»Leider nein.«

»Gut.« Natürlich war das nicht gut, aber was sollte er sonst sagen. Er war froh, dass er sie überhaupt so weit gebracht hatte, dass sie mit ihm sprach. »Trotzdem haben Sie mir damit schon sehr geholfen.«

Einen Freund namens Peter Tauber hatte der Dortmunder Kollege vorhin am Telefon nicht erwähnt. Dafür hatte er den Namen des Bruders gewusst, Karsten Maier, und Franz sogleich auch noch ein Bild sowie die Telefonnummer und Adresse von ihm geschickt. Wie es der Zufall wollte, wurde er vor einem halben Jahr wegen renitenten Verhaltens bei einer Verkehrskontrolle zu einer Bewährungsstrafe verurteilt und war daher aktenkundig.

»Gerne. Bitte, finden Sie schnell den Mörder.« Sie weinte erneut.

»Können Sie mir noch irgendetwas über Mathilde sagen, was uns bei der Ergreifung des Täters helfen könnte?«, fragte Franz noch, nachdem er ihr ein wenig Zeit gelassen hatte, sich wieder zu beruhigen. »Hatte sie Feinde?«

»Mathilde Feinde? Niemals. Sie war der netteste Mensch, den man sich vorstellen kann.« Sabine schniefte laut.

»Gibt es sonst irgendetwas, was mir helfen könnte?«

»Mathilde arbeitete manchmal für Dagmar«, erwiderte Sabine, zwischenrein immer wieder schluchzend. »Dagmar hat eine Computerfirma, und Mathilde war eine begehrte Programmiererin. Sie hatten sie sogar schon mal nach Kalifornien in dieses berühmte Tal bei San Francisco geholt.«

»Silicon Valley?«

»Ja. Es ging bei dem Auftrag wohl um künstliche Intelligenz. Keine Ahnung, was das genau sein soll. Irgendwas mit Computern und Robotern. Aber Mathilde kannte sich gut damit aus.«

»Hat sich Dagmar heute bei Ihnen gemeldet?«, fragte Franz weiter. »Wie heißt sie übrigens mit Nachnamen? In Mathildes Anrufliste ihres Smartphones ist sie nur als Dagmar eingetragen.«

»Dagmar Siebert. ›Siebert Computerlösungen‹ heißt ihre Firma. Nein. Sie hat sich nicht bei mir gemeldet.«

»Sie hat einen Freund. Jörg, richtig?« Er hoffte, dass ihr seine Fragen nicht langsam zu viel wurden. Sie musste schließlich unter Schock stehen, wie er wusste.

»Jörg Krieger. Ihre große neue Liebe. Er ist recht jung und im Moment wohl in Holland beim Angeln.«

»In München könnte er nicht sein?«, bohrte Franz nach. Zum Angeln könnte er auch mal wieder fahren. Das letzte Mal war schon gar nicht mehr wahr, so lange war es her. Er sah sich vor seinem inneren Auge an einem lauschigen Gebirgssee sitzen. Rundumher Wald und Felsgipfel und nichts als göttliche Ruhe. Keine Morde, keine Diebstähle, keine Verdächtigen.

»Möglich wäre es schon«, riss ihn Sabine aus seinen Gedanken. »Er hängt sehr an Dagmar und ist ziemlich eifersüchtig. Die beiden streiten oft deswegen. Das letzte Mal kurz bevor Dagmar abreiste. Was ist mit ihr?«

»Wir können sie nicht auf ihrem Handy erreichen.«

»Dann müssen Sie es halt weiter versuchen.«

»Darauf wäre ich jetzt gar nicht gekommen.« Franz konnte sich die Retourkutsche nicht verkneifen. Wenn er etwas nicht mochte, war es, dass man ihn als Dummkopf hinstellen wollte. »Nochmals danke, Frau Bornschläger«, fügte er in geschäftsmäßigem Tonfall hinzu. »Darf ich mich wieder bei Ihnen melden, wenn ich noch eine Frage habe?«

»Das dürfen Sie.«

»Das Gleiche gilt selbstverständlich auch für Sie, falls Ihnen noch etwas einfällt. Wir wollen Mathildes Mörder auf jeden Fall kriegen.«

Sie legten auf.

»Was für ein harter Brocken. Mit der möchte ich nicht mal im Traum verheiratet sein«, murmelte Franz kopfschüttelnd vor sich hin. Da konnte er nur froh über seine Sandra sein, obwohl die auch nicht immer ganz einfach zu haben war. Aber Hand aufs Herz, wer war das schon.

Er wählte die Nummer von Mathildes Bruder, Karsten Maier, erreichte ihn aber nicht.

Später erneut versuchen, sagte er sich.

Kurz darauf klopfte es an seiner Tür.

Bernd kam herein.

Er hatte mit seinem alten Freund Matthias Schweiger, dem Rosenheimer Dienststellenleiter, gesprochen und dabei herausgefunden, dass Karl Freisinger dort alles andere als beliebt gewesen war. Keiner auf dem Revier konnte ihn leiden. Er hatte andauernd gegen alle möglichen Leute intrigiert und, um sich durchzusetzen, den Namen seines Onkels, des Münchner Polizeipräsidenten, ins Spiel gebracht.

Außerdem habe Matthias den Verdacht geäußert, das Freisinger möglicherweise einen behandlungsbedürftigen psychischen Defekt habe, was er aber nicht beweisen könne.

»Da haben sie uns eine echte Laus in den Pelz gesetzt, Franzi.« Bernd runzelte die Stirn. »Was machen wir mit ihm?«

»Da fällt mir sicher etwas ein. Danke, Bernd.« Franz kratzte sich nachdenklich am haarlosen Hinterkopf. Er war sich sicher, dass er eine Lösung finden würde, um seinen alten Freund und Exkollegen Max vor Karl Freisinger zu schützen. Fragte sich nur wann, und wie sie aussah.

21

»Stell dir vor, er wollte wissen, wann du letzte Nacht bei mir angekommen bist«, meinte Monika.

Sie telefonierte drinnen am leeren Tresen, auf einem ihrer neuen italienischen Barhocker aus dunklem Holz sitzend, mit Max, um ihm von Franz' Anruf zu berichten. Schließlich stand er ihr näher als Franz.

Joschi und Helmut, die sich inzwischen zwei Bier bei ihr bestellt hatten, saßen derweil draußen und plauderten munter miteinander. Mit ihrem Vorsatz, keinen Alkohol zu trinken, schienen sie es nicht so genau zu nehmen. Aber sie hatten sich anscheinend vollständig miteinander versöhnt, so dass heute wohl keine weiteren Entgleisungen ihrerseits zu befürchten waren.

Monika hatte das frei nach dem Motto, jeder habe eine zweite Chance verdient, wohlwollend registriert und ihnen, nachdem sie ihnen ihre Getränke an den Tisch gebracht hatte, einen ihrer großen, bunten Sonnenschirme aufgespannt. Sie hatte die »riesigen Monster«, wie Max immer sagte, während einer Urlaubsreise mit ihm in Italien bestellt. Mit ihren leuchtenden Farben und mediterranen Motiven wie Meerestieren, Olivenbäumen und Weintrauben waren sie seitdem das unverkennbare Wahrzeichen ihres Biergartens. Jeder konnte sie schon von weitem erkennen.

»Aber das kann er sich doch denken.« Max klang verwundert und erschöpft.

»Ich hab auch nicht verstanden, warum er dir nicht glaubt. Doch dann erklärte er mir, dass jemand auf dem Revier dir den Mord an dieser Mathilde in die Schuhe schieben will.« Monika nestelte an ihrer weißen Bluse herum, die sie heute, wie gestern noch mit Anneliese abgesprochen, zu ihren schwarzen engen Jeans angezogen hatte, in denen ihre schlanke Figur bestens zur Geltung kam. Sie wusste längst, dass es in der Gastronomie nicht nur auf Höflichkeit und Herzlichkeit den Gästen gegenüber ankam, sondern auch auf die Attraktivität der Wirtin und des Personals. Alles zusammen steigerte den Umsatz.

Hoffentlich waren es heute nicht zu viele Leute auf einmal. Bei dem Ansturm gestern Abend waren Anneliese und sie regelrecht ins Schleudern gekommen.

»Was?« In Max' Stimme lag deutliches Entsetzen. »Wer soll das denn sein?«, fragte er atemlos. »Die kennen mich doch alle.«

»Franz sprach von einem Neuen, der dich beschuldigt.«

»Ein Neuer? Da werde ich ihn wohl gleich mal anrufen müssen. So geht es auch nicht. Er muss mir wenigstens Bescheid geben bei so was.« Empörung lag in seiner Stimme.

»Hab ich ihm auch gesagt. Er war irgendwie seltsam. Egal.« Sie winkte ab. »Wie geht's deinem Kopf?«

»Etwas besser. Ich hab Espresso mit Zitronensaft getrunken.«

»Josefs Geheimrezept?« Natürlich kannte Monika Josef Stirners Mittel gegen einen dicken Kopf. Schließlich war sie ebenso wie Max seit vielen Jahren mit ihm gut befreundet.

»Ja, es scheint tatsächlich zu helfen.«

»Gott sei Dank.« Sie atmete erleichtert auf. Es freute sie wirklich.

Wenn es Max schlecht ging, ging es ihr ebenfalls schlecht. Dass es umgekehrt genauso war, wusste sie. Obwohl sie oft getrennte Wege gingen. Aber so war das nun mal mit ihnen. Nicht jeder Außenstehende wurde aus ihrer Beziehung schlau. Aber das war ihr herzlich egal.

»Moment mal, Moni.« Max zögerte. »Ich glaub, mir fällt da gerade wieder etwas von gestern ein.«

»Sag schon.« Sie interessierte sich immer für seine Fälle. Warum also nicht auch für diesen.

»Bevor ich niedergeschlagen wurde …«

»Ja?«

»Also, da wollte sich Mathilde eine Wurstsemmel oder etwas in der Art holen.«

»Nachts auf dem Viktualienmarkt?«

»Ich sagte ihr, dass das schwierig werden könnte, weil alle Stände und Metzgereien bereits geschlossen hätten.« Max verstand ihren Einwand sofort. »Aber sie ließ sich nicht von der Idee abbringen.«

»Und dann?«

»Sie wollte es in einer Kneipe versuchen.«

»Das fällt dir auf einmal wieder ein?« Monika stieg von ihrem Barhocker und ging in ihrem kleinen Schankraum auf und ab.

»Es war weg. Jetzt ist es wieder da.«

»Kannst du dich noch an mehr erinnern?«

»Ich schaute ihr nach, bis sie verschwunden war. Mehr weiß ich nicht mehr.« Er schwieg.

»Max?«

»Ja?«

»Das ist doch super. Ich meine, dass du dich wieder erinnern kannst. Dein Kopf scheint sich zu erholen.« Monika registrierte durch die offenen Fenster, dass neue Gäste kamen. Lang würde sie nicht mehr mit ihm telefonieren können.

»Zumindest weiß ich jetzt, warum sie nicht bei mir war, als ich wieder aufwachte«, sagte er.

»Ich muss Schluss machen«, sagte sie. »Pass auf dich auf.«

»Alles klar, mach ich.«

Sie legten genau in dem Moment auf, als Anneliese zur Tür hereinkam. Wie gestern besprochen, natürlich ebenfalls in weißer Bluse und schwarzen Jeans, weil auf sie immer Verlass war.

»Hast du einen Kaffee für eine arme reiche Frau?«, fragte sie und strahlte Monika über das ganze Gesicht an.

»Unbedingt«, erwiderte Monika lachend. »Servus, Annie.«

»Servus, Chefin.« Anneliese hauchte zwei Küsschen auf Monikas Wangen. »Sind das nicht diese zwei Randalierer von gestern da draußen?« Sie zeigte zum Fenster hinaus.

»Ja.« Monika nickte. »Stell dir vor: Sie haben sich entschuldigt.« Sie zeigte auf die Blumensträuße, die sie inzwischen in einer großen Vase am Ende des Tresens platziert hatte.

»Hoffentlich bleiben sie friedlich.«

»Bestimmt.« Monika nickte erneut und grinste dabei. »Sie werden sich wohl kaum ihre hübschen hellen Anzüge mit Bier ruinieren wollen.«

»Wart's ab.«

»Wetten wir?«

»Nein.«

»Feigling.« Monika lachte.

Sie war sich so gut wie sicher, dass sie recht behalten würde. Schließlich hatte sie sich in den vielen Jahren in der Gastronomie eine ziemlich belastbare Menschenkenntnis zugelegt und irrte sich nur sehr selten.

22

Karl betrat erneut Franz' Büro. Er sah nicht besonders glücklich drein. Offenkundig machte ihm die Arbeit mit den alten Akten, die ihm Franz aufgebrummt hatte, jetzt schon keinen Spaß mehr.

»Was gibt's, Herr Freisinger? Sollten Sie nicht an Ihrem Schreibtisch sitzen?« Franz betrachtete ihn abschätzig von seinem Chefsessel aus. Unglaublich, dass sich der unverschämte Kerl schon wieder zu ihm hereintraute.

»Mir ist da noch etwas eingefallen, Herr Wurmdobler«, sagte Karl mit leicht gerötetem Gesicht. Er schien ziemlich aufgeregt zu sein. »Zu der Sache mit dem Mord gestern.«

»Haben Sie mir vorhin nicht zugehört?« Franz sah ihn streng an. »Was ist an dem Wort *Innendienst* so schwer zu verstehen? Sie haben mit der ganzen Sache nichts mehr zu tun.«

»Ich wollte Ihnen nur eine Frage stellen.«

»Was soll das für eine Frage sein?« Franz spürte, wie er innerlich zu kochen begann. Es gab Menschen, die lösten in anderen nur das Schlechteste aus. Karl Freisinger war einer von ihnen.

»Nehmen wir mal an, Max Raintaler hätte das Opfer auf seiner Heimfahrt um 1.30 Uhr tatsächlich auf dem Gehsteig entdeckt.« Karl hob wichtigtuerisch den Finger. »Dann stieg er aus seinem Taxi, schickte den Fahrer weiter, brachte sie um und fuhr danach mit einem anderen Taxi nach Hause.«

»Jetzt fangen Sie schon wieder mit Ihrem Schmarrn an. Geht's eigentlich noch?« Franz wurde laut. »Der Mord geschah zwischen Mitternacht und 1 Uhr, während Max und ich gemeinsam nach dem Opfer suchten. Das wissen Sie doch. Außerdem war das keine Frage von Ihnen, sondern eine Feststellung.«

Warum schickt der liebe Gott mir nur eine solch harte Prüfung mit dieser Nervensäge?

»Und wenn der Mord nicht zwischen Mitternacht und 1 Uhr geschah? Das Ergebnis der Leichenbeschau liegt noch nicht vor, stimmt's?« Karl setzte ein selbstzufriedenes Gesicht auf, so als hätte er gerade ohne jede fremde Hilfe das Rad neu erfunden.

»Aber bald.« Franz spürte, wie ihm die Zornesröte ins Gesicht stieg. Dieser Freisinger war wirklich die reinste Zecke am Hintern. Ewig schade, dass man unliebsame Mitarbeiter nicht mit der Dienstwaffe bedrohen durfte. »Gehen Sie in Ihr Büro und stehlen Sie mir nicht meine Zeit.«

Wer zum Teufel hatte diesem Menschen nur gesagt, er solle zur Kripo gehen? Wie wurde er ihn nur wieder los? Bernd musste noch mehr über ihn rausfinden. Irgendetwas, womit man den Kerl hier ein für alle Mal aus dem Spiel brachte. Jeder hatte irgendwo eine Leiche im Keller. Auch ein Karl Freisinger, der eingebildete Neffe des Polizeipräsidenten. So viel war sicher.

»Waren Sie dabei die ganze Zeit zusammen?«, fragte Karl unverdrossen weiter.

»Was?«

»Zwischen Mitternacht und 1 Uhr. Waren Sie und Herr Raintaler da die ganze Zeit zusammen?«

»Das sagte ich Ihnen bereits. Was soll die Frage?«

Natürlich band er dem depperten Kerl nicht auf die Nase, dass Max kurz am Marienplatz auf der Toilette gewesen war und sich dort das blutverschmierte Gesicht gewaschen hatte. Das wäre ja noch schöner. Aber Max hätte in der Zeit nie und nimmer einen Mord in der Utzschneiderstraße begehen und wieder zurückkehren können.

»Ich will nur sichergehen. Wenn nicht, hätten *Sie* schließlich auch Zeit gehabt, diese Mathilde zu töten.«

»Ich?« Franz starrte ihn entgeistert an. »Drehen Sie jetzt völlig durch? Verlassen Sie auf der Stelle mein Büro, Freisinger, und lassen Sie sich hier nie wieder blicken. Sie hören von mir.« Er zitterte jetzt am ganzen Körper vor Wut. Das konnte alles gerade gar nicht wahr sein. Höchste Zeit, dass das Ergebnis der Pathologie, die Mordzeit betreffend, vorlag. Dann konnte er den schrägen Vogel endlich in die Pampa nach Rosenheim zurückschicken. Der war eindeutig nicht ganz sauber.

Just nachdem Karl durch die Tür verschwunden war, rief Max an.

»Du hast bei Moni angerufen?«, fragte er mit spitzem Unterton in der Stimme.

»Ja, Max«, haspelte Franz. Sein schlechtes Gewissen ließ ihn seine Lippen zusammenpressen. Er wusste, dass er einen Fehler gemacht hatte und sich jetzt dafür rechtfertigen musste. Natürlich hatte Monika Max sogleich über den Anruf bei ihr informiert. Das war nicht anders zu erwarten gewesen.

»Und?«

»Ich wollte nur ganz sichergehen, wann du bei ihr angekommen bist.« Franz räusperte sich. »Wir haben hier einen Irren, der dich des Mordes an Mathilde beschuldigen will.«

»Warum?«

»Keine Ahnung. Sag du es mir.« Franz zuckte die Achseln.

»Wer ist es?« Max klang distanziert wie selten.

»Karl Freisinger, der Neffe des Polizeipräsidenten.«

»Nie gehört. Ist der neu bei euch?«

»Ja, aber nicht mehr lange, wenn er so weitermacht. Das verspreche ich dir.« Franz schlug mit der flachen Hand auf den Tisch, um seine Worte zu bekräftigen.

»Und warum traust *du* mir nicht?« Max klang noch eine Spur distanzierter als zuvor.

»Ich traue dir.« Franz räusperte sich erneut. Der Kloß in seinem Hals überraschte ihn nicht. Das Phänomen war ihm bekannt. Es trat gelegentlich auf, wenn er eine peinliche Situation zu bewältigen hatte. »Aber wir waren gestern beide ziemlich angesoffen«, fuhr er fort. »Da wollte ich zur Sicherheit noch eine dritte Meinung einholen. Das muss mir schon erlaubt sein.«

»Aha.«

»Habt ihr Dagmar schon gefunden?«

»Nein.«

»Servus, Franzi.« Max legte auf.

Franz legte ebenfalls auf. Er lehnte sich stöhnend in seinen Chefsessel zurück.

Der ist jetzt stinksauer auf dich, Franz Wurmdobler.

23

Max schüttelte fassungslos den Kopf. Franz hätte Monika nicht anrufen müssen. Es kam einem Vertrauensbruch gleich und war ihrer Freundschaft nicht zuträglich. Das sollte er eigentlich wissen. So wie er wissen sollte, dass Max niemals einen Mord begehen würde. Herrschaftszeiten. Immerhin waren sie uralte Freunde und hatten schon tausendmal füreinander die Hand ins Feuer gelegt.

Er rief Dagmars Nummer an. Keine Reaktion.

Statt es erneut bei ihr zu versuchen, rief er Josef Stirner an. Der stets gut gelaunte Junggeselle hatte ihm schon des Öfteren als Hilfsdetektiv assistiert und sich dabei recht talentiert angestellt. Da er selbst jetzt offensichtlich von Teilen der Kripo des Mordes verdächtigt wurde, konnte Max jede Verstärkung brauchen. Zumal Josef als steinreicher Millionär dankenswerterweise kein Honorar verlangte, sondern einfach seinen Spaß am Kriminalistischen ausleben wollte.

»Was gibt's, Max?« Josef klang frisch und fröhlich wie eh und je.

»Einen Mord gibt es, Josef.«

»Da schau her.«

»Einer auf Franzis Revier verdächtigt mich, obwohl ich es gar nicht gewesen sein kann. Ich soll den Fall mit denen zusammen aufklären und brauche Verstärkung.«

»Wo bist du?«

»Im Café an der Ecke am Gärtnerplatz.«
»Ich bin in einer halben Stunde da. Hab gerade eh nix Wichtiges vor.«
»Danke, Josef.«
Sie legten auf.
Der Kellner stellte den zweiten Espresso mit Zitrone, den Max zuvor bestellt hatte, auf das runde Bistrotischchen. Max blickte nachdenklich auf die bunt blühenden Frühlingsblumen, die die Stadtgärtnerei auf dem Rondell des Gärtnerplatzes angepflanzt hatte, nahm ihre Schönheit jedoch kaum wahr.

Er fragte sich immer wieder, wo Dagmar abgeblieben sein könnte. Es schien, als wäre sie vom Erdboden verschluckt worden.

Ihm blieb momentan nur die Hoffnung, dass sie sich möglichst bald bei ihm oder der Polizei melden würde.

Ein Obdachloser kam an seinen Tisch und bettelte um Geld. Max gab ihm fünf Euro. Der unrasierte Stadtstreicher zeigte grinsend seine braunen Zähne, bedankte sich überschwänglich und ging seiner Wege.

Max schaute ihm eine Weile hinterher.

Er spekulierte darüber, was wohl aus ihm selbst geworden wäre, wenn er seinen Beruf bei der Kripo nicht bis zu seiner frühzeitigen Zwangspensionierung erfolgreich durchgezogen hätte. Als junger Mensch war er durchaus empfänglich für das vermeintlich leichte Leben auf der Straße gewesen. Das wusste er noch ganz genau.

Später war er allerdings nicht zuletzt durch seinen Beruf als Kriminaler immer gefestigter geworden. Das hatte sich auch nicht geändert, als sie ihm von einen

Tag auf den anderen gekündigt hatten, weil er einem mächtigen Politiker von ganz oben in die Quere gekommen war. Denn danach hatte er so schnell wie möglich damit begonnen, sich als Privatdetektiv selbstständig zu machen. Eine Idee, die zwei Seiten hatte, wie er gerade, an seinem verletzten Kopf herumtastend, wieder einmal feststellte. Eine manchmal erfolgreiche und eine gelegentlich weniger schöne.

»Man kann nicht alles haben, Raintaler«, murmelte er. Er lehnte sich in seinem Stuhl zurück und genoss die wärmende Frühlingssonne. Angesichts der etwas misslichen Lage, in der er sich gerade befand, war es das Beste, was er tun konnte.

Nach einer Weile stellte er fest, dass Josefs Heilrezept tatsächlich anschlug. Die Kopfschmerzen wurden langsam besser. Wie gut, dass es Freunde gab, die einem gelegentlich mit Rat und Tat zur Seite standen.

24

Dagmar rief gegen 11 Uhr bei Franz an. Er hatte ihr zuvor eine SMS auf ihrem Handy hinterlassen, in der er sie darum bat, ihn so schnell wie möglich zu kontaktieren.

»Ich muss Sie bitten, umgehend zu mir aufs Revier zu kommen«, sagte er zu ihr, nachdem sie sich begrüßt hatten.

»Ist etwas passiert? Mit Mathilde?« Dagmar klang erschrocken und besorgt. »Wo ist sie? Wir sind gerade erst aufgestanden. Ich konnte sie noch nicht anrufen.«

»Das würde ich gerne persönlich mit Ihnen besprechen.«

»Gut, wir kommen.«

»Wir?«

»Mein Freund Jörg und ich.«

»Sehr gut.« Franz nickte erfreut. Also war Dagmars Freund ihr doch nach München gefolgt, wie es Max bereits vermutet hatte und wie es Sabine Bornschläger am Telefon ebenfalls als Möglichkeit eingeräumt hatte. Bestimmt war auch er es gewesen, den Max' Zeuge Lucky gestern Nacht am Viktualienmarkt zusammen mit Dagmar und Mathilde gesehen hatte.

Eine halbe Stunde später saßen die beiden vor seinem dunkelbraunen Schreibtisch in seinem Büro. Dagmar im weißen Sommerkleid und mit aparter Hochsteckfrisur. Jörg Krieger in Bluejeans, Slippern und schwarzem

Poloshirt. Er war gut 20 Jahre jünger als sie, was aber heute nichts Besonderes mehr war. Zu Franz' Jugendzeiten hatte das mit einer älteren Frau und einem jüngeren Mann noch ganz anders ausgesehen.

Damit es im Zimmer nicht ganz so stickig war, hatte er das Fenster zum schattigen Innenhof mit der riesigen Kastanie in der Mitte weit geöffnet.

»Was ist mit Mathilde?«, platzte Dagmar heraus, noch bevor Franz etwas sagen konnte.

»Mathilde ist leider gestorben«, sagte er mit ernster Miene.

»Was?« Dagmar starrte ihn entsetzt an. Die Tränen schossen ihr in die Augen. »Das stimmt nicht, oder? Sie machen nur einen bösen Scherz?«

»Leider nicht.« Franz schüttelte langsam den Kopf.

»Meine Mathilde. Bitte, lieber Gott, lass es nicht wahr sein.« Sie begann bitterlich zu weinen. »Was ist passiert?«, fragte sie nach einer Weile mit verschwollenen Augen.

»Sie wurde ermordet.«

»Aber das gibt es doch gar nicht.« Blankes Entsetzen in den Augen, stand Dagmar ruckartig auf. »Wer sollte das denn getan haben?«

»Das wissen wir leider nicht.« Franz sprach leise. Er schluckte die wenige Spucke, die er noch in seinem fast trockenen Mund hatte, umständlich hinunter.

»Das ist unglaublich.« Jörg legte seinen Arm um Dagmars Schultern.

»Das dürfen Sie laut sagen.« Franz nickte. Sein Gesichtsausdruck zeigte dabei große Betroffenheit. Sie war keinesfalls gespielt. Schließlich hatte er gestern noch mit Mathilde Bruderschaft getrunken. Ihr Tod ging ihm wirklich nahe.

»Nein! Nicht meine Mathilde!« Dagmar setzte sich wieder. Sie fiel schluchzend in sich zusammen.

»Sehen Sie sich in der Lage, mir einige Fragen zu beatworten?«, tastete sich Franz wenig später vorsichtig voran.

»Ja.« Dagmar nickte mit tränenüberströmtem Gesicht.

»Natürlich«, sagte Jörg. Er machte einen deutlich gefassteren Eindruck als Dagmar. Offensichtlich waren er und Mathilde sich nicht so nahe gewesen wie Dagmar und sie.

»Trafen Sie sich gestern Abend noch mit Mathilde?«

»Ja«, erwiderte sie. »Wir waren mit ihr in einer Stehkneipe.«

»Wann?«

»Das müsste ziemlich genau um 23 Uhr gewesen sein. Stimmt's, Jörg?« Sie sah ihn fragend an.

»Ja, die Turmuhr schlug so laut, dass man kaum noch ein Wort verstand.« Er nickte.

»Sie hatten sie also nicht vorher, wie abgemacht, am Karl-Valentin-Brunnen getroffen?«

»Nein.« Dagmar schüttelte den Kopf. »Wir waren eine halbe Stunde zu spät dran gewesen und trafen sie dann eben zufällig vor dieser Stehkneipe, wo sie sich gerade etwas zu essen holen wollte.«

»Machen Sie das immer so, dass Sie bestimmte Uhrzeiten zum Treffen abmachen und sich anschließend nicht daran halten?«

»Natürlich nicht.« Sie schüttelte den Kopf. »Aber es kommt vor.«

»Tatsächlich?« Franz, der daran dachte, wie lange und verzweifelt Mathilde gestern Abend mit ihm und Max auf Dagmars Rückkehr gewartet hatte, sah sie nachdenklich an. »Was geschah dann?«

»Wir gingen mit ihr hinein. Jörg bestellte Bier für alle. Nach einer guten halben Stunde fiel Mathilde auf einmal siedend heiß ein, dass sie unbedingt ihren Freund Max anrufen müsse, weil er immer noch am Karl-Valentin-Brunnen auf sie warten würde. War doch so, Jörg, oder?«

»Sicher.« Er nickte.

»Wie ging es weiter?«

»Bevor sie hinausgehen konnte, um ihn anzurufen, klingelte ihr Handy. Ich fragte sie, ob es Max sei.« Bevor sie weitersprach, schnäuzte sich Dagmar kräftig in das Papiertaschentuch, das ihr Franz gerade über den Tisch gereicht hatte. »Sie schüttelte nur den Kopf und eilte hinaus, um den Anruf entgegenzunehmen.«

»Aber wer dran war, sagte sie Ihnen nicht?«

Max konnte es nicht gewesen sein. Schließlich waren er und Franz zu diesem Zeitpunkt bereits zusammen.

»Nein.« Dagmar ließ traurig den Kopf hängen. »Sie kam auch nicht wieder in die Kneipe zurück. Wir dachten, dass sie zu Max zurückgekehrt war, um ihm persönlich Bescheid zu geben, dass alles in Ordnung sei. Wäre ja sozusagen nur ums Eck gewesen.«

25

»Sie haben sie also gegen 23.30 Uhr zum letzten Mal gesehen?« Franz blickte erst Dagmar an, dann Jörg.

»Ja.« Dagmar nickte.

»Dass sie nicht zu Ihnen zurückkam, hat Sie nicht weiter gewundert?«

»Wir waren, ehrlich gesagt, zu sehr mit uns selbst beschäftigt«, erwiderte sie mit reumütigem Unterton in der Stimme.

Jörg nickte nur schweigend.

»Nach einer Viertelstunde haben wir uns dann schon gefragt, wo sie wohl bliebe«, fuhr Dagmar fort. »Aber dann dachten wir einfach, sie hätte wohl etwas Wichtigeres zu tun oder wäre mit Max unterwegs, der ja sympathisch aussah, und würde sich spätestens heute Morgen schon wieder melden.«

»Sie scheinen sich allesamt nicht großartig an Verabredungen zu halten.«

»Wie meinen Sie das?« Dagmar sah ihn forschend an.

»Nichts, schon gut.« Franz winkte ab.

»Sie können auch gerne den Wirt der Kneipe fragen, ob alles stimmt. Wir standen die ganze Zeit bei ihm am Tresen.«

»Das machen wir. Zur Sicherheit.« Er nickte. »Hatte Mathilde Feinde?«

Franz hatte die Frage, ob ein Opfer Feinde gehabt hatte, im Laufe seiner Karriere bei der Kripo bestimmt schon Tausende Male gestellt. Es war die Kernfrage schlechthin bei der Aufklärung eines Mordes.

»Mathilde Feinde?« Sie blickte geschockt drein. »Niemals. Sie war der liebste Mensch, den man sich vorstellen kann.«

»Sie war die Beste«, bestätigte Jörg.

»Es gab also wirklich niemanden, mit dem sie Streit hatte?«

»Mit ihrem Bruder Karsten hatte sie früher einmal Auseinandersetzungen wegen des Erbes ihrer Eltern. Aber das ist Jahre her. Sie haben sich inzwischen geeinigt.«

»Das wissen Sie genau?«

»Ich hab die beiden letzte Woche sogar zufällig in einem Restaurant getroffen. Sie schienen gut miteinander klarzukommen.«

»Ist er das?« Franz zeigte ihr das Bild von Karsten, das ihm der Dortmunder Kollege aufs Handy geschickt hatte. Blonde mittellange Haare, blaue Augen.

»Ja.« Sie nickte. »Das ist Karsten. Die Haare hat er jetzt schwarz gefärbt.«

»Dann war die Sache mit dem Erbstreit also tatsächlich endgültig vom Tisch?«

»Es sah ganz so aus.« Dagmar nickte.

»Warum haben Sie sich erst jetzt bei mir gemeldet? Haben Sie Mathilde heute Vormittag in Ihrem Hotel nicht vermisst?«

»Jede von uns hatte ein Einzelzimmer. Jörg und ich hatten uns gestern gerade ganz frisch nach einem kleinen Streit zu Hause in Dortmund versöhnt. Da blieben wir heute Morgen ausnahmsweise lang im Bett.«

Sie sah Jörg verliebt von der Seite an, ergriff seine Hand und drückte sie. Er ließ es sich offensichtlich gern gefallen.

»Kennen Sie Mathildes Freund, Peter Tauber?«, fragte Franz weiter.

»Woher wissen Sie von ihm?« Sie machte ein überraschtes Gesicht. »Mathilde hat so gut wie nie über ihn geredet.«

»Wir haben unsere Quellen.« Franz lächelte flüchtig.

»Er ist Mathildes Erzählungen nach ein sehr netter Kerl. Aber ich weiß nicht viel über ihn. Hab ihn nie persönlich getroffen.«

»Das ist alles?«

»Sie hat mir nur einmal ein Selfie von sich und ihm geschickt, als sie zusammen im Zoo waren.«

»Hat sie Ihnen von Peter Taubers Exfrau Daniela erzählt? Sie soll sehr eifersüchtig sein.«

»Nicht dass ich wüsste.« Dagmar schüttelte den Kopf.

»Mathilde hat für Sie gearbeitet, richtig?« Franz wusste, dass er Dagmar im Moment möglicherweise mit seinen Fragen zu ihrer Freundin überforderte. Aber es half nichts. Er musste sie stellen, wenn er dem Täter näherkommen wollte. So leid es ihm für sie tat.

»Stammt das wieder aus Ihren geheimen Quellen?« Dagmar hatte sich inzwischen offenbar wieder ganz gut im Griff. Ihre Stimme klang fest und selbstsicher, wie man es normalerweise von einer erfolgreichen Geschäftsfrau wie ihr erwarten konnte.

»Hat sie?«

»Ja.« Sie nickte. »Ich habe eine Softwarefirma, und Mathilde programmierte seit Jahren als freie Mitarbeiterin für uns. Meistens dann, wenn wir besonders anspruchsvolle Lösungen suchten.«

»Arbeitete sie in letzter Zeit an einer Sache, die gefährlich für sie hätte werden können?« Franz blieb gelassen. Das mit Dagmars Firma wusste er natürlich längst von Sabine Bornschläger. Sein Blick wanderte ruhig von einem zum anderen.

»Wie meinen Sie das?«

»So, wie ich es sage.«

»Das einzige womöglich delikate Projekt, das wir im Moment haben und an dem auch Mathilde beteiligt war, ist ein Auftrag vom Verteidigungsministerium. Ein ähnlich geheimes Programm für ein großes Pharmaunternehmen in der Schweiz hat sie seit langem fertig.«

»Um was geht oder ging es dabei?«

»Für die Schweizer hat sie letztes Jahr eine Auswertung für einen Virentest programmiert. Über die aktuelle Sache für das Militär darf ich leider nicht reden. Da müssten Sie schon mit jemandem aus dem Verteidigungsministerium sprechen.«

»Könnte einer der Aufträge Mathilde das Leben gekostet haben?«

»Das glaube ich nicht.« Dagmar blickte ernst drein. »Kommt aber wohl auch darauf an, ob und mit wem sie darüber gesprochen hat.«

Dagmar und Franz führten ihre Unterhaltung inzwischen nur noch zu zweit. Jörg saß schweigend daneben. Er hielt lediglich Dagmars Hand und verzog weiter keine Miene. Fast vermittelte er den Eindruck, als ob ihn das Gespräch nicht interessiere.

»Es gab also außenstehende Interessenten an Mathildes Arbeit?« Franz wurde hellhörig.

»Die gibt es immer, wenn an Neuerungen gearbeitet wird, die viel Geld versprechen.«

»Mehr wissen Sie nicht?«

»Rufen Sie doch wirklich selbst im Verteidigungsministerium an und fragen Sie dort nach. Die Schweizer Pharmafirma heißt übrigens ›Virotot‹.« Sie begann, unruhig auf ihrem Stuhl hin und her zu rutschen. Offenkundig wurden ihr seine Fragen jetzt doch zu viel.

»Nomen est omen, was?« Franz konnte sich ein flüchtiges Grinsen nicht verbeißen.

Er verstand, dass Dagmar immer unruhiger wurde. Schließlich hatte sie ihre beste Freundin verloren. Da ging man natürlich nicht einfach zur Tagesordnung über. Trotzdem wollte er so viel wie möglich von ihr erfahren, damit sie den Mord an Mathilde bald aufklären konnten. Jeder Tag, der diesbezüglich erfolglos verging, verringerte die Chancen darauf um ein Vielfaches. Spuren verschwanden, Erinnerungen verblassten, Täter verwischten ihre Spuren und so weiter.

»Sieht so aus.« Dagmar nickte, ohne zu grinsen.

»Könnten Sie mir das Selfie von Mathilde und diesem Peter Tauber zur Verfügung stellen?«, fuhr Franz fort.

Er wusste, dass in seinem Gesicht nicht zu lesen war, was er dachte. Zum Beispiel, dass ihm die ganze Sache mit den geheimen Programmieraufträgen verdächtig vorkam. Natürlich würde er umgehend im Verteidigungsministerium anrufen. Er kannte dort sogar zufällig jemanden. Rainer Korn, ein früherer Kollege bei der

Kripo, der dann aber vor einigen Jahren in die Politik gewechselt war.

»Ich schicke es Ihnen gleich rüber, wenn Sie mir Ihre Nummer geben.«

»Eine Telefonnummer von ihm haben Sie nicht?«

»Leider nein. Ich weiß nur, dass er außerhalb von Dortmund in einem kleinen, aber feinen Vorort wohnen soll. Arm scheint er also nicht zu sein.«

Nachdem Franz Peter Taubers und Mathildes Selfie auf dem Handy hatte, ein dunkelhaariger, tatsächlich nicht unsympathisch wirkender kräftiger Mann mit Vollbart, verabschiedete er Dagmar und Jörg.

»Wenn Ihnen noch etwas Wichtiges einfällt, rufen Sie mich bitte an«, sagte er, während er ihnen die Hände schüttelte.

Sobald sie ihn verlassen hatten, setzte er sich nachdenklich hinter seinen Schreibtisch. Er ließ ihre Aussagen noch einmal vor seinem geistigen Auge Revue passieren. Alles in allem war er sich ziemlich sicher, dass sie nicht gelogen hatten.

Franz suchte in seiner Datenbank nach einem Peter Tauber in einem kleinen Ort außerhalb von Dortmund und wurde fündig. Es gab nur einen, und der lebte in Frohlinde. Er rief bei ihm an. Doch Tauber hob nicht ab.

Franz wählte auch noch einmal Karsten Maiers Nummer. Leider wieder erfolglos. Egal, er würde dranbleiben. Erstens musste der Mann als Mathildes einziger Verwandter über ihren Tod informiert werden, und dann wollte er auch noch mal nachhaken, was das mit diesem Erbstreit auf sich gehabt hatte. Bei so etwas gab es oft Jahre später noch schwelende Konflikte, wie die Erfahrung zeigte.

Langsam kam Schwung in den Fall.

Er rief bei der Schweizer Pharmafirma mit dem markanten Namen »Virotot« an. Der Verantwortliche für Mathildes letzte Arbeit dort, Rudi Bergner, befand sich allerdings im Urlaub. Franz ließ sich seine Handynummer geben und rief ihn in seinem Landhaus auf Sizilien an.

Herr Bergner gab bereitwillig Auskunft über das Projekt mit Mathilde, bei dem es um die Auswertungen eines neuen Virentests ging. Nichts Weltbewegendes, wie er meinte, aber immerhin ein mittelgroßer Erfolg auf der ganzen Welt. Mathilde würde immer sehr gut arbeiten. Als Franz ihm sagte, dass seine freie Mitarbeiterin ermordet worden war, erschrak Bergner hörbar.

»Aber wie ist das denn möglich?«, fragte er ungläubig, nachdem er den ersten Schock überwunden hatte.

»Das wollen wir gerade herausfinden, Herr Bergner.«

»Bitte, tun Sie das. Und wenn Sie noch Fragen haben, können Sie mich jederzeit anrufen.«

»Mach ich.«

Sie legten auf. Mathilde war offenbar rundum sehr beliebt gewesen. Ein persönliches Motiv schien ihm deshalb nicht besonders wahrscheinlich. Also vielleicht doch eher eines beim Militär suchen.

Er rief Rainer Korn im Verteidigungsministerium an und erfuhr von ihm, dass Mathildes letzte Arbeit dort ebenfalls sehr geschätzt wurde. Es handelte sich dabei aber um nichts großartig Geheimnisvolles. Also nichts, für das jemand morden würde. Eher ein absolut übliches Verwaltungsprogramm für die Lagerhaltung von stinknormalen Waffenbeständen. Solche Dinge würden nach außen hin allerdings von Amts wegen immer als streng vertraulich gekennzeichnet.

Franz bedankte sich, legte auf und rief Max an, um ihn auf den neuesten Stand der Ermittlungen zu bringen. Der hörte sich an, was Franz zu sagen hatte, und legte anschließend grußlos auf.

Offenkundig war er immer noch verärgert.

»Der wird sich schon wieder beruhigen«, murmelte Franz vor sich hin. »Spätestens, wenn er merkt, dass ich, um ihn reinzuwaschen, sogar Bernd auf Karl Freisinger angesetzt habe.«

Dann rief er bei der Gerichtsmedizin an und fragte, wann er endlich mit den Untersuchungsergebnissen im Fall Mathilde Maier rechnen konnte.

Es würde noch ein bis zwei Stunden dauern, hieß es.

26

Es war kurz nach 12 Uhr mittags. Monika und Anneliese hatten die Gäste erst mal mit Essen und Getränken versorgt. Jetzt machten sie eine kleine Pause und standen rauchend am Tresen. Das Rauchverbot im Inneren von Lokalen ignorierten sie dabei wie immer geflissentlich. Sie wollten es sich alle beide längst abgewöhnt haben, aber das war schwerer, als sie dachten. Immer wieder wurden sie rückfällig. Entweder erst die eine und dann die andere oder alle beide gleichzeitig.

»Ich hab dir doch vorhin, als du gekommen bist, erzählt, dass letzte Nacht eine Frau ermordet wurde«, sagte Monika, nachdem sie einen dicken Rauchschwaden Richtung Decke geblasen hatte. »Und dass Max zusammen mit Franzis Abteilung die Aufklärung übernommen hat.«

»Stimmt, echt gruselig.« Anneliese nickte. »Mehr hast du allerdings in der Hektik nicht gesagt.«

»Jetzt halt dich fest: Das Opfer ist eine der beiden Frauen, mit denen Max und Franz gestern am Viktualienmarkt saßen.« Monika schaute ernst drein.

»Nein!« Anneliese hielt erschrocken die Hand vor den Mund.

»Stell dir vor, Max wird von einem Kollegen auf Franzis Revier verdächtigt.« Monika wusste natürlich, dass sie gerade Interna ausplauderte, die normalerweise nicht für fremde Ohren bestimmt waren. Max wurde nicht müde, ihr das immer wieder von neuem zu erklären. Aber Anneliese war schließlich keine Fremde, sie war, ganz im Gegenteil, ihre beste Freundin. Wem es nicht passte, dass sie sich mit ihr über alles austauschte, der durfte sich gerne aus ihrem Leben verabschieden. Zur Not sogar Max.

»Wie – verdächtigt?«

»Der Kerl meint, Max hätte die Frau letzte Nacht durchaus umbringen können.«

»Was ist das denn für ein Schwachsinn?« Anneliese schüttelte heftig den Kopf.

»Wo ist hier die Toilette?« Eine ältere Frau im fast bodenlangen grünen Sommerkleid kam zur Tür herein.

»Gleich rechts.« Monika zeigte auf die Tür mit dem Symbol für die weibliche Hälfte der Bevölkerung.

»Danke.«

»Sauber eine draufgekriegt hat er auch noch, der Max«, wandte sich Monika wieder an Anneliese, während die Frau die Tür zur Damentoilette öffnete. Allerdings senkte sie dabei die Stimme. »Er war sogar ohnmächtig, hat er erzählt.«

»Oh Gott, der Arme. Er ist doch hoffentlich zum Arzt gegangen? Mit einer Ohnmacht ist nicht zu spaßen.« Anneliese drückte schnell ihre halbgerauchte Zigarette aus. Draußen hatte jemand ungeduldig ihren Namen gerufen. Irgendwer schien keine drei Minuten abwarten zu können, bis sie wieder von sich aus an die Tische kam.

»Du kennst doch Max. Die Unvernunft in Person.« Monika machte ein besorgtes Gesicht. Die Angst um ihn ließ ihr gerade keine Ruhe mehr. Sie wäre wirklich sehr erleichtert gewesen, wenn er zum Arzt oder ins Krankenhaus gegangen wäre.

»Stimmt wohl.« Anneliese lächelte beipflichtend. »Sturköpfe sind sie halt, die Männer.«

»Das darfst du laut sagen.« Monika nickte.

»Annie, komm schon raus!«, tönte es laut durch die offen stehenden Fenster herein. »Wir brauchen noch vier Halbe. Am besten gestern.«

»Unsere Stammtischbrüder scheinen wieder mal zu verdursten.« Anneliese verdrehte leicht die Augen. Sie eilte hinter den Tresen, um das Bier einzuschenken. »Sie haben ja jeder erst drei Halbe in der letzten Stunde getrunken«, fügte sie ironisch hinzu.

»Dann bring ihnen schnell ihr Manna, bevor es wie gestern losgeht.«

»Wie meinst du das?« Anneliese blickte neugierig zu ihr hinüber.

»Randale? Bierschütten?« Monika grinste schief.

»Ach so, ja.« Anneliese grinste ebenfalls. »Hatte ich fast schon wieder vergessen. Es ist ja auch andauernd irgendetwas anderes los.«

Sie lief mit den vollen Gläsern hinaus. Zwei Minuten später war sie wieder zurück.

»Was ist das denn eigentlich für ein Depp, der Max des Mordes verdächtigt?«, erkundigte sie sich. »Das kann doch gar nicht sein.«

»Ein Neuer, sagt Franzi.«

»Der spinnt wohl. Bestimmt kennt er Max nicht einmal.«

»Na sicher.« Monika nickte erneut. »Max könnte so etwas nie tun. Das weiß doch jeder. Die auf dem Revier müssten es eigentlich wissen. Hätten es dem Neuen auch mal sagen können.«

»Vielleicht haben sie das ja getan.«

»Keine Ahnung.« Monika zuckte die Achseln.

»Und jetzt?«

»Max ermittelt weiter in dem Fall. Jetzt muss er den Täter erst recht finden, um seine eigene Unschuld zu beweisen, denke ich mal.« Sie selbst war natürlich keine Kriminalkommissarin, aber eins und eins konnte sie zusammenzählen. Ihr Talent, Zusammenhänge zu sehen, wo andere oft genug nichts sahen, war auch Max bereits einige Male bei der Lösung seiner Fälle als Kriminalbeamter und als Privatdetektiv zugutegekommen.

»So schlimm?« Anneliese zündete sich eine neue Zigarette an. Wenn schon Gift, dann richtig. Natürlich nur mit dem entsprechend großen Verdrängungsfaktor im Kopf. Die kleinen Bildchen auf den Zigarettenschachteln, wo auf drastische Weise vor den Folgen des Rauchens gewarnt wurde, überklebte sie zum Beispiel regelmäßig mit Isolierband.

»Schaut so aus.« Monika nestelte nervös an ihrer Schürze herum. »Franz hat vorhin bei mir angerufen und gefragt, ob Max auch wirklich gestern um 1.30 Uhr bei mir war.«

»Warum ruft er Max nicht selbst an?«

»Das hab ich ihn auch gefragt.« Monika zündete sich ebenfalls noch schnell eine zweite Zigarette an, bevor der Koch- und Servicestress wieder losging. »Er meinte, er wolle nur sichergehen, um den Verdacht von dem Neuen zu zerstreuen.«

»Weiß Max davon?«

»Sicher.« Monika nickte. »Ich hab es ihm gesagt. Er soll wissen, wie seine angeblichen Freunde über ihn reden.«

»Na ja, Franzi ein angeblicher Freund.« Anneliese schlug einen besänftigenden Tonfall an. »Das halte ich jetzt für übertrieben, Moni. Vielleicht wollte er sich tatsächlich nur zusätzlich absichern, um Max zu schützen.«

»Trotzdem hätte er Max zuerst fragen müssen.«

»Da geb ich dir recht.« Anneliese nickte jetzt ebenfalls. »Es war nicht gerade geschickt von ihm. Vor allem, wenn sich die Anschuldigungen dieses Neuen, wie zu erwarten, als unhaltbar herausstellen.«

»Meine Rede.«

»Max kriegt das schon hin.«

»Hoffen wir's.« Monika atmete tief durch.

»Sollen wir wieder loslegen?«

»Sicher. Das schöne Wetter müssen wir ausnützen, damit der Rubel rollt.«

Sie drückten ihre Zigaretten im Aschenbecher aus. Dann ging Monika in die Küche, und Anneliese eilte in den Biergarten hinaus, um die nächsten Bestellungen aufzunehmen.

Monika machte sich daran, die Schnitzel für die nächsten Bestellungen zu panieren. Sie dachte währenddessen darüber nach, wie gerne sie Max im Moment bei seinen Ermittlungen zur Seite stehen würde. Aber leider konnte niemand erfolgreich auf zwei Hochzeiten gleichzeitig tanzen. Auch sie nicht. Das war ihr klar.

27

Karl Freisinger stand erneut in der Tür. Franz sprang auf.

»Hatte ich Ihnen nicht gesagt, Sie sollen an Ihrem Schreibtisch bleiben?«, fragte er ihn im barschen Tonfall eines Ausbilders auf dem Kasernenhof. Anders schien der unangenehme Zeitgenosse offensichtlich nichts mitzubekommen.

»Ich habe etwas Neues, Herr Wurmdobler.« Karl trat unaufgefordert vor Franz' Schreibtisch. »Zuerst möchte ich mich entschuldigen, dass ich Sie vorhin als möglichen Verdächtigen bezeichnet habe.«

»Und dann?« Franz blieb mit grantigem Gesicht stehen. Warum blieb dieser Vogel nicht einfach da, wo er ihn hinbeordert hatte, und gab endlich Ruhe? Nicht zu fassen. Der Kerl war die reinste Landplage.

»Dann möchte ich Ihnen sagen, dass genetische Spuren von Max Raintaler an Mathilde Maiers Leiche und Kleidung gefunden wurden.« Karl setzte ein triumphierendes Grinsen auf. »Ich hatte also recht.«

»Einen Schmarrn haben Sie«, polterte Franz.

»Wie bitte?« Karl sah aus, als meinte er, sich verhört zu haben.

»Max war den ganzen Abend mit Mathilde zusammen. Da sind neben anderen DNA-Spuren auch welche von ihm an ihren Sachen ganz normal. Woher wissen Sie überhaupt davon?«

»Der Gerichtsmediziner hat mir den Befund auf den

Computer geschickt, und die früheren Testergebnisse von Herrn Raintaler waren noch in der Datenbank.«

»Wie kommt er dazu?« Franz spürte, wie ihm das Blut in den Kopf stieg. »Die haben mir gesagt, es dauert noch, weil sie nur eine Notbesetzung am Samstag haben. Außerdem sollte der Befund direkt an mich gehen.«

»Ich habe ihn angerufen.«

»Wieso, in drei Teufels Namen? Ich hatte Ihnen gesagt, dass Sie sich aus der Sache heraushalten sollen.« Franz verstand die Welt nicht mehr. Was war nur mit diesem Karl Freisinger los?

»Ich bin einfach ein Kriminalist aus Leidenschaft«, erwiderte Karl.

»Wie kommen Sie überhaupt an Max Raintalers Daten in unserer Datenbank? Die sind nicht öffentlich.« Franz musste gewaltig an sich halten, um nicht um den Schreibtisch zu gehen und dem Kerl eine schallende Ohrfeige zu verpassen. Einen solch krassen Fall von dreister Kompetenzüberschreitung hatte er bisher noch nicht erlebt.

»Die Testergebnisse habe ich bestellt, weil ich dachte, dass Sie vielleicht nicht gründlich genug draufschauen, weil Max Raintaler ein alter Freund von Ihnen ist, wie jeder hier weiß«, sagte Karl im lockeren Plauderton, als spreche er über die letzten Bundesligaergebnisse. »Der Vergleich mit seinen Daten war ein Klacks. Ein Kollege gab mir das Passwort. Sorry dafür.«

»Welcher Kollege?« Franz starrte Karl mit vor Staunen offenem Mund an. Er würde ein sehr ernstes Wort mit demjenigen sprechen. Das durfte doch alles nicht wahr sein. Vielleicht träumte er auch nur und würde gleich bei sich zu Hause in seinem gemütlichen Bett aufwachen. Sandra würde ihm Kaffee ans Bett bringen, und alles wäre gut.

»Ein blonder Kleiner. Helmut?«, sagte Karl.

»Helmut Gerber?« Die Realität hatte Franz wieder.

»Das ist er.« Karl nickte fröhlich. Er schien nicht die geringsten Zweifel daran zu haben, dass er sich richtig verhielt.

»Also noch mal, damit ich mitkomme«, sagte Franz. »Helmut Gerber hat Ihnen unerlaubterweise Zugang zu den DNA-Daten von Max Raintaler verschafft?«

»Richtig.«

»Und Sie sind danach hergegangen und haben diese ohne offizielle Aufforderungen mit den Testergebnissen von Mathilde Maiers Leichenbeschau abgeglichen?«

»So ist es«, verkündete Karl mit stolzer Stimme.

»Sie wissen, dass ich Ihnen das unmöglich durchgehen lassen kann.« Franz sah ihn lange an. Endlich hatte er etwas, womit er ihn womöglich in den Griff bekommen konnte. »Welche Tatzeit stand denn im Bericht des Pathologen?«

»1.45 Uhr.«

»Was?« Franz blickte ruckartig auf. So weit daneben lag Jan Reiter von der Spurensicherung noch nie. Da konnte etwas nicht stimmen. Bestimmt wollte Karl Freisinger die Zahlen lediglich so lesen.

»Ich sag ja, ich hatte recht.« Karl lächelte siegesgewiss. Er hob die Arme wie ein Sportler bei der Preisverleihung. »So sehen Gewinner aus, was, Herr Wurmdobler?«

»Dann schauen wir doch gleich mal rein, ob das auch wirklich stimmt. Mir hat der Pathologe nämlich ebenfalls seinen Bericht geschickt, sehe ich gerade.« Franz öffnete die entsprechende E-Mail auf seinem Computer.

»Da werden Sie auch nichts anderes finden, als ich Ihnen bereits sagte.« Karl stand stramm wie ein Zinnsoldat. Nur seine Mundwinkel zuckten gelegentlich. Sein ganzes Gehabe strahlte etwas seltsam Unnatürliches aus. Sicher hatte er tatsächlich einen ernsten psychischen Defekt, wie es Matthias Schweiger aus Rosenheim Bernd gegenüber angedeutet hatte, von dem womöglich nicht einmal Karls Onkel etwas ahnte. Im Moment trat das immer deutlicher zutage.

»0.10 Uhr steht hier bei mir.« Franz zeigte auf den Bildschirm. Er trat beiseite, um Karl einen Blick darauf werfen zu lassen.

Kurz nach Mitternacht. Was für ein Timing. Möglicherweise hatte der Mörder das aus irgendeinem Grund beabsichtigt. Kam ganz darauf an, was letztendlich hinter der ganzen Sache steckte.

»Das kann doch gar nicht sein.« Karl blickte aufgeregt auf den Bericht. »Das haben Sie doch geändert. Sie wollen mich reinlegen. Versteckte Kamera, stimmt's?« Er blinzelte Franz verschwörerisch zu.

»Ich habe gerade in Sekundenschnelle ein originales PDF vom Leichenbeschauer geändert, das ich erst in diesem Moment bekommen habe?« Franz sah Karl sehr lange und sehr ernst an. »Wie soll das gehen?«

»Sie haben da sicher so Ihre Tricks.« Karl schlug die Augen nieder. Er schien zu bemerken, dass er gerade möglicherweise zu weit ging. Andererseits schien ihm das aber herzlich egal zu sein. Es sah so aus, als würde er sich seinen vermeintlichen Erfolg von niemandem nehmen lassen wollen.

»Passen Sie auf, Herr Freisinger«, sagte Franz, nachdem er Karls neuerliche Attacke verdaut hatte. Er lächelte, so freundlich es ging. »Wir machen es so. Sie finden sich heute Nachmittag bei unserem Amtsarzt Doktor Schneidinger ein. Der arbeitet in Ausnahmefällen sogar samstags, wenn ich ihn darum bitte. Er wird Sie gründlich untersuchen, und dann sehen wir weiter.«

»Und wenn ich mich weigere?« Karls Blick wurde leicht panisch. Die Erwähnung des Wortes »Arzt« schien ihn blitzartig zu verunsichern.

Da hatte Franz wohl den Finger in eine offene Wunde gelegt. Er würde sich nachher auf jeden Fall die Personalakte von Karl kommen lassen und sie genau studieren. Es konnte gar nicht sein, dass der Kerl so lange ohne ein Disziplinarverfahren oder Abmahnungen geblieben war. Zumindest, wenn alles mit rechten Dingen zuging.

»Das werden Sie nicht tun. Und jetzt … Sie wissen ja, wo die Tür ist.«

Nachdem Karl draußen war, rief Franz sofort bei Max an, um Entwarnung zu geben. Er wäre erwiesenermaßen unschuldig und müsse sich keine Sorgen mehr wegen eines Tatverdachts machen. Max bedankte sich knapp und legte wieder auf. Es würde wohl noch eine Zeit lang dauern, bis er Franz verzieh. Egal. Es gab Dinge, die musste man aussitzen.

Kurz darauf rief der Polizeipräsident Jürgen Faltermeier höchstpersönlich bei Franz an und bat ihn, die Anregungen seines Neffen Karl ernst zu nehmen und ihn in die Ermittlungen einzubeziehen. Karl sei zwar etwas schwierig, das wisse er, aber er sei auch sein sehr talentierter Kriminalist. Franz versprach nichts, sagte aber, dass er sich zeitnah wieder melden und berichten würde.

»Was war das mit dem Amtsarzt, Herr Wurmdobler?«, erkundigte sich der Polizeipräsident am Ende ihres Gesprächs noch. »Mein Neffe erwähnte, dass er dort hinmüsse.«

»Reine Routine, Herr Faltermeier. Wir stehen hier alle sehr unter Druck. Da werden regelmäßig die körperlichen und die psychischen Funktionen getestet. Damit wir den Verbrechern immer einen Schritt voraus sind.« Franz lachte leichthin.

»Natürlich, Her Wurmdobler. Verstehe. Sehr gut.« Faltermeier lachte ebenfalls.

»Wir haben hier alles im Griff, Herr Faltermeier«, fügte Franz noch im Brustton der Überzeugung hinzu. »Auf Wiederhören.«

»Auf Wiederhören, Herr Wurmdobler, und danke.«

Franz studierte die weiteren Ergebnisse des Pathologen. Mathilde wurde tatsächlich mit einem gekonnten Griff das Genick gebrochen. Menschen, die Selbstverteidigung lernten, wussten zum Beispiel, wie man das machte. Andere, wie notorische oder käufliche Gewalttäter, die ihr Handwerk auf der Straße oder beispielsweise im Krieg gelernt hatten, natürlich auch.

An der Leiche befanden sich, außer denen von Max, verschiedene andere DNA-Spuren, deren Herkunft es zu klären galt. Die genaue Tatzeit, 0.10 Uhr, war endlich gesichert.

Er schickte Max die PDF mit dem Bericht des Pathologen aufs Smartphone.

28

Josef war, wie gewöhnlich in Jeans, weißes Hemd und Sakko gekleidet, zum Café am Gärtnerplatz gekommen. Max hatte ihm den Mord an Mathilde in groben Zügen umrissen. Dann waren sie in Josefs Auto gestiegen. Er hatte vorgeschlagen, Max nach Hause zu fahren, da der sich wegen seiner Kopfschmerzen eine Stunde hinlegen musste.

»Hast du Lust auf Gulasch?«, fragte ihn Max jetzt.

»Ich könnte einen Teller davon vertragen. Wieso fragst du?« Josef sah seinen Freund fragend von der Seite an.

»Meine Nachbarin, die alte Frau Bauer, bringt mir am Samstag immer einen Topf Gulasch vorbei. Den könnten wir uns teilen, bevor ich mich auf meine Couch haue.«

»So eine Nachbarin hätte ich auch gern. Hast du Bier daheim?«

»Ist der Papst katholisch?«

Als sie oben bei Max' Wohnung ankamen und er sich daran machte aufzusperren, öffnete sich die Tür gegenüber. Die grauhaarige, schmale Frau Bauer tauchte in einem hellblauen Sommerkleid aus dem Dunkel ihres Flures auf, den obligatorischen Topf mit Gulasch in den Händen. Über ihr Kleid hatte sie eine Wolljacke gezogen, da sie leicht fror, wie Max wusste. Es war ihrem niedrigen Blutdruck geschuldet, hatte sie ihm einmal erklärt.

»Hallo, Herr Raintaler«, begrüßte sie ihn mit einem bezaubernden Lächeln. Ihre wasserblauen Augen strahlten dabei wie die Mittagssonne draußen am Himmel. »Wie ich sehe, haben Sie einen Gast mitgebracht.«

»Sie kennen Herrn Stirner doch.« Max nickte.

»Natürlich. Hallo, Herr Stirner. Schön, Sie wieder einmal zu sehen. Und den schönen Schnauzbart tragen Sie immer noch. Wie unser König Ludwig früher. Herrlich.« Sie reichte Josef ihre faltige Hand.

»Grüß Gott, Frau Bauer.« Er deutete, ganz alte Schule, einen Diener an.

»Hier ist Ihr Gulasch, Herr Raintaler.« Frau Bauer reichte Max, der inzwischen seine Tür geöffnet hatte, den Topf. »Ich bringe Ihnen noch mehr Semmelknödel. Der Herr Stirner hat sicher auch Hunger, stimmt's?« Sie zwinkerte Josef zu.

»Auf jeden Fall, Frau Bauer.« Josef grinste breit.

Das Gulasch schmeckte vorzüglich. Max und Josef hatten sich jeder ein Bier dazu aufgemacht. Dann hatte sich Max auf seine rote Couch gelegt, während Josef es sich in seinem Fernsehsessel bequem gemacht hatte.

Kurz darauf war nur noch gleichmäßiges Schnarchen in der ganzen Wohnung zu hören.

Es läutete an der Tür, und jemand klopfte immer wieder laut. Max schreckte hoch.

Josef ließ sich offensichtlich nicht davon stören. Er schlief in aller Seelenruhe weiter.

Max stand auf und ging gähnend in den Flur, um zu sehen, wer da so unbedingt hereingelassen werden wollte. Er öffnete.

Ein Mann im Anzug, mit Pilotensonnenbrille auf der Nase, der seinem gesamten Erscheinungsbild nach leicht debil wirkte, und zwei Beamte in Uniform standen davor.

»Was gibt's, Leute?« Max betrachtete sie neugierig von oben bis unten. Er war sehr gespannt darauf, was jetzt kommen würde. »Von den Zeugen Jehovas seid ihr aber nicht, oder?«

»Herr Max Raintaler?«, fragte der Anzugträger.

»Sicher. Steht ja auch an der Tür.« Max deutete auf das kupferfarbene Schild neben sich.

»Kommen Sie mit. Sie sind hiermit verhaftet.« Im Gesicht des Anzugträgers regte sich kein Muskel.

»Was?« Max schüttelte sich ungläubig. »Warum?«

»Wegen des Mordes an Mathilde Maier gestern Abend in der Utzschneiderstraße.«

»Wer sind Sie?«, fragte Max. Er glaubte immer noch zu schlafen und in einem sehr seltsamen Traum gefangen zu sein.

»Das tut nichts zur Sache. Aber wenn Sie es unbedingt wissen wollen, mein Name ist Karl Freisinger, doch ich komme nicht aus Freising, sondern aus Rosenheim.« Karl blickte arrogant drein.

»Aha.« Max starrte ihn mit halboffenem Mund an. »Sind Sie etwa der Neue in Franzis Team in der Hansastraße?«

»Wenn Sie Hauptkommissar Franz Wurmdobler meinen, ja. Ich bin der, der Sie zur Strecke bringt.«

»Geht's noch?« Max fasste sich verblüfft an die Stirn. »Franzi hat mich vorhin angerufen und mir gesagt, dass der Verdacht gegen mich aufgehoben wäre, weil der Mord erwiesenermaßen kurz nach Mitternacht geschah.«

»Da hat sich der Herr Wurmdobler geirrt. Ziehen Sie bitte eine Jacke und Schuhe an und kommen Sie mit, oder müssen wir Sie mit Waffengewalt zwingen?« Karl stellte sich breitbeinig hin und verschränkte die Arme vor der Brust wie einer der amerikanischen Cops in den Krimiserien im Fernsehen.

»Das wollen wir doch mal sehen. Ich rufe Franzi erst mal an.«

»Das tun Sie nicht.« Karl zog seine Dienstwaffe aus dem Achselholster und richtete sie auf Max. »Mitkommen, aber schnell.«

»Franzi hat schon erwähnt, dass du eine Macke hast. Mach dich mal locker, Bürscherl.« Max drehte sich kopfschüttelnd um. Er ging in seinen Flur.

»Wo wollen Sie hin?«, plärrte ihm Karl mit hochrotem Kopf im Kasernenhofton hinterher. Offenkundig wurde er nicht gerne als jemand mit einer Macke bezeichnet.

»Schuhe und Jacke anziehen«, erwiderte Max, während er stehenblieb. »Hattest du das nicht gerade gesagt?« Er war sich im Klaren darüber, dass Freisinger nicht ganz richtig tickte, aber von solchen Irren ging oftmals auch spontane Gefahr aus. Also spielte er lieber mit und leistete keinen Widerstand.

»Machen Sie schon und duzen Sie mich nicht. Ich bin eine Amtsperson.« Karl kochte jetzt sichtlich vor Wut. Offenbar gefiel es ihm gar nicht, dass sich Max so unbeeindruckt von ihm zeigte.

»Was ist los, Max?« Josef kam mit verschlafenem Gesicht aus dem Wohnzimmer. »Was ist das hier für ein Geschrei?«

»Ich werde verhaftet«, erwiderte Max.

»Was? Von wem? Warum?« Josef gähnte ausgiebig. Dann zwirbelte er seinen Schnauzbart zurecht.

»Einer von Franzis Leuten verhaftet mich wegen des Mordes an Mathilde.« Max tippte sich mit dem Zeigefinger an die Stirn.

»Was? Spinnt der?« Josef kratzte sich ausgiebig am Hinterkopf. »Du hast doch vorhin gesagt, die Sache wäre geklärt.«

»Das dachte ich auch. Ist aber anscheinend doch nicht so. Behauptet der James-Bond-Verschnitt in der Tür jedenfalls.«

»Sag mal, Kamerad, hast du wirklich nichts Besseres zu tun, als Unschuldige zu verhaften?« Josef blickte Karl herausfordernd an.

»Wer sind Sie?«, erwiderte Karl. Er hielt seine Waffe nach wie vor im Anschlag.

»Josef Stirner, und wer bist du Kaschperl?«

»Den nehmen wir ebenfalls mit, Leute«, befahl Karl seinen uniformierten Begleitern, während er auf Josef zeigte. »Anscheinend ist er ein Komplize des Mörders Raintaler.«

»Ist der nicht ganz sauber?«, raunte Josef Max zu. »Er wirkt, als wäre er geradewegs aus der Nervenheilanstalt entsprungen.«

»Das Gefühl hab ich auch«, flüsterte Max zurück. »Lass uns einfach mitgehen, bevor er noch abdrückt. Bei Franzi auf dem Revier wird sich die Sache schon aufklären.«

»Hoffen wir es.« Josef schüttelte den Kopf. »Nicht dass die uns ganz woanders hinbringen.«

29

Einer der Uniformierten fuhr den Streifenwagen, der andere hatte sich neben Max und Josef auf den Rücksitz gequetscht. Karl saß vorne auf dem Beifahrersitz. Er rieb sich zufrieden die Hände. Endlich hatte er seinen Mörder und dessen Komplizen noch dazu, diesen Josef Stirner. Sein Onkel Jürgen würde sehr zufrieden mit ihm sein.

Möglicherweise verlieh er ihm eine Auszeichnung

wegen besonders kluger und effizienter Ermittlungsarbeit. Und wer weiß, vielleicht würde er sogar eines Tages das Werk seines Onkels fortsetzen und selbst Polizeipräsident werden. Er sah die Schlagzeile schon vor sich: *Karl Freisinger löst seinen Onkel Jürgen Faltermeier als Polizeipräsident ab.* Er bekam feuchte Augen vor Rührung, wenn er daran dachte.

»Hier geht es aber nicht ins Revier in der Hansastraße«, unterbrach Max Karls Gedanken. Er saß mit Josef hinter ihm im Fond und hatte offenkundig bemerkt, dass sie, anstatt ins Westend, immer weiter nördlich an der Isar entlang Richtung Schwabing fuhren. Überflüssigerweise hatte der Fahrer auf Karls Ansage hin auch noch das Blaulicht und die Sirene eingeschaltet und raste in einem Affenzahn dahin.

»Lassen Sie das alles mal unsere Sorge sein, Raintaler«, erwiderte Karl ungerührt. »Sie bekommen genau das, was Sie verdienen.«

»Wie meinen Sie das?« Max klang nun doch ein wenig verunsichert und zugleich neugierig.

»Das werden Sie dann schon sehen.« Karl lachte kurz auf. Er freute sich jetzt schon auf den Moment, in dem diesem Max Raintaler nichts anderes übrigblieb, als seine Schandtat zu gestehen.

Wenig später stoppten sie mit quietschenden Reifen vor der Polizeiinspektion in der Johann-Fichte-Straße. Karl befahl Max und Josef in rüdem Ton, auszusteigen und sofort mitzukommen.

Als sie das Revier betraten, stürzte Karl sogleich mit aufgeregtem Armwedeln auf den großgewachsenen grauhaarigen Revierleiter Heinrich Hohlwange zu.

Heinrich war ein guter Freund seines Onkels. Er kannte ihn seit seiner Kindheit.

»Ich habe einen Mörder und seinen Komplizen verhaftet«, platzte Karl ohne Begrüßung heraus. Er zeigte auf Max und Josef. »Schau sie dir gut an, Heinrich.«

»Langsam, Junge. Das ist doch der Max Raintaler. Den kenne ich. Er war ein langjähriger Kollege bei der Kripo. Servus, Max.« Heinrich nickte Max freundlich zu.

»Servus, Heinrich. Ich weiß auch nicht so genau, was unseren jungen Freund hier reitet.« Max zuckte die Achseln. Er grinste schief.

»Klappe, Raintaler.« Karl bekam einen roten Kopf. »Sie reden nur, wenn Sie gefragt werden. Das wäre noch schöner, wenn die Mörder sich bei der Polizei ungefragt äußern dürften.«

»Wo hast du ihn denn verhaftet?«, fragte ihn Hohlwange, der seinem verwirrten Blick nach offenkundig nicht so recht verstand, was eigentlich vor sich ging.

»Bei sich zu Hause. Sein Komplize war bei ihm. Wahrscheinlich haben die beiden dort ihren nächsten Mord geplant.« Karl wusste, dass er recht hatte. Ein gefährlicherer Täter als dieser Max Raintaler war ihm noch nie untergekommen. Allein schon der listige Blick des miesen Kerls ließ nur Böses vermuten.

»Der Max ein Mörder? Ich weiß nicht ...« Hohlwange schüttelte nachdenklich den Kopf. »Bist du dir da ganz sicher, Karl?«

»100-prozentig.« Karl nickte eifrig.

»Was sagst du dazu?«, wandte sich Heinrich an Max.

»Ich weiß, wie gesagt, nicht, was der junge Mann von uns will. Ich kläre für Franzi einen Mordfall an einer Touristin auf. Josef hilft mir dabei.« Max zeigte auf Josef, der inzwischen fast unentwegt den Kopf schüttelte. »Dann klopft vorhin Herr Oberwichtig hier an meine Tür und verhaftet uns in James-Bond-Manier.«

»Herr Oberwichtig verbitte ich mir. Noch dazu von einem gewissenlosen Mörder.« Karl schnappte aufgeregt nach Luft.

»Aber selbst wenn das alles so wäre, wie du sagst, wieso bringst du die beiden zu uns?« Hohlwange sah Karl fragend an. »Ist dafür nicht der Franz Wurmdobler von der Mordkommission verantwortlich?«

»Für den arbeite ich, und zwar richtig, als Beamter im Polizeidienst. Nicht wie dieser angebliche freie Mitarbeiter Raintaler.« Karl lächelte unbestimmt. Er konnte ja schlecht sagen, dass er Streit mit seinem Chef hatte. Das würde nur noch mehr Fragen aufwerfen. Außerdem war es nicht so wichtig.

»Dann erst recht.« Hohlwange sah ihn überrascht an.

»Wurmdobler steckt irgendwie in der Sache mit drin«, flüsterte Karl Heinrich ins Ohr. »Wie genau, weiß ich allerdings noch nicht. Aber ich werde ihn ebenfalls kriegen.«

»Aha.« Heinrich lächelte freundlich. »Na, dann lass uns die beiden Ganoven mal hier«, sagte er in ruhigem Tonfall. »Wir sperren sie erst mal weg.«

Karl wusste, dass ihn Heinrich gerne mochte. Aber natürlich konnte er ebenfalls an der großen Verschwörung beteiligt sein, die aufzuklären Karl gerade im Alleingang unternahm. Das war das wirklich Fatale an der Geschichte. Jeder Kriminaler oder Polizist in München war grundsätzlich verdächtig. Außer Onkel Jürgen.

Der hatte bestimmt genug damit zu tun, diesen ganzen Sauhaufen zusammenzuhalten. Für einen Mord blieb ihm dabei keine Zeit.

»Aber ich will die miesen Kerle selbst verhören«, protestierte Karl lautstark.

»Das geht alles seinen offiziellen Dienstweg.« Hohlwange klopfte ihm beruhigend auf die Schulter. »Die zwei werden an die Mordkommission überstellt, und dort kannst du sie verhören.«

»Aber nicht dieser Wurmdobler. Der darf sie auf keinen Fall verhören. Er hält nämlich zu diesen Mördern.« Karl zeigte auf Max und Josef. Am liebsten hätte er die beiden Missetäter gerade anständig verprügelt. Aber das ging natürlich nicht in solch einer offiziellen Polizeiangelegenheit. Es hätte nur großen Ärger gegeben. Das war ihm klar.

»Nein, nein. Keine Sorge.« Heinrich lächelte freundlich.

»Ansonsten sage ich es Onkel Jürgen.« Karl wusste, dass sein Onkel ihm wie immer helfen würde, wenn es Spitz auf Knopf käme.

»Geh, lass den armen Jürgen doch arbeiten«, winkte Hohlwange lässig ab. »Ich kümmere mich erst mal hier bei uns um alles, Personendaten und so weiter, und dann werden die beiden Mordverdächtigen in euer Revier gefahren.«

»Und wenn mich der Herr Wurmdobler die Verdächtigen dort nicht verhören lässt?« Karl trat verunsichert von einem Bein auf das andere. Für ihn sah es gerade fast so aus, als wollte ihm Heinrich die verdienten Lorbeeren in diesem Mordfall vor der Nase wegschnappen.

»Er muss dich lassen. Ich sag es ihm höchstpersönlich.«

»Na gut, Heinrich. Dann machen wir es so.«

Karl verabschiedete sich von seinem väterlichen Freund, warf Max und Josef einen letzten drohenden Blick zu, zumindest hielt er ihn dafür, und spazierte mit seinen beiden uniformierten Streifenbeamten zur Tür hinaus.

»Fahren Sie mich zum Stachus!«, befahl er dem Fahrer vom Rücksitz aus. »Ich habe noch andere dringende Fälle, die dort auf mich warten«, fügte er mit geheimnisvoller Stimme hinzu. Er bemühte sich dabei, so zu klingen wie ein Hollywood-Detektiv im Film. Rau, kräftig, beeindruckend.

Was er in Wahrheit vorhatte, verriet er den beiden allerdings nicht. Nicht dass man ihm noch offiziell Vorwürfe machen konnte.

Da es für den von Franz Wurmdobler befohlenen Besuch beim Amtsarzt längst zu spät war, würde er nämlich shoppen gehen, bevor er ins Revier in der Hansastraße zurückkehrte. Das hatte er sich heute mehr als verdient. Möglicherweise war sogar eine neue Lederjacke drin. So eine ähnliche, wie sie Arnold Schwarzenegger als *Terminator* getragen hatte. Sie würde ihm bestimmt gut stehen. Onkel Jürgen würde Bauklötze staunen, wenn er ihn damit sah.

30

»Wo ist Max? Ich kann ihn nicht erreichen.«

»Keine Ahnung, Moni.« Franz, der, nachdem er einige Telefonate erledigt hatte, gerade noch einmal den Bericht aus der Pathologie studierte, zuckte die Achseln. »Vielleicht ruht er sich aus. Er hat ganz schön eins auf den Kopf bekommen gestern Nacht.«

»Sagst du mir bitte gleich Bescheid, sobald du etwas von ihm hörst? Ich mache mir Sorgen wegen seiner Verletzung.«

»Logisch, Moni. Keine Frage.«

Kurz nachdem sie aufgelegt hatten, klopfte es zweimal knapp und knackig an seiner Bürotür.

»Herein.«

Der scharfe Bernd kam herein.

»Karl Freisinger hat Max und Josef verhaftet, Chef«, sagte er atemlos.

»Woher weißt du das?« Franz blieb vor Überraschung der Mund offen stehen. »Der Freisinger sollte doch gerade beim Doktor Schneidinger sein.«

Er zeigte auf das Zifferblatt seiner goldenen Armbanduhr. Ein Geschenk zum 60. Geburtstag von seiner Sandra. Sie hatte ihm die teure Uhr zusammen mit einem Gutschein für eine zweiwöchige Kur in einer Diätklinik am Tegernsee überreicht. Damit er ihr noch möglichst lange gesund und munter erhalten bliebe, wie sie meinte.

Der Gutschein musste immer noch irgendwo bei ihnen zu Hause herumliegen. Wo genau, hatte er Gott sei Dank vergessen.

»Heinrich Hohlwange vom Schwabinger Revier in der Johann-Fichte-Straße hat mich gerade angerufen, weil bei dir andauernd besetzt war.« Bernd schnappte nach wie vor nach Luft. Er musste von seinem Büro aus im Eiltempo hergespurtet sein.

»Ich arbeite schließlich. Was hat er dir genau erzählt?« Franz rutschte unruhig auf seinem Chefsessel hin und her. Dieser Freisinger wurde langsam zum menschlichen Tsunami. Er musste dringend etwas Endgültiges gegen ihn unternehmen. Einen wie ihn konnte er in seinem Team nicht gebrauchen.

»Freisinger hat Max und Josef, wie gesagt, verhaftet, bei Heinrich vorbeigebracht und behauptet, dass die beiden Mordkomplizen wären.« Bernd grinste halbherzig. Er schien nicht genau zu wissen, ob er lachen oder einen Wutanfall bekommen sollte.

»Der Kerl dreht langsam wirklich komplett durch.« Franz schüttelte ungläubig den Kopf. »Er wird zu einer Gefahr für die Allgemeinheit, so wie es ausschaut.«

»Natürlich musste Heinrich unsere Freunde erst mal dabehalten, um Karl loszuwerden«, fuhr Bernd fort. »Doch jetzt würde er sie liebend gerne wieder laufenlassen, weil er das einfach nicht glauben könne, was Karl Freisinger da zusammengesponnen habe, wie er sagte. Er kenne ihn seit seiner Kindheit, und Karl lege bereits seit damals immer wieder reichlich seltsame Verhaltensweisen an den Tag.«

»Na warte, Bürscherl. Jetzt ist es endgültig aus.« Franz schnappte sich sein Telefon. Er rief bei Heinrich, den er fast genauso lang wie Max kannte, an.

»Servus, Franzi.«

»Servus, Heinrich.« Franz klang offiziell und sachlich. »Bitte lass den Max und den Josef auf der Stelle frei.«

»Nichts lieber als das. Was sollte das ganze Theater eigentlich?« Heinrich klang neugierig.

»Karl Freisinger scheint definitiv nicht mehr alle Tassen im Schrank zu haben«, erklärte Franz. »Es gibt nicht den geringsten Grund für eine Verhaftung der beiden.«

»So was in der Art dachte ich mir gleich.«

»Max ist erwiesenermaßen nicht schuld am Tod der Frau, die ums Leben kam, und Josef hat überhaupt nichts mit der Sache zu tun.« Franz sprach ohne Punkt und Komma weiter. »Karl Freisinger knöpfe ich mir persönlich vor, sobald er hier auftaucht.«

»Bisher schien Karl immer noch die Kurve gekriegt zu haben«, erwiderte Heinrich. »Aber jetzt haut es ihm anscheinend den Schalter raus.«

»So ist es«, sagte Franz. »Bei dem Kerl stimmt etwas im Oberstübchen nicht. Er redet auch völlig respektlos mit mir. Zuletzt hat er sogar mir unterstellt, dass ich etwas mit dem Mord an der Frau am Viktualienmarkt zu tun hätte.«

»Das hat er mir auch erzählt.«

»Tatsächlich? Das wird ja immer besser.« Franz schüttelte den Kopf. Er konnte es nicht fassen, dass Karl sogar schon so weit ging, ihn bei anderen Kollegen anzuschwärzen. »Max und Josef haben jedenfalls Nullkommanichts mit dem Mord zu tun. Sie ermitteln für mich.

Da gibt es eine ganz klare Beweislage. Kriegst du auch gerne schriftlich von mir.«

»Alles gut, Franzi. Ich lasse sie umgehend frei.« Heinrich klang erleichtert. Franz schien ihn endgültig überzeugt zu haben.

»Danke.« Franz atmete hörbar auf.

»Der gute Karl scheint professionelle Hilfe von einem Psychologen zu brauchen«, fügte Heinrich noch hinzu.

»Eigentlich sollte er vorhin bei unserem Amtsarzt gewesen sein, weil ich ihn dort hinschickte. Aber er wollte anscheinend lieber den harten Cop spielen. Ich kümmere mich um ihn, Heinrich.«

»Gut, danke.«

»Nichts zu danken.«

»Wann gehen wir eigentlich mal wieder alle zusammen in unseren Biergarten im Englischen Garten?« Heinrich schien das Gespräch nicht ohne ein persönliches Wort beenden zu wollen.

»Wenn wir unseren Mordfall eindeutig aufgeklärt haben, versprochen.«

»Aber denk dran, versprochen bleibt versprochen ...«

»... und wird auch nicht gebrochen. Servus und danke, Heinrich.« Franz legte auf.

»Hast du sonst noch irgendetwas über Karl Freisinger?«, richtete er sich anschließend wieder an Bernd.

»Seine Schwester ist ertrunken, als er fünf Jahre alt war. Sie waren gemeinsam am Badesee. Es wurde nie herausgefunden, was damals genau passiert ist.«

»Ein Schock in der Kindheit. Das erklärt einiges.« Franz kratzte sich nachdenklich am Hinterkopf.

»Seine Eltern wollten ihn damals deswegen aber nicht zum Psychologen schicken, weil der Vater grundsätzlich nichts davon hält.« Bernds Blick war ausdruckslos. Typisch für ihn. Gerade wenn er Verdächtige verhörte, konnte er sie damit gezielt verunsichern und oft genug zu einem Geständnis bringen

»Das erklärt noch mehr. Dann kann wohl bisher auch niemand gemerkt haben, wie ernst es tatsächlich um ihn steht. Wer kann schon in einen anderen reinschauen?« Franz wusste genau, wovon er sprach. Sandra versuchte immer wieder, ihm ihren Eindruck von ihm als letzte und heilbringende Wahrheit aufzudrängen. Er würde dies oder das denken, mache hier oder dort einen Fehler, wisse dieses oder jenes doch ganz genau. Dabei ging sie überhaupt nicht auf das ein, was er dazu zu sagen hatte. Es schien ihr lediglich um das Bild von ihm zu gehen, das sie sich gemacht hatte, nicht um sein wahres Wesen. Aber das war eine andere Geschichte.

»Stimmt.« Bernd nickte. »Offenbar konnte er seine, ich sag mal, Andersartigkeit bisher tatsächlich ganz gut kaschieren.«

»Aber irgendwann bricht die Wahrheit eben durch.« Franz schüttelte den Kopf.

»Oder der Wahnsinn.«

»Oder so.« Franz kratzte sich nachdenklich am Hinterkopf. Das Thema Karl Freisinger nahm für seinen Geschmack im Moment viel zu viel Raum ein. Das musste sich schnell ändern. Schließlich hatten sie einen brutalen Mordfall zu klären. »Ich frag mich nur, warum das mit dem Durchbruch ausgerechnet jetzt sein musste.

Der seltsame Vogel geht mir so was von auf den Zeiger, das kann ich dir gar nicht sagen.«

»Es kommt eben, wie es kommt, Franzi.«

»Wohl wahr.« Franz lachte humorlos. »Stell dir nur mal vor, womöglich hat er seine Schwester sogar auf dem Gewissen. Ein Streit unter Geschwistern. Ein unglücklicher Sturz vom Badesteg oder Ähnliches.« Er machte eine unbestimmte Geste.

»Das würde dann allerdings so gut wie alles erklären.«

Nachdem Bernd ihn verlassen hatte, rief Franz sogleich bei Monika an und erklärte ihr, dass Max und Josef versehentlich verhaftet wurden, jetzt aber so weit alles wieder in Ordnung wäre. Sie könne ihren Max nun wieder erreichen.

31

»Ich brauche dringend noch einen Espresso mit Zitronensaft«, sagte Max. »Mir brummt immer noch der Schädel.«

»Kein Wunder bei dem Stress«, erwiderte Josef. Er sah auf seine Armbanduhr. »Gleich 14.30 Uhr. Lass uns ins Café an der Münchner Freiheit gehen. Die haben den besten Espresso und den besten Kuchen weit und breit.«

»Stimmt.«

»Ein kleiner Spaziergang wird uns außerdem guttun nach der ganzen Aufregung.«

Sie standen in der warmen Nachmittagssonne vor dem Schwabinger Revier, aus dem sie Heinrich Hohlwange entlassen hatte, und Max fühlte sich, als hätte er gerade einen schlechten Film gesehen. An Josefs Miene und seinem unentwegten ungläubigen Kopfschütteln sah er, dass es ihm nicht viel anders erging.

»Da gebe ich dir recht.« Max nickte. Er kickte aus lauter Erleichterung einen Kiesel quer über die Straße und traf damit einen SUV, der gegenüber am Straßenrand parkte, am Reifen. »Oha. Fast hätte es einen schrecklichen Blechschaden gegeben«, sagte er lachend.

»Rowdy.« Josef lachte mit.

Beiden war die Erleichterung nun deutlich anzusehen.

Max' Handy machte sich bemerkbar. Er ging ran.

»Wie geht es dir?«, fragte ihn Monika mit leichtem Zittern in der Stimme. »Ich hab mir solche Sorgen gemacht, weil ich dich nicht erreichen konnte.«

»Alles gut, Moni«, beruhigte er sie. »Josef und ich sind mit der Aufklärung des Mordes an Mathilde beschäftigt. Weißt du doch. Da kann es schon mal sein, dass ich nicht ans Telefon gehen kann.« Er berichtete ihr absichtlich nicht vom wahren Geschehen, weil sie sich dann bestimmt nur noch mehr aufgeregt hätte.

»Franzi meinte, dass euch so ein Verrückter aus seiner Truppe verhaftet hätte«, fuhr Monika aufgeregt fort. »Geht es euch gut?«

»Wir sind wieder frei. Alles in Ordnung, Moni.« Sie wusste also bereits Bescheid. Auch gut. Er lächelte.

Es berührte ihn, dass sie sich so sehr um ihn sorgte. Offensichtlich lag ihr doch mehr an ihm, als es manchmal den Anschein hatte, gerade wenn sie so besonders cool und unnahbar tat. Schon oft hatte er sich dann gefragt, ob sie entweder Angst vor seiner Nähe im Speziellen oder vor Nähe im Allgemeinen hatte.

Beides war möglich. Er hätte gerne gewusst, was davon zutraf. Erfuhr es aber nicht. Sie unternahm Urlaubsreisen mit ihm, lachte, liebte und weinte mit ihm. Jedoch ihr tiefstes Inneres offenbarte sie ihm dabei nie. Als hätte sie ein großes eisernes Vorhängeschloss vor dem Eingang zu ihrer Seele installiert, abgesperrt und den Schlüssel weggeworfen.

Wahrscheinlich wusste Anneliese als Monikas jahrelange beste Freundin mehr über ihr Seelenleben als er. Aber sie würde er dazu ganz bestimmt nicht befragen. Die Antworten, die er suchte, musste ihm Monika schon selbst geben.

Nachdem er sich von ihr verabschiedet und aufgelegt hatte, rief Max Dagmar an. Er wollte ihr einige Fragen stellen und schlug vor, sich im Café an der Münchner Freiheit zu treffen. Sie sagte zu und meinte, dass sie ihren Freund Jörg mitbringen werde. Max würde doch sicher auch gerne mit ihm reden.

»Das passt sehr gut«, erwiderte er. »Jeder, der zur Aufklärung des Mordes an Mathilde beitragen kann, ist willkommen.«

Dann legten sie auf.

Max und Josef machten sich auf den Weg.

Der Föhn blies nach wie vor durch die aufgeheizten Straßen. Er wehte gigantische Staubwolken durch die Luft. Die Fußgänger hielten sich Taschentücher oder zumindest die Unterarme vor das Gesicht. Sie hasteten konfus über den Gehsteig, rempelten sich gegenseitig an, fluchten laut, gingen schimpfend weiter. Die Autofahrer hupten unentwegt wie in Italien. Sie fuhren kreuz und quer durcheinander, so als hätten sie ihren Führerschein gerade erst gemacht.

Das reinste Irrenhaus.

Normalerweise sollte es im April auch mal regnen. Früher hieß es sogar einmal: »Der April, der macht, was er will«, weil das Wetter ständig wechselte. Das war dieses Jahr nicht so gewesen. Nur Sonne pur. Es grenzte somit fast schon an ein Wunder, dass die Bäume und Sträucher entlang der Straßen und in den Parks trotzdem so sattgrün leuchteten.

Der wachsende Mangel an Niederschlag hatte sich bereits in den letzten Jahren angekündigt. Ein weltweites Phänomen, das mit der allgemeinen globalen Klimaerwärmung zusammenhing. Wenn es so weiterging, würde die Ernte heuer eher mager ausfallen.

Max hoffte inständig, dass das Ganze letztlich doch nur eine vorübergehende Erscheinung war. Sonst wäre da, wo sich jetzt noch der Englische Garten mit seinen riesigen Parkanlagen und gemütlichen Biergärten befand, möglicherweise in einigen Jahren auf einmal eine Sandwüste. Dann hätte der eine oder andere nach der fünften Maß wohl zum ersten Mal eine echte Fata Morgana vor Augen.

Sie erreichten die Münchner Freiheit. Max spürte, wie sich der Schmerz in seinem Hinterkopf pochend zurückmeldete.

»Ich bin einfach noch nicht ganz fit«, sagte er zu Josef, während er sich mit seinem Hemdsärmel über das schweißnasse Gesicht wischte. »Mein Schädel brummt ohne Ende.«

Das weiß-blau karierte Baumwollhemd, das er bei sich zu Hause übergestreift hatte, würde Monika zusammen mit ihren Sachen in ihre Waschmaschine werfen. Wohl dem ewigen Junggesellen, der eine gute und geduldige Freundin hatte. Andererseits half er ihr bei anderen Sachen. So war das nun mal in Beziehungen. Ein Geben und Nehmen.

»Das wird schon wieder«, beruhigte ihn Josef. Er kannte Max lang genug, um zu wissen, dass der immer wieder ganz gerne litt, aber wenn es darauf ankam, genauso schnell wieder voll einsatzfähig war.

»Ohne dein altes Geheimrezept wäre ich sicher längst beim Arzt oder im Krankenhaus.«

»Max Raintaler im Krankenhaus. Dass ich nicht ganz laut lache.« Josef grinste amüsiert. »Ich sag nur ein Wort: Krankenhauskeime.«

»Ist ja gut.« Max grinste mit. »War natürlich rein hypothetisch gemeint.«

32

Franz betrat den Flur, der zu seinem Büro führte. Er schnaufte immer noch wie eine Dampflok, da er gerade wegen des seit Mittwoch defekten Aufzugs die zwei Stockwerke über die Treppe hinaufgestiegen war.

Zuvor war er wegen der vielen Schreibtischtätigkeiten und Anrufe heute auf ein verspätetes Mittagessen in der Kantine gewesen. Als Hauptgericht hatte es dort etwas ›lecker Vegetarisches‹ gegeben, wie es auf der Tafel neben dem Eingang in großen Lettern zu lesen gewesen war. Blumenkohl mit Schmelzkäse überbacken. Dazu ein frischer grüner Salat.

Er hatte gemeint, ihn träfe auf der Stelle der Schlag. Gott sei Dank hatte der Kantinenwirt für die Mitarbeiter, die keine Hasen waren, immer auch noch Leberkässemmeln parat.

Franz konnte die letzten zwei davon ergattern, was um 14.45 Uhr schon im Normalfall reine Glückssache war. Wenn es als Mittagstisch ein vegetarisches Hauptgericht gab, erst recht.

Während er sich mit einer Zitronenlimonade und seinen Semmeln an einen der ungemütlichen grauen Tische setzte, hatte er noch mal einen kurzen letzten Blick auf die Essensauslage hinter dem durchsichtigen Ausgabetresen geworfen.

Ungefähr 50 der ursprünglich 60 überbackenen Blumenkohle trockneten dort unangetastet vor sich hin.

Wahrscheinlich würde es dieses woanders sicherlich hochgeschätzte Gericht hier, in der Polizeikantine in der Hansastraße, nicht so schnell wieder geben.

Nachdem er sein Büro betreten und sich an seinen Schreibtisch gesetzt hatte, rief er Karl Freisinger zu sich. Wenig später trat der übereifrige Rosenheimer auch schon ein.

»Was sollte das?«, begrüßte ihn Franz unfreundlich.

»Was soll was, Herr Hauptkommissar?« Karl stellte sich offenkundig dumm.

Na gut. Das war sein gutes Recht. Aber das Echo musste er dann auch vertragen.

Franz legte sich seine nächsten Worte sorgfältig zurecht, erhob sich von seinem Sessel und platzte laut heraus: »Wie kommen Sie dazu, ohne Absprache mit mir Herrn Raintaler und Herrn Stirner zu verhaften? Sind Sie jetzt vollkommen wahnsinnig?«

»Langsam, Chef. Die beiden sind Mörder. Eine Gefahr für die Menschheit. Es war meine Pflicht, sie einzufangen.« Karl hatte einen irren Blick aufgesetzt. »Ich will sie jetzt auch verhören, bis sie alles gestehen.«

»Das ist Blödsinn, und das wissen Sie auch, Freisinger.« Franz schnaubte wütend. »Außerdem hatten Sie vorhin einen Termin beim Amtsarzt. Schon vergessen?«

»Ich dachte, das Dingfestmachen der Täter hätte Vorrang. Das hätte mein Onkel Jürgen sicher auch gesagt.« Karl vertrat seine Meinung wie immer überheblich und mit augenscheinlichem Selbstbewusstsein. Allerdings traten ihm gerade Schweißperlen auf die Stirn und er nestelte unentwegt nervös an seinem Hemdkragen herum. Irgendwo in seinem tiefsten Inneren schien er genau zu wissen, dass er sich auf sehr dünnem Eis bewegte.

»So, Herr Freisinger. Das war's. Sie sind ab sofort vom Dienst suspendiert.« Franz stemmte die Hände in die Seiten. Er atmete tief durch, um bei dem, was er zu sagen hatte, möglichst sachlich zu bleiben. Was ihm gerade zugegebenermaßen außerordentlich schwerfiel. Viel lieber hätte er laut losgebrüllt. »Ich rufe unseren Amtsarzt gleich noch mal an und mache dort einen Termin in einer halben Stunde für Sie. Sollten Sie auch diesmal nicht hingehen, werden Sie für immer und ewig aus dem Polizeidienst ausscheiden. Hamma uns?«

»Das werden wir noch sehen, Herr Wurmdobler«, pampte Karl arrogant. »So spricht man nicht mit dem Neffen des Polizeipräsidenten. Das lassen Sie sich mal gesagt sein.«

»Polizeipräsident am Arsch! Neffe am Arsch!« Franz bekam ein hochrotes Gesicht vor unbezähmbarer Wut. Sogar seine Glatze färbte sich dunkel. Noch ein falsches Wort von dem hirnlosen Kerl und er würde seine Dienstwaffe ziehen und ihn auf der Stelle standrechtlich erschießen. Zumindest würde er ihm das mit der Waffe im Anschlag glaubwürdig androhen.

»Na warten Sie, das sag ich Onkel Jürgen!« Karl Freisinger stürmte mit hoch erhobenem Kopf zur Tür hinaus.

»Sag ihm doch, was du willst, du gestörter Kaschperlkopf!«, rief ihm Franz aufgebracht hinterher.

»Das tu ich auch«, kam es von draußen zurück.

»Der Wahnsinnige geht ganz sicher nicht zu seinem zweiten Termin bei unserem Psychodoktor«, murmelte

Franz anschließend vor sich hin. »Umso besser. Damit schaufelt er sich sein eigenes Grab.«

Er wusste nicht, was es war. Aber irgendetwas trieb ihn aus heiterem Himmel dazu, sich mit den Händen auf seinem Schreibtisch abzustützen und fünf halbherzige Liegestütze auszuführen. Danach schnaufte er zwar, aber es ging ihm besser. Auf in den Kampf. Er rieb sich voller Vorfreude die Hände.

33

15.30 Uhr. Dagmar hatte ihre blonden Haare zu einem komplizierten Dutt hochgesteckt. Das kurze weiße Sommerkleid, das sie trug, betonte ihre vollschlanke Figur. Sie hatte einen deutlich jüngeren, in Bluejeans und schwarzes Poloshirt gekleideten Mann im Schlepptau. Seine kurzen brünetten Haare waren adrett zu einem Seitenscheitel gekämmt. Das konnte nur ihr Freund Jörg Krieger sein, den sie vorhin am Telefon erwähnt hatte.

Max lud die beiden freundlich ein, sich zu ihm und Josef an ihren Tisch im Freien zu setzen. Mit Blick auf die dicht befahrene Leopoldstraße und die Münchner Freiheit. Im Inneren des Lokals war es bei den sommerlichen Temperaturen kaum auszuhalten.

»Ist das der Bruder von Mathilde, Karsten Maier?«, fragte er Dagmar, nachdem jeder seinen Kaffee und seinen Kuchen serviert bekommen hatte. Er zeigte ihr das Bild, das ihm Franz vorhin zusammen mit dem Selfie von Peter Tauber und Mathilde aufs Handy geschickt hatte.

»Ja sicher.« Sie nickte. »Es ist dasselbe Bild, das mir Ihr Kollege Franz vorhin zeigte.«

»Ach so. Umso besser. Was wissen Sie über ihn?« Max setzte einen sachlich interessierten Gesichtsausdruck auf. »Franz hat mir erzählt, was Sie bereits aussagten, aber vielleicht haben Sie ja etwas vergessen.«

»Ich weiß nicht sehr viel über ihn. Das sagte ich Herrn Wurmdobler schon.« Sie blickte nachdenklich durch die zahlreichen vorbeieilenden Passanten hinter Max hindurch. »Aber mir ist da vorhin noch etwas anderes eingefallen. Das muss ich ihm unbedingt noch mitteilen.«

»Sie können es auch mir sagen. Franz und ich arbeiten in der Sache zusammen. Wir alle übrigens, Herr Stirner hier ebenfalls.« Max deutete auf Josef, der sich bisher zurückgehalten hatte.

»Er war sehr eifersüchtig«, sagte Dagmar.

»Wer? Mathildes Bruder?«

»Nein.« Sie schüttelte den Kopf.

»Wer dann?«

»Peter Tauber, ihr neuer Freund.«

»Der hier?« Max zeigte ihr das Selfie von Peter und Mathilde, das ihm Franz vorhin ebenfalls geschickt hatte.

»Ja, das ist Peter.« Sie nickte. »Herr Wurmdobler hat das Bild von mir.«

»Wie äußerte sich seine Eifersucht? War er einfach nur so eifersüchtig, oder war es eher eine wilde Raserei?«

»Darüber hat sich Mathilde nicht weiter ausgelassen.« Dagmar betrachtete die leeren Kuchenteller auf dem Tisch. Aus irgendeinem Grund konnte oder wollte sie Max nicht direkt in die Augen schauen. »Sie hat sich nur einmal bei mir darüber beschwert, dass er ihr Vorhaltungen gemacht hatte, weil sie angeblich mit einem Arbeitskollegen aus unserer Firma geflirtet hätte.«

»Und hat sie?«

»Nein.« Dagmar winkte ab. »Es war ein ganz harmloses Gespräch unter Kollegen in einem sehr guten Restaurant. Ich kann das sagen, weil ich dabei war. Ich weiß wirklich nicht, was er da beobachtet haben wollte.«

»Das ist doch schon mal was.« Max nickte ebenfalls.

»Kollegen!« Jörg zuckte, in sich hineingrinsend, die Achseln. »Kommt immer mal wieder vor.«

»Soll ich mich da jetzt etwa angesprochen fühlen?« Dagmar sah ihn mit indignierter Miene an.

»Alles gut, mein Engel. Ich habe das nur so dahingesagt.« Er tätschelte beruhigend ihren Unterarm.

»Aha.« Dagmar fuhr, an Max gewandt, fort: »Peters Exfrau Daniela soll außerdem noch eifersüchtiger als er gewesen sein, hat mir Mathilde einmal erzählt. Sie ist sogar manchmal körperlich deswegen auf ihn losgegangen und sie hat Mathilde einmal gedroht, sie solle Peter gefälligst in Ruhe lassen, sonst würde sie es bereuen.

Hat wohl früher Karate gemacht oder so was. Das mit ihrem Angriff auf ihn war wohl auch letztlich der Grund, warum er sich von ihr scheiden ließ.«

»Aber er sieht nicht gerade schwächlich aus.«

»Anscheinend war sie ihm trotzdem überlegen.«

»Ja, die Eifersucht ist eine Leidenschaft, die mit Eifer sucht, was Leiden schafft. Abgedroschen, aber wahr.« Max lächelte humorlos. Monika war Gott sei Dank nicht übertrieben eifersüchtig. Er dagegen hatte schon eher eine leichte Tendenz in diese Richtung. Hielt sich aber meistens zurück. Gott sei Dank. Sonst wäre sie ihm wohl längst davongelaufen. »War Mathilde auch eifersüchtig?«, fügte er hinzu.

»Nein.« Dagmar schüttelte den Kopf. »Dazu war sie zu beherrscht und zu sachlich.«

»Stimmt, so habe ich sie auch kennengelernt.« Max erinnerte sich an Mathildes gelassene Reaktion, als sie gestern am Viktualienmarkt von diesem unverschämten Typen im Anzug angerempelt wurde.

»Franz sagte mir am Telefon, dass Mathilde gewisse Sonderaufträge übernommen hatte. Zum Beispiel für das Militär und Pharmaunternehmen.« Max sah sie abwartend an.

»Das ist richtig.« Dagmar nickte. »Für solche Dinge war sie unser bestes Pferd im Stall.«

»Hätte sie dabei den Unwillen von jemandem auf sich ziehen oder ein Geschäft mit gefährlichen dritten Interessierten abschließen können? Das sind doch sicher mehr oder weniger brisante Aufgaben gewesen.«

Max wusste, dass die meisten Morde aus Leidenschaft geschahen und die Täter dementsprechend im nächsten privaten Umfeld zu suchen waren. Aber ein geheimer Auftrag für die Bundeswehr oder die Pillenindustrie konnte unter Umständen natürlich ebenfalls tödlich sein. Einbeziehen musste er diesen Aspekt deshalb auf jeden Fall in seine Ermittlungen.

»Ich sagte Herrn Wurmdobler vorhin schon, dass er am besten selbst beim Verteidigungsministerium anrufen soll. Aber mit vertraulichen Informationen gehandelt hat Mathilde sicher nicht. Dafür lege ich meine Hand ins Feuer.« Dagmar fuhr sich mit der rechten Hand durch die vollen Haare und wischte sie dabei nach hinten.

»Herr Wurmdobler hat tatsächlich im Verteidigungsministerium angerufen«, sagte Max. »Auch bei der Firma ›Virotot‹ in der Schweiz hat er nachgefragt. Beide Aufträge wären wohl nicht sonderlich geheim gewesen, meinten die jeweils Verantwortlichen dort. Ich hatte gehofft, dass Sie mir noch mehr dazu sagen könnten.«

»Leider nicht.« Dagmar schüttelte den Kopf. »Genaues wissen meistens nur die direkten Ausführenden wie Mathilde, die wir in einem solchen Fall lediglich vermitteln. Wir in der Geschäftsführung kennen nur den Rahmen um den Auftrag herum. Das handhaben wir so, damit wir späteren Ärger für unsere Firma vermeiden.«

»Wer ist wir?«

»Meine zwei Partner und ich. Ganz alleine stemmen Sie ein Softwareunternehmen unserer Größenordnung nicht.«

»Außer Sie heißen Bill Gates.«

»Der hat auch seine Leute, glauben Sie mir.« Sie winkte mit einem wissenden Lächeln auf den Lippen ab.

»Hatte Mathilde etwas mit Ihren Partnern zu tun?«
»Nein.« Dagmar schüttelte den Kopf. »Mathildes Aufträge gingen prinzipiell über meinen Schreibtisch.«
»Gut.« Max notierte sich ein paar Worte in dem kleinen Notizblock, den ihm Monika samt teurem Kugelschreiber mit persönlichem Monogramm darauf zu seinem letzten Geburtstag geschenkt hatte. »Bekam Mathilde außer diesen beiden Aufträgen noch andere dieser Art in letzter Zeit?«, fügte er hinzu.
Während er sprach, nahm ein utopisches Szenario in seinem Kopf Gestalt an, von dem er einmal irgendwo in einem Thriller gelesen hatte. Angenommen, es gäbe einen weltumspannenden Impfstoff eines großen Pharmaunternehmens gegen lebensbedrohliche Krankheiten, der als erwünschten Nebeneffekt ganz gezielt die Vermehrung der Menschheit in den armen Dritte-Welt-Ländern stoppte.
Das hieße dann weniger Menschen, die man durchfüttern musste, und weniger Schadstoffe. Alle Umweltprobleme wären mit einem Schlag gelöst. Die reichen Weißen in ihren Industrieländern hätten wieder genug Luft, Geld und Platz, um ungestört mit dem SUV zu ihren Zweitvillen ans Meer zu fahren oder mit einem Drink in jeder Hand auf ihren Jachten zu sitzen und den Sonnenuntergang zu genießen.
Natürlich klang das alles sehr zynisch, und sicher würde es so etwas Gott sei Dank nie wirklich geben. So weit war es dann wohl doch noch nicht gekommen mit der sogenannten Zivilisation. Obschon es manchen besonders rücksichtslosen und egoistischen Zeitgenossen sicherlich durchaus gelegen kommen würde.

»Mir fällt da gerade doch noch etwas ein.« Dagmar hob den Zeigefinger. »Mathilde hatte letztes Jahr einen Auftrag in Amerika. Genauer gesagt im Silicon Valley bei San Francisco.«

»Um was ging es dabei?«

»Um künstliche Intelligenz. Um was genau dabei, müssten Sie allerdings selbst herausfinden. Ich kann Ihnen die Telefonnummer des dortigen Projektleiters Josef Hurt geben, wenn Sie wollen.«

»Sehr gerne, danke.« Max nickte erfreut.

Von dem Begriff »künstliche Intelligenz« hatte er natürlich gehört. Zahlreiche Sendungen im Fernsehen und diverse Artikel in der Presse berichteten regelmäßig darüber. Wenn er es richtig verstanden hatte, sollte es demnach eines Tages möglicherweise so sein, dass eine sich effektiver als jedes menschliche Gehirn weiterentwickelnde künstliche Intelligenz selbstständig alle anspruchsvollen Aufgaben zur Organisation des menschlichen Alltagslebens übernahm, weil sie dem Menschen deutlich überlegen war.

Wohin das dann im Einzelnen führte, darüber waren sich die Experten offenbar noch nicht so ganz einig. Im Grunde genommen gab es dabei aber nur zwei grobe Denkvarianten: Entweder es wurde alles besser für die Menschheit oder die Maschinen übernahmen diktatorisch die Macht und versklavten eines Tages alles menschliche Leben auf der Erde, wie es oft auch in Science-Fiction-Filmen dargestellt wurde.

Nachdem Dagmar ihm die Telefonnummer von Josef Hurt gegeben hatte, verabschiedeten sie sich voneinander.

»Wenn Sie noch weitere Fragen haben, dürfen Sie mich natürlich gerne wieder anrufen, Herr Raintaler.« Sie lächelte Max freundlich an, während sie ihm die Hand schüttelte. Vielleicht sogar eine kleine Spur zu lang, wie er leicht verwundert registrierte. Immerhin war sie mit ihrem jugendlichen Liebhaber hier. »Meine Nummer haben Sie.«

»Ja, danke.« Er deutete eine Verbeugung an.

»Bis dann«, flötete sie.

Während sie sich entfernten, hörten Max und Josef noch, wie sich der ansonsten schweigsame Jörg ärgerlich bei ihr beschwerte.

»Was war das denn schon wieder«, zischte er. »Stehst du etwa auf den Typen? Du hast ihn ja geradezu angeschmachtet.«

»Unsympathisch ist er jedenfalls nicht«, zischte sie zurück. »Schlurf nicht so. Heb deine Füße beim Gehen. Wie oft muss ich dir das noch sagen?« Sie schlug ihm mehrmals mit der flachen Hand auf den Oberarm.

»Die haben ja richtig Spaß«, meinte Josef mit einem breiten Grinsen im Gesicht.

»Schaut ganz so aus.«

34

Max wählte Josef Hurts Nummer in Kalifornien. Im selben Moment fiel ihm siedend heiß ein, dass es dort erst 7 Uhr morgens war. Doch bereits nach dem zweiten Rufton hob jemand ab. Hurt schien ein Frühaufsteher zu sein. Umso besser.

»Mister Hurt?«, fragte Max.

»Yes.«

»My name is Max Raintaler, police department Munich, Germany.«

»Sie können Deutsch sprechen. Ich komme aus Duisburg und habe hier in Amerika geheiratet, daher der amerikanische Name.« Hurt lachte jungenhaft.

»Wunderbar. Dagmar Siebert von ›Siebert Computerlösungen‹ hat mir Ihre Nummer gegeben.«

»Oh ja, Dagmar. Grüßen Sie sie von mir.« Hurt lachte erneut.

Er schien ein fröhlicher Mensch zu sein. Das konnte er auch sein da drüben im schönen Kalifornien mit seinen herrlichen Weinbergen, seinen endlosen Sandstränden und dem vielen Sonnenschein. Obwohl, die schrecklichen Waldbrände und die Wasserknappheit gab es dort auch noch. Kein Paradies ohne Schatten. So war die Welt nun einmal.

»Sie sind ja früh im Büro.« Max versuchte, ebenso freundlich zu klingen, obwohl ihm fast schon wieder

der Schädel vor Schmerzen platzte. Er nahm erneut eine von Monikas Tabletten.

»Wir haben viel zu tun diese Tage. Was kann ich für Sie tun, Herr Raintaler?«

»Hat eine Mathilde Maier einmal für Sie gearbeitet? Frau Siebert erwähnte so etwas.« Max blieb erst einmal vorsichtig. Wer auch immer Mathilde umgebracht hatte oder umbringen ließ, musste so befragt werden, dass er oder sie nicht von Anfang an die Jalousien herunterließ und mauerte.

»Mathilde, ja. Klasse Programmiererin, toller Mensch. Was ist mit ihr?«

»Können Sie mir sagen, an was sie für Sie arbeitete?«

»Nicht genau. Das darf ich nicht.« Josef senkte seine Stimme. »Aber es ging um einen Algorithmus, den wir für ein Großprojekt brauchten. Sie hat einen tollen Job gemacht.«

»Wäre dieser Algorithmus auch für Konkurrenten von Ihnen interessant?«

Die Kellnerin kam mit der Rechnung. Josef übernahm das Bezahlen. Max nickte ihm dankend zu.

»Was wollen Sie damit sagen?« Josef hörte sich auf einmal sehr zurückhaltend an.

»Nichts. Ich frage nur.«

»Okay. Er wäre wohl kaum interessant für die Konkurrenz, weil er bereits sehr spezifisch in unser eigenes Projekt eingebaut wurde.«

»Also nichts, wofür jemand erpressen oder morden würde?«

»Nein, Herr Raintaler. Da gibt es wahrlich wichtigere

Ideen. Es wurde hier übrigens tatsächlich vor kurzem jemand von der Konkurrenz ermordet.«

»Amerika, Waffen, an die jeder rankommt. Da haben Sie ein echtes Problem.«

»Es war ein Auftragskiller.« Hurt hatte längst aufgehört zu lachen. »Es ging dabei um die Lizenzen für ein hochgeheimes, weltumspannendes Satellitensystem. Die Nachricht darüber lief hier durch die Medien. Bei Ihnen nicht?«

»Ich habe nichts darüber gehört oder gelesen.« Max schüttelte den Kopf.

Merkwürdig, dass ihm das entgangen war. Aber bei der Masse an Morden in den USA wurde vielleicht nicht gleich jeder Vorfall auch in den europäischen Medien gemeldet. Im Internet war ihm allerdings ebenfalls nichts aufgefallen. Egal. Es ging gerade um Mathilde. Alles andere war peripher.

»Warum wollen Sie das alles eigentlich wissen, Herr Raintaler?«, erkundigte sich Hurt. Sein geschäftsmäßig lockerer Plauderton war zurück.

»Mathilde wurde gestern umgebracht, und ich bin mit den Ermittlungen des Mordes beauftragt.«

»Das ist nicht wahr.« Josef verstummte. Offensichtlich war er geschockt.

»Leider doch.«

»Oh Gott!«, kam es nach einer Weile des Schweigens.

»Schlimme Sache, ich weiß.«

Max wartete geduldig, bis der deutsche Amerikaner weitersprach.

»Das trifft mich gerade mitten ins Herz«, sagte Josef leise weinend. »Ich mochte Mathilde sehr.«

»Ich lernte sie nur kurz kennen. Aber sie war wohl schwer in Ordnung.« Max sprach so einfühlsam wie möglich. Hurt hörte sich nicht so an, als würde er flunkern. Sein Schreck und seine Trauer schienen echt zu sein.

»Finden Sie ihren Mörder, Herr Raintaler, bitte.« Hurts Stimme versagte. Er schluchzte jetzt laut. »Wenn ich irgendwie dabei helfen kann, rufen Sie mich jederzeit wieder an.«

»Mach ich.«

Es hatte wohl mehr zwischen Josef Hurt und Mathilde gegeben als ein reines Arbeitsverhältnis. Aber selbst wenn, war es sowieso lange her, und er saß nachgewiesenermaßen gerade in Kalifornien. Viel zu weit weg, um in München einen Mord zu begehen. Wahrlich keine typischen Voraussetzungen für einen Mord aus privaten Gründen wie Eifersucht oder Streit.

Wenn er es aber doch gewesen sein sollte, zum Beispiel, indem er höchstpersönlich aus irgendeinem im Moment noch unbekannten Grund einen Auftragskiller engagiert hatte, könnte er sich gleich selbst als männliche Hauptrolle für die nächste Oscar-Verleihung nominieren. So überzeugend log normalerweise niemand. Das sagte Max seine jahrelange Erfahrung als Kriminalbeamter.

»Sagen Sie Dagmar bitte meine besten Grüße«, fügte Hurt nach einem weiteren Moment des Schweigens hinzu. »Sie ist doch immer Mathildes beste Freundin gewesen.«

»Ja, mach ich.«

Sie legten auf.

Viele Spuren, wenig Konkretes. Der Fall würde alles andere als leicht zu lösen sein.

35

»Josef und Max sind wieder frei«, verkündete Monika erleichtert, als Anneliese hereinkam, um die nächsten Bestellungen abzuholen.

»Gott sei Dank.«

»Ja.« Monika nickte.

»Dann können wir beide uns jetzt voll und ganz wieder unserem nächsten aktuellen Problem widmen.« Anneliese stöhnte leicht genervt.

»Haben wir ein Problem?« Monika sah sie neugierig an.

»Ja.« Anneliese nickte.

»Und welches? Mach's doch nicht so spannend.« Monika trommelte unruhig mit den Fingern auf dem Tresen herum. Allzu wild würde es schon nicht sein. Obwohl Annies selten ernster Blick das Gegenteil vermuten ließ.

»Unsere Spinner von gestern fangen gerade erneut zu streiten an.« Anneliese grinste humorlos.

»Was?«

Monika stürmte in ihren Biergarten hinaus. Schon wieder Ärger mit den Nordlichtern Joschi und Helmut. Das hatte ihr gerade noch gefehlt. Als hätte sie nicht schon genug Sorgen mit Max und seinem Mordfall. Von ihrem eigenen Stress ganz zu schweigen, denn natürlich spürte auch sie die Auswirkungen des andauernden Föhns auf ihre Psyche.

Als sie zur Tür hinaustrat, sah sie, wie der kleingewachsene Joschi gerade aufstand und sein Bierglas in die Hand nahm.

»Tu es nicht, Joschi!«, rief Helmut mit verzweifeltem Unterton in der Stimme. »Nicht schon wieder!«

»Da hat er recht«, sagte Monika mit fester Stimme. »Tu es nicht, Bürscherl. Es reicht.« Sie näherte sich dem Tisch der beiden mit entschlossener Miene. »Wenn das hier nicht auf der Stelle aufhört, könnt ihr alle beide gehen. Lokalverbot auf Lebenszeit. Hamma uns?«

»Aber er hat gerade gesagt, dass er meine Marianne geküsst hat im Swingerklub.« Joschi zitterte vor Wut. Das fast volle Bier in seinem Glas drohte jeden Moment überzuschwappen.

»Ein Bussi auf die Wangen haben wir ihr gegeben. Meine Frau und ich. Nur zur Begrüßung. Mannomann.« Helmut schlug sich mit der flachen Hand auf die Stirn. »Das gibt's doch gar nicht mit dir. Jedes Wort verstehst du absichtlich falsch.«

»Geküsst ist geküsst.« Joschi holte mit seinem Glas aus.

»Lass das, Joschi!«, rief Helmut, leichte Panik in der Stimme. »Ich hab nur den einen Anzug dabei.«

»Glas runter! Aber sofort!«, rief Monika.

»Nein.« Joschi stampfte trotzig mit dem Fuß auf.

»Na gut. Du hast es nicht anders gewollt.« Es brauchte normalerweise sehr lange, um sie so sehr zu provozieren, dass sie am Ende ihrer Geduld anlangte. Aber jetzt war einer dieser seltenen Momente gekommen.

Blitzschnell machte sie einen Schritt auf Joschi zu, schlug ihm das Glas aus der Hand und verpasste ihm links und rechts eine schallende Ohrfeige.

»Hey, was soll das?«, stammelte der perplex dreinblickend, als er sich von seinem ersten Schreck erholt hatte. »Das ist Körperverletzung. Das dürfen Sie nicht. Ich kenne meine Rechte.«

»Hinsetzen!«, befahl Monika im Ton eines Feldwebels.

»Jawohl!« Er salutierte und setzte sich verdattert. Offensichtlich hatte er vor vielen Jahren, als er jung gewesen war, seinen Grundwehrdienst abgeleistet.

»Zum letzten Mal: Wenn ihr streiten wollt, geht ihr woanders hin«, fuhr sie mit bitterbösem Gesicht fort. »Geht das in eure Dickschädel hinein?« Sie blickte auffordernd von einem zum anderen. »Ich glaube es einfach nicht.«

»Ja, es geht in unsere Köpfe«, murmelte Joschi, während er wie ein kleiner Junge, der bei einem schlimmen Streich ertappt worden war, seinen Kopf hängen ließ.

»Wie bitte? Ich habe das nicht verstanden.« Monika hielt die Hand hinter ihr Ohr, während sie sich in seine Richtung beugte.

»Tut mir leid.« Joschi sprach nun laut und vernehmlich. »Entschuldigung. War echt blöd von mir.«

»Gut. Dann dürft ihr jetzt meinetwegen gerne noch andere Biergärten in München heimsuchen. Hier ist Zapfenstreich für euch.« Sie war richtig ärgerlich. Es dauerte lang bis dahin. Aber wenn es so weit war, sah sie auch keinen Grund mehr für Zurückhaltung.

Wie konnten sich zwei Menschen nur so hirnverbrannt aufführen wie diese unseligen Bierschütter. Es war ihr tatsächlich ein Rätsel. Manche Leute schienen nur deswegen befreundet zu sein, um sich immer und immer wieder wegen derselben Dinge zu streiten. Möglicherweise eine Art von Sucht. Sie dachte kurz an sich und Max, schüttelte aber schnell den Kopf. Nein, das war ganz klar etwas anderes mit ihnen.

Jetzt aber los. Es mussten Schnitzel gebraten, Wiener Würstel gekocht und Salate angerichtet werden. Schließlich waren auch noch andere Gäste da, die essen und trinken wollten und sich dabei nicht aufführten wie pubertierende Testosteronbomber.

36

»Herr Freisinger hat meiner Meinung nach eine mittelschwere Psychose, Herr Wurmdobler.« Amtsarzt Doktor Schneidinger sprach gewohnt sachlich und unaufgeregt. »Sie könnte sich auch erst vor kurzem zu voller Blüte entwickelt haben.«

»Wusste ich es doch«, sagte Franz. Er saß auf dem vorderen Rand seines Schreibtisches, weil er, gerade als das Telefon geläutet hatte, mit seinem Lieblingsgolfschläger das Putten in seinen leeren umgekippten Papierkorb geübt hatte. Mit dem Ergebnis war er mehr als zufrieden. Nächstes Mal würde er Max und Josef zeigen, wo der Bartl den Most holte, wenn sie wieder einmal zu dritt im Golfklub südlich von München einliefen.

»Ich empfehle vorerst zweimal wöchentlich den Besuch einer ambulanten Einrichtung zur Behandlung psychischer Krankheiten.«

»Vorerst?«

»Wenn das nicht reicht, muss Herr Freisinger langfristig in einer Nervenklinik behandelt werden.«

»Ist er zurzeit dienstfähig? Er bringt hier nur Unruhe in die Ermittlungsarbeit. Sogar meinen besten Mann hat er des Mordes verdächtigt.«

»Eher nicht.« Doktor Schneidinger hustete ausgiebig. »Herrgott, diese ekelhaften Vieren«, fluchte er ärgerlich. »Überall fliegen sie einem um die Ohren, die verdammten Mistviecher.«

»Eher nicht? Das heißt?«

»Am besten versetzen Sie ihn erst mal in den Innendienst, wo er keinen Schaden anrichten kann.«

»Das hatten wir schon versucht. Funktioniert nicht.« Franz schüttelte den Kopf. Karl im Innendienst. Das kam überhaupt nicht infrage. Er wollte ihn für immer loswerden, lieber gestern als heute.

»Dann bleibt nur die vorläufige Suspendierung vom Dienst, oder Sie schicken ihn nach Rosenheim zurück. Dort schien man ihn einigermaßen im Griff zu haben.«

»Wer sagt das?«

»Der dortige Revierleiter Matthias Schweiger. Ich rief ihn im Vorfeld an, um mich über Herrn Freisinger zu informieren. In der Personalakte steht ja, dass er erst kürzlich von dort zu uns nach München versetzt wurde.«

»Sie haben also persönlich mit ihm gesprochen?« Franz verspürte ein heißes Glücksgefühl in sich aufsteigen. Das hier konnte die ersehnte Chance auf ein Leben ohne Karl sein.

»Ja.« Doktor Schneidinger bekam abermals einen Hustenanfall. Lauter und länger als zuvor. »Dreck, mistiger«, schimpfte er erneut, sobald er wieder sprechen konnte.

»Waren Sie schon beim Arzt?«, fragte ihn Franz. Er konnte sich ein Grinsen dabei nicht verbeißen. Ein Arzt zu Besuch beim Arzt. Die Vorstellung hatte etwas Komisches. Wahrscheinlich stritten die beiden dabei die ganze Zeit um die Diagnose.

»Die Kollegen haben doch alle keine Ahnung.« Es hörte sich so an, als würde sich Doktor Schneidinger ein Lutschbonbon in den Mund stecken. »Ich rate Ihnen, gehen Sie nie zum Arzt, Herr Wurmdobler. Außer, Sie wissen sich wirklich nicht mehr anders zu helfen.«

»Ein Kollege von mir sagt wortwörtlich dasselbe.« Franz dachte an Max und dessen Weißkittelphobie.

»Er hat recht. Glauben Sie ihm.«

»Würde der Herr Schweiger den Karl denn wieder nehmen?«, nahm Franz den ursprünglichen Faden wieder auf.

»Er ist nicht begeistert von der Idee. Aber ja, er würde.« Es folgte ein weiterer, diesmal aber nur kurzer Hustenanfall. »Er machte den Eindruck, als wüsste er, wie er mit Herrn Freisinger umgehen muss. Scheint da wohl familiäre Verbindungen zu Freisingers Eltern zu geben.«

»Na bestens. Dann machen wir das so. Schicken Sie mir die nötigen Empfehlungen für den Personalrat per E-Mail?«

»Sicher, Herr Wurmdobler. Kein Problem.«

Sie legten auf. Franz machte einen kleinen Luftsprung. So gut das bei seinem Übergewicht eben ging. Er freute sich diebisch darüber, dass nun bald wieder Normalität in seiner Abteilung einkehren würde.

Zufrieden setzte er sich an seinen Schreibtisch und versuchte erneut, Mathildes Bruder Karsten Maier zu erreichen. Doch der hob auch diesmal nicht ab.

Er würde auf jeden Fall an ihm dranbleiben. Der Dortmunder Kollege, von dem er Karstens Nummer hatte, hatte vorhin angerufen und ihm mitgeteilt, dass Karsten nun alleiniger Millionenerbe sei, da ihm

Mathildes Erbteil ebenfalls zufiele. Die Eltern wären anscheinend sehr wohlhabend gewesen, hatte er noch gemeint.

Das machte ihn natürlich nicht gerade weniger verdächtig, etwas mit dem Tod seiner Schwester zu tun zu haben. Viel Geld war immer ein Motiv. Wenn es allerdings nicht so war, weil sie sich tatsächlich inzwischen wieder versöhnt hatten, blieb nur zu hoffen, dass ihm nicht ebenfalls etwas zugestoßen war.

Vielleicht hielt er sich aber auch längst außer Landes auf. Auf dem Weg zu seiner Trauminsel. Lang geplant und endlich verwirklicht.

Alles, was man bei der Lösung eines Falles noch nicht wusste, lag immer sowohl im Bereich der Spekulation als auch des Möglichen.

Mathilde war also reicher gewesen, als es den Anschein gehabt hatte. Das erweiterte den möglichen Täterkreis natürlich. Vorausgesetzt, der Mörder hatte davon gewusst und wollte sich durch ihren Tod bereichern. Wogegen allerdings wiederum Mathildes aufgefundene Handtasche sprach, in der sämtliche Papiere, Kreditkarten, Smartphone und das Bargeld noch vorhanden gewesen waren.

Franz' Telefon läutete abermals. Er hob ab.

»Der Amtsarzt meint, mein Neffe Karl sei nicht in der Lage, bei der Mordkommission zu arbeiten.« Jürgen Faltermeier klang reichlich ungehalten, um nicht zu sagen wütend.

»Das hat er mir auch gesagt, der Herr Amtsarzt«, erwiderte Franz. »Grüß Gott übrigens, Herr Polizeipräsident. So viel Zeit sollte immer sein.«

»Und was sagen Sie selbst dazu?« Faltermeier schien es am Allerwertesten vorbeizugehen, dass Franz ihn gerade durch die Blume wegen des Unterlassens einer normalerweise üblichen Begrüßung gerügt hatte.

»Er könnte durchaus recht haben.«

»Hören Sie doch auf, Herr Wurmdobler«, schnarrte der Polizeipräsident unwillig. »Unser lieber Karl ist der normalste Mensch der Welt. Ein bisschen kompliziert möglicherweise, aber absolut normal.«

»Da möchte ich klar widersprechen, Herr Faltermeier.« Franz räusperte sich, bevor er weitersprach. »Der *liebe Karl* hat, gelinde gesagt, nicht alle Tassen im Schrank und ich habe hier einen komplizierten Mordfall aufzuklären. Das ist auch ohne den *lieben Karl* schon schwierig genug. So schaut's aus.«

»Was erlauben Sie sich, Wurmdobler? Unverschämtheit.«

»Ich sag nur, wie's ist.« Franz zuckte breit grinsend die Achseln.

»Sie hören noch von mir, Herr Hauptkommissar.« Faltermeiers Stimme überschlug sich vor Aufregung. »Das lassen wir uns nicht bieten.« Er legte auf.

Franz wusste, dass er mit dem mächtigen Polizeipräsidenten nicht alleine fertig werden würde, wenn dieser zum Angriff auf ihn blies. Also rief er auf der Stelle seinen alten Schulfreund und heutigen gelegentlichen Golfpartner, den Staatssekretär Siegfried Keller, im Justizministerium an. Er erläuterte ihm die leidige Angelegenheit und ließ dabei nichts aus. Auch nicht Karl Freisingers ausgemachte Unverschämtheiten ihm selbst gegenüber.

»Mach dir keine Sorgen, Franzi.« Siegfrieds Stimme klang voller Zuversicht. »Ich kümmere mich darum. Der Faltermeier mit seinem ganzen Schmarrn, den er in der Öffentlichkeit verzapft, ist einigen wichtigen Leuten hier seit langem ein Dorn im Auge. Das kriegen wir hin. Ganz sicher.«

»Das freut mich zu hören, Sigi. Danke dir.«

»Wann spielen wir mal wieder eine Runde Golf?«, erkundigte sich Siegfried im lockeren Plauderton.

»Sobald der hohe Herr Zeit findet bei seinen vielen staatstragenden Aufgaben.« Franz lachte.

Was haben die nur alle immer mit ihrem Golf. So gut spiele ich doch gar nicht.

»Hast recht, Franzi.« Siegfried lachte ebenfalls. »Ich melde mich, sobald ich mich mal freischaufeln kann. Versprochen, mein Freund. Bis dann.«

»Bis dann, Sigi.«

Franz legte auf. Sollte er ruhig versuchen, ihm eins auszuwischen, der saubere Jürgen Faltermeier. Er würde schon sehen, was er davon hätte.

37

Max und Josef hatten sich zu Fuß auf den Weg zum Viktualienmarkt gemacht. Sie wollten sich vor Ort nochmal einen genauen Überblick über das gestrige Geschehen verschaffen. Max räumte ein, dass er am Vormittag möglicherweise etwas übersehen hatte, und vier Augen sahen bekanntlich mehr als zwei.

Der Weg dorthin führte geradewegs über die von Menschen überfüllte Leopoldstraße, bis sie bei der Uni zur Ludwigstraße wurde. Dann ging es über die Residenzstraße und die Dienerstraße am Marienhof vorbei zum Marienplatz mit seiner von Hunderten Touristen bestaunten einmaligen Rathausfassade samt weltberühmtem Glockenspiel und von dort aus schließlich gleich ums Eck direkt zum Viktualienmarkt.

Sie waren länger, als man normalerweise brauchte, unterwegs, weil sie unentwegt irgendwelchen dahineilenden Passanten und alles bestaunenden Touristen ausweichen mussten. Letztere standen überall im Weg, betrachteten und diskutierten ausgiebig die Umgebung und nahmen dabei offenbar niemand anderen außer sich selbst wahr. Vor allem, wenn sie zu viert nebeneinander auf dem zumeist nicht gerade überbreiten Gehsteig dahinspazierten und nicht gewillt waren, auch nur einen Millimeter auszuweichen.

»München könnte so schön sein, wenn die ganzen Deppen daheimbleiben würden«, meinte Josef, als sie sich nach ihrem nervenden Slalomlauf auf eine frische Halbe an einen Tisch am Rand des kleinen Biergartens auf dem Viktualienmarkt setzten.

»Das kannst du laut sagen.« Max nickte. »Man hat inzwischen das Gefühl, dass keiner mehr auf den anderen achten will.«

»Zu viel Fernsehen.« Josef trank einen großen Schluck aus seinem Glas.

»Zu viel Internet.« Max trank ebenfalls einen Schluck. Es tat seiner Kehle und seinem Kopf gut. Die Schmerzen waren inzwischen nahezu ganz verschwunden.

Das war die gute Nachricht.

Die schlechte war, dass er im Moment eine Art Denkblockade hatte. Insbesondere, was den Mord an Mathilde betraf. Da half wohl nur abwarten und dabei weiter gemeinsam mit Josef laut darüber nachdenken.

»Zu viele Ellenbogen, vor allem in der Arbeit.« Josef grinste. »Kann mir zwar wurscht sein, weil ich nicht arbeiten muss. Aber es ist so. Weiß ich von zahllosen Bekannten, ihren Kindern und Freunden.«

»Zu viel Egoismus und zu viele Millionäre.« Max grinste ebenfalls.

»Zu viele Schwätzer«, kam es von einer tiefen männlichen Stimme hinter ihnen.

»Meinst du uns?« Max drehte sich zu dem allein am Tisch sitzenden Ur-Bayern in Lederhosen und kariertem Hemd um. Entweder war er ein echter Ur-Bayer oder er spielte hier mit seinem grauen Rauschebart den authentischen Seppel für gut zahlende Touristen. Beides war möglich. Bei genauerem Hinsehen eher das Zweite.

»Ich wollte nur eure Aufzählung aufstocken. Nichts

Persönliches.« Der seiner Aussprache nach offenkundige Franke hob abwehrend die Hände. »Ich bin der Schorsch.«

»Servus, Schorsch. Interessierst du dich immer für die Gespräche von Fremden am Nebentisch?« Max sah ihn unbefangen an.

»Ich interessiere mich für alles. Meistens bin ich allein und manchmal mache ich Stadtführungen für Touristen.«

»Dann steck deine Nase lieber in ein schlaues Buch über unsere schöne Heimatstadt, und wir versuchen, leiser zu reden. Abgemacht?« Max hob fragend die Brauen.

»Is recht. Ich will keinen Streit«, brummte Schorsch. Er wandte sich wieder seinem Bier und seinen eigenen Gedanken zu.

»Wir kennen uns doch«, kam auf einmal eine Stimme von oben. »Der Ermittler wegen dem Mord letzte Nacht. Max Raintaler, richtig?«

»Richtig.« Max sah gegen die Sonne in den weißblauen bayerischen Föhnhimmel hinauf. Er erkannte den hageren Mann mit den Tätowierungen und den langen grauen Haaren vor ihrem Tisch sofort. »Lucky, der Kneipenwirt von heute Vormittag, stimmt's? Mit deinem Rauschebart könntest du glatt der Bruder vom guten Schorsch hinter uns sein.« Er zeigte auf ihren fremdenverkehrswirksam aufgebrezelten Nachbarn am Nebentisch.

»Schaut ganz so aus.« Lucky lachte.

»Wie geht's?«, fragte ihn Max.

»Gut so weit. Mir ist da noch etwas eingefallen. Ich weiß allerdings nicht, ob es wichtig ist. Aber ich hab euch hier sitzen gesehen, da dachte ich mir, ich schau mal vorbei.«

»Setz dich zu uns.« Max zeigte auf den freien Platz neben sich. »Das ist übrigens der Josef, ein guter Freund von mir. Er hilft mir bei den Ermittlungen. Also bitte, frei von der Leber weg.«

»Wollt ihr auch eine?« Lucky setzte sich. Er hielt ihnen seine Zigarettenschachtel hin.

»Wir rauchen beide nicht, danke.« Max und Josef schüttelten synchron den Kopf.

»Da war noch ein Mann, der die zwei Frauen und ihren Begleiter gestern beobachtet hat.« Lucky machte einen tiefen Zug an seiner Zigarette. »Er folgte ihnen und ist mir deswegen aufgefallen, weil er so intensiv zu ihnen hinübergestarrt hat.«

»Du meinst, er könnte sie gekannt haben?«

»Es sah zumindest so aus oder er stalkte einen von ihnen.«

»Wie sah er aus?«

»Groß, dunkler Vollbart, kräftig.«

»Moment mal.« Max fiel sofort Peter Tauber ein. »So wie der hier?« Er zeigte Lucky die Aufnahme von Peter, Mathildes neuem Freund, die er nach wie vor auf seinem Smartphone gespeichert hatte.

»Das ist er!«, rief Lucky erstaunt aus. »Genauso sah er aus. War das wichtig für dich?« Er sah Max neugierig an.

»Sehr wichtig, danke. Ich wusste gar nicht, dass der Kerl in München ist. Um wie viel Uhr hast du ihn gesehen?«

»23.30 Uhr.«

»Darf ich dir ein Bier ausgeben, Lucky?«

»Nein danke. Ich muss gleich wieder zur Arbeit zurück.« Lucky schüttelte lächelnd den Kopf.

»Warum hilfst du mir?« Max bedachte ihn mit einem langen, fragenden Blick.

»Keine Ahnung.« Lucky zuckte die Achseln. »Manchen Menschen hilft man, anderen wieder nicht. Die Frau, die ermordet wurde, machte sogar aus der Ferne einen sympathischen Eindruck.«

»Das war sie auf jeden Fall.« Max nickte nachdenklich. »Danke. Du hast mir wirklich sehr geholfen.« Er reichte Lucky die Hand. »Bis bald mal in deiner Kneipe. Josef besucht dich bestimmt gerne mit mir zusammen.«

»Auf jeden Fall.« Josef nickte lächelnd.

»Bis dann.« Lucky erhob sich.

Nachdem er seinen Zigarettenstummel gründlich mit dem Absatz seines rechten Cowboystiefels auf dem Boden ausgetreten hatte, verschwand er in der tiefstehenden Spätnachmittagssonne.

»Diese Dagmar und ihr junger Freund Jörg erscheinen mir irgendwie seltsam«, meinte Max, als sie wieder alleine waren.

»Ich fand sie eigentlich ganz sympathisch«, sagte Josef.

»Aber waren ihre Antworten nicht eine Spur zu glatt? So als wolle sie damit von etwas anderem ablenken?«

38

17.30 Uhr. Franz knallte den Hörer auf die Gabel. Er ärgerte sich darüber, dass Karsten Maier mit 95-prozentiger Wahrscheinlichkeit wohl doch nicht Mathildes Mörder sein konnte. Dabei wäre das in ermittlungstechnischer Hinsicht so praktisch gewesen. Klappe zu, Affe tot. Doch die Arbeit ging weiter.

Karsten und er hatten vorhin endlich miteinander telefoniert, und Mathildes Bruder konnte ihm dabei ein bombensicheres Alibi für die letzten zwei Tage und heute präsentieren. Er befand sich seit Donnerstagabend mit seiner neuen Freundin Alexandra Schwitters auf Kurzurlaub in Schleswig-Holstein. In einem kleinen Hotel, dessen Besitzerin, Frau Himmelsbrock, Franz den ununterbrochenen Aufenthalt der zwei bis zum jetzigen Moment gerade am Telefon bestätigt hatte. Sie habe sich schon gefragt, wann die beiden endlich mal aus ihrem Zimmer kämen, meinte sie. Wie ein frisch vermähltes Paar in den Flitterwochen hätten sie sich regelrecht dort eingesperrt.

Natürlich hätte Karsten Mathilde auch durch einen Auftragsmörder beseitigen lassen können, aber er hatte nichts von Mathildes Tod gewusst. Das konnte er Franz aufgrund seiner Reaktion auf die schreckliche Nachricht glaubhaft versichern. Er hatte zudem nicht wie jemand reagiert, der gerne mit seiner Schwester stritt. Außerdem gab es keinen vernünftigen Grund dafür, warum er mit ihrer Ermordung gewartet haben sollte, bis sie nach München fuhr. Zumal er sagte, dass er davon nichts gewusst habe, da ihr Kontakt eher sporadisch war. Sie seien sich aber nie gram gewesen. Wenn das jemand behauptete, sei er ein Lügner oder eine Lügnerin.

Er war echt geschockt und berührt gewesen und hatte Franz unter Tränen gefragt, wann er sie begraben dürfe. Franz konnte ihm nichts Genaues dazu sagen, versprach aber, sich bei ihm zu melden, sobald er mehr wusste.

Franz rief Max an.

»Servus, Max. Ich hätte neueste Informationen zum Fall.«

»Im Moment ist es schlecht, Franzi. Ich bin auf der Toilette.«

»Wo seid ihr?«

»Josef und ich sitzen im Biergarten am Viktualienmarkt und erörtern die Lage.«

»Was dagegen, wenn ich hinkomme und miterörtere?«

»Passt schon.«

»Das hört sich nicht sehr begeistert an. Karl Freisinger wird übrigens nach Rosenheim zurückversetzt.«

Herrgott noch mal. Wer ist hier eigentlich wessen Auftraggeber? Wenn der Max Raintaler mal beleidigt ist, dann ist er es aber wirklich gründlich.

»Das ist doch mal was. Komm einfach her, Franzi. Dann werfen wir alles, was wir bisher wissen, zusammen und überlegen, wie es weitergeht.« Max klang um einiges versöhnlicher als zuvor. Sicher stimmte ihn die Nachricht von Karls erzwungener Rückreise in die bayerische Pampa genauso froh wie Franz selbst.

»Ein Bier dabei kann ja nicht schaden«, meinte Franz, wobei er eine gewisse Vorfreude darauf in seiner Stimme schon jetzt nicht unterdrücken konnte.

»Auf gar keinen Fall. Zumindest eine Radlerhalbe. Es ist Samstagabend, und es ist wie gestern schönstes Sommerwetter im April.« Max hörte sich an, als hätte er keine Kopfschmerzen mehr. »Einzig der Föhn und die vielen Touristen nerven etwas. Aber das sind Luxusprobleme.«

»Ich bin in einer halben Stunde da.«

Franz wusste, dass das mit der U-Bahn locker zu schaffen war. Sein Auto würde er vor dem Revier stehen lassen. Parkplätze in der Innenstadt waren rar gesät. Außerdem würde er sowieso nicht damit nach Hause fahren, wenn er etwas getrunken hatte. Genaugenommen ging sein aus umweltbewussten Erwägungen heraus angeschaffter Kleinwagen somit eigentlich eher als ein reines Tages- oder besser Vormittagsfahrzeug durch, was auch nicht das Schlechteste war.

Er schaltete seinen Computer aus, leitete das Telefon auf sein Smartphone um, nahm sein helles Sommersakko vom Garderobenhaken, trat in den Flur hinaus, sperrte hinter sich ab und trabte, leise vor sich hin summend, die Treppe hinunter, weil der Aufzug, dem Samstag geschuldet, natürlich immer noch nicht repariert war. Da es abwärts ging, fand er das allerdings nicht so schlimm.

Er nahm die nächste U-Bahn Richtung Innenstadt am Heimeranplatz, fuhr damit zum Hauptbahnhof und stieg in die S-Bahn Richtung Marienplatz um. Von dort aus war es nur noch ein kurzer Fußmarsch bis zum Viktualienmarkt.

Als er ausstieg und die Rolltreppe zum Zwischengeschoss hinauffuhr, fiel ihm auf der herunterfahrenden Treppe ein Gesicht mit Vollbart auf. Es gehörte einem großen dunkelhaarigen Mann und kam ihm bekannt vor.

Moment mal, ist das nicht dieser Peter Tauber? Der Freund von Mathilde. Er sieht ihm zumindest sehr ähnlich. Franz holte schnell sein Smartphone aus der Jackentasche. Er betrachtete das Bild von Mathilde und Tauber, das ihm Dagmar übermittelt hatte.

Kein Zweifel. Bei dem Mann, der sich gerade mit einer blonden Frau mit relativ derben Gesichtszügen unterhielt, handelte es sich mit an Sicherheit grenzender Wahrscheinlichkeit um Peter Tauber. Was hatte der wohl in München verloren, und warum ging er nicht an sein Telefon?

»Hallo, Herr Tauber. Warten Sie bitte unten auf mich!«, rief ihm Franz zu. »Ich bin gleich bei Ihnen.«

Der Mann schaute, ohne zu reagieren, weiter geradeaus. Gut möglich, dass er bereits zu weit weg war und Franzis Aufforderung deshalb nicht gehört hatte.

Franz stieg eilig die fahrende Rolltreppe hinauf, wechselte oben zur Treppe, die nach unten fuhr, und lief darauf, so schnell er konnte, nach unten.

Als er im Gleisgeschoss der S-Bahn ankam, orientierte er sich zuerst nach rechts und dann nach links auf den Bahnsteig des Gegengleises.

Er konnte den Bärtigen nirgends entdecken. Sicher saß er mit seiner Begleiterin in einer der beiden gerade losfahrenden S-Bahnen.

»Vielleicht hab ich mich auch geirrt«, murmelte Franz. »Bärte tragen heutzutage schließlich fast alle. Vor allem die jüngeren Leute.«

Er warf noch einmal einen letzten suchenden Blick in die Runde. Dann fuhr er erneut mit der Rolltreppe ins Zwischengeschoss hinauf.

»Nach der Rennerei hast du dir jetzt aber ein schönes Helles verdient«, sagte er so leise, dass nur er es hören konnte.

Sein Handy meldete sich.

»Rainer Korn hier.«

»Rainer, ist noch was?«, fragte ihn Franz überrascht.

»Diese Mathilde Maier hat hier vor einem halben Jahr doch an einem sehr brisanten Fall gearbeitet. Er war so geheim, dass nicht einmal ich es wusste.«

»Woher weißt du es dann jetzt?«

»Ich habe hier mal die diversen Abteilungen angerufen und mich nach Mathilde erkundigt. Nur für dich, mein Freund.«

»Das ist ganz großartig von dir. Danke, Rainer. Um was ging es bei dem Auftrag?«

»Um die Software für eine vollkommen neuartige Drohne. Mehr darf ich nicht sagen.«

»Eine bewaffnete Drohne?«

»Ich sage nicht nein. Aber von mir hast du es nicht.«

»Wer könnte sich außer euch noch dafür interessieren?«

»Ehrliche Antwort?«

»Sowieso.«

»Alle. Weltweit.« Rainer ließ seine Aussage kurz wirken.

»Das engt den Kreis der Verdächtigen jetzt aber nicht gerade ein.« Franz wusste nicht, ob er lachen oder vor Verzweiflung schreien sollte. Er entschied sich für eine Kurzausführung der ersten Variante. Alleine vor sich hin zu schreien, hätte auf dem dicht bevölkerten Marienplatz wohl auch reichlich merkwürdig ausgesehen.

Obwohl ihn mancher vielleicht sogar verstanden hätte, weil er es selbst gerne getan hätte.

39

18.10 Uhr. Die Sonne stand bereits knapp über den Dächern der Häuser am westlichen Isarhochufer. Nicht mehr lange, und die Dämmerung würde hereinbrechen. Monika und Anneliese legten eine wohlverdiente Zigarettenpause ein.

Es war bis jetzt ein heißer und anstrengender Tag gewesen. Der kleine Biergarten war seit dem Mittag voll. Manche Gäste saßen lang und tranken viel, andere nahmen nur einen kurzen Snack zu sich, wieder andere feierten an einem der großen Tische Geburtstag.

»Warum konnte ich nicht Architektin oder Juristin

werden? Oder Sportlehrerin?« Monika wischte sich mit den Handrücken den Schweiß von der Stirn.

»Ganz einfach, weil du die geborene Wirtin bist«, erwiderte Anneliese, während sie sich mit einer Pobacke auf einem Barhocker niederließ. Immer sprungbereit, um die nächste Bestellung entgegenzunehmen.

»Hörst du das auch?« Monika spitzte die Ohren. »Da draußen schreien schon wieder welche herum.« Sie drückte ihre Zigarette aus.

»Oh Gott. Bitte nicht.« Anneliese legte ihre angerauchte Zigarette in den Aschenbecher.

Beide stürmten hinaus.

Als sie im Biergarten ankamen, blieb den beiden vor Staunen die Spucke weg.

Die Bierverschütter aus dem hohen Norden, Joschi und Helmut, waren wieder da. Sie hatten es sich an einem Ecktisch gleich bei dem Zaun, der den Biergarten vom Gehsteig abtrennte, bequem gemacht und stritten wie eh und je lautstark miteinander.

»Ich fasse es nicht!«, rief Monika, als sie vor ihrem Tisch stehen blieb. Sie stemmte die Hände in die Hüften. »Hatte ich euch nicht dringend nahegelegt, woanders weiterzutrinken?«

»Er ist schuld«, lallte Joschi, der offenkundig voll bis unter die Haube war. Er zeigte auf Helmut. »Ich wollte nie wieder hierherkommen. Aber er.«

»Das stimmt doch gar nicht«, protestierte Helmut. »Du hast vorhin selbst gesagt, wir gehen zur Frau Monika und entschuldigen uns noch mal.«

»Hab ich nicht.« Joschi schüttelte den Kopf, dass seine Backen nur so flogen.

»Hast du doch.«

»Nein.« Joschi schüttelte erneut den vom vielen Alkohol geröteten Kopf.

»Doch.« Helmut nickte wie ein unruhiger Esel. Spucke lief ihm aus dem Mundwinkel.

Ein schöner Anblick waren sie beide nicht. Das rissen auch die hellen Sommeranzüge, die sie trugen, nicht mehr raus. Zumal die inzwischen von Flecken übersät waren. Möglicherweise hatten sie sich irgendwo gegenseitig mit Essen beworfen.

»Sag mal, habt ihr sie noch alle?« Monika sah sie mit vor Entsetzen offen stehendem Mund an. »Ihr traut euch nach allem, was vorgefallen ist, noch mal hierher und schreit gleich wieder herum? Muss ich euch ernsthaft erst ins Gefängnis sperren lassen, damit ihr gescheit werdet?«

»Nein, Frau Monika. Entschuldigung. Wir gehen wieder. War ein Fehler, herzukommen.« Helmut erhob sich schwankend.

»Jawohl, wir gehen.« Joschi stand ebenfalls auf. Er machte einen Schritt zur Seite, stolperte und fiel, laut um Hilfe rufend, wie ein kleiner gefällter Baum in den Kies.

Dort drehte er sich auf den Rücken und strampelte wild mit allen vieren wie ein Käfer.

»Was machst du da unten?«, fragte ihn Helmut interessiert, während er sich zu ihm hinabbeugte.

»Frag nicht so blöd, Trottel. Hilf mir lieber auf.« Joschi stöhnte vor Schmerzen. Er schien sich wehgetan zu haben.

»Nimm meine Hand.« Helmut beugte sich noch

ein Stück tiefer, packte Joschis Hand, verlor dabei das Gleichgewicht und fiel direkt auf seinen Oberkörper.

Das pfeifende Geräusch, das dabei aus Joschis Lungen kam, klang wie ein Autoreifen, der schlagartig die Luft verlor.

Während sich Helmut wieder hochrappelte, blieb Joschi reglos liegen.

»Komm schon, steh auf.« Helmut schnaufte schwer. Er stupste seinen Freund mit der Fußspitze an.

Joschi bewegte sich nicht.

Monika beugte sich zu ihm hinunter.

»Er atmet nicht mehr«, sagte sie. »Schnell, wir brauchen einen Krankenwagen.«

40

Max erhob sich blitzschnell von seinem Platz. Er eilte zu einem dunkelhaarigen Mann mit Bart hinüber, der gerade in drei Metern Entfernung an ihrem Tisch vorbeeilte, ohne sie gesehen zu haben. Sobald er ihn erreicht hatte, legte er ihm seine Hand auf die Schulter.

»Herr Tauber?«

»Ja.« Peter drehte sich zu ihm um und blickte ihm verwundert in die Augen. »Kennen wir uns?«

»So ein Zufall. Max Raintaler mein Name. Ich würde Sie gerne sprechen. Würden Sie sich einen Moment zu uns setzen?« Er zeigte auf den Tisch, an dem Franz und Josef saßen und neugierig in ihre Richtung sahen.

»Da kann ja jeder kommen. Darf ich erst mal wissen, worum es geht?«

»Um Mathilde Maier aus Dortmund.«

»Was haben Sie mit Mathilde zu tun?« Peter sah ihn jetzt mit einem verwirrten und zugleich ängstlichen Blick an.

»Das würde ich Ihnen gerne an unserem Tisch erklären. Ich arbeite für die Münchner Kripo.«

Max ging voraus.

Peter kam zögernd mit und setzte sich zu ihnen. Sein Misstrauen stand ihm ins Gesicht geschrieben.

»Das sind meine Kollegen Hauptkommissar Wurmdobler und Josef Stirner, ein freier Mitarbeiter.« Max zeigte der Reihe nach auf Franz und Josef.

»Guten Tag.« Peter blickte neugierig von einem zum anderen. »Und um was geht es jetzt?«

»Mathilde Maier lebt nicht mehr.« Max versuchte, den Satz so einfühlsam wie möglich klingen zu lassen. Er wusste jedoch, dass das alles nichts half. Wenn man Angehörige oder Freunde über den Tod ihrer geliebten Menschen informierte, gab es jedes Mal zuerst einen gewaltigen Schock und dann meist Trauer und Tränen.

»Was? Wirklich?« Peter wurde schlagartig bleich im Gesicht. »Aber ...«

»Tut uns leid, Herr Tauber«, fuhr Max fort. »Wir wissen, dass Sie mit ihr befreundet waren.«

»Hat der Herr Hauptkommissar einen Dienstausweis dabei?« Peter starrte Franz fassungslos an. Er schüttelte unentwegt den Kopf und murmelte vor sich hin. »Das darf doch nicht wahr sein. Nicht Mathilde. Lieber Gott, bitte nicht.«

»Sicher.« Franz zeigte ihm seinen Ausweis. »Herr Raintaler hat leider recht. Ihre Freundin wurde gestern ermordet. Ganz hier in der Nähe.«

»Ich kann das einfach nicht glauben. Sie lebte doch gerade noch.« Peter stiegen die Tränen in die Augen, rollten über sein Gesicht, landeten auf seinem Hemd.

»Was machen Sie in München?«, wollte Franz wissen, nachdem er Peter Zeit gelassen hatte, sich wieder zu beruhigen. Er übernahm automatisch die Befragung.

Max und Josef schwiegen. Sie blickten lediglich neugierig drein.

»Ich bin beruflich hier«, sagte Peter leise. »Zu einem Wochenendseminar. Ich wohne in einem kleinen Hotel hier am Viktualienmarkt.«

»Wussten Sie, dass Mathilde ebenfalls in München war?«, fragte Franz weiter.

»Nein.« Peter schüttelte den Kopf. »Wir sehen uns nicht so oft. Weder Mathilde noch ich legen großen Wert auf eine möglichst enge Beziehung. Legten ...«, fügte er mit schwacher Stimme hinzu.

»Wie oft war das?«

»Einmal in zwei Wochen vielleicht. Ist das jetzt noch

wichtig?« Peter ließ den Kopf hängen. »Kann ich sie sehen? Wann wird sie beerdigt? Das muss doch alles organisiert werden. Ich hab sie doch geliebt, mein Gott.« Er weinte mit zusammengekniffenem Mund.

»Wir geben Ihnen und Mathildes Bruder Karsten Bescheid«, versicherte ihm Franz.

»Den sollten Sie mal befragen, den Erbschleicher. Er streitet seit Jahren mit Mathilde um das Erbe ihrer Eltern.«

»Wir wissen, dass die beiden sich diesbezüglich vor einiger Zeit friedlich geeinigt hatten.«

»Dann ist ja alles gut.« Peter winkte ab. Er lachte kurz humorlos.

»War es nicht so?«

»Ich glaube nicht. Aber ganz ehrlich, ich weiß es nicht genau. Mathilde war nicht sehr gesprächig, was ihre Familie betraf.« Peter blickte ins Leere. Er schien sich wieder einigermaßen im Griff zu haben. Mit einem Papiertaschentuch aus seiner Hosentasche wischte er sich die Tränen aus dem Gesicht.

»Waren Sie vorhin mit der S-Bahn unterwegs?« Franz sah ihn gespannt an.

»Ja, meine Ex-Frau und ich fuhren zum Stachus und wollten über die Kaufingerstraße zurückgehen. Einkaufen. Wieso fragen Sie?«

»Nur so.«

»Schau ihn an, unseren alten Fuchs«, murmelte Max leise.

Franz hatte ihm und Josef zuvor von seinem Rolltreppenerlebnis erzählt. Er wusste, dass sein alter Freund und Ex-Kollege das Thema nicht vertiefen musste. Es war im Prinzip unerheblich, was Peter Tauber in der S-Bahn gewollt hatte. Aber jetzt wusste Franz wenigstens, dass er sich auf der Rolltreppe nicht getäuscht hatte.

»Hier bist du. Ich such dich schon überall.« Eine blonde Frau mit blaugrauen Augen stand plötzlich an ihrem Tisch. Sie hatte etliche große Einkaufstaschen in den Händen.

»Oh, die Dame neben Ihnen auf der Rolltreppe.« Franz erkannte sie offenkundig sofort.

»Wo warst du denn?«, fragte Peter. »Darf ich vorstellen, meine Ex-Frau und jetzige Arbeitskollegin in der Firma, Daniela. Sie besucht dasselbe Seminar wie ich und ist im selben Hotel untergebracht.« Er trat ein wenig beiseite, um den drei Herren am Tisch den Blick auf sie freizugeben. »Das sind alles Ermittler der Münchner Kripo«, fügte er, an Daniela gewandt, hinzu.

»Freut mich. Hallo allerseits.« Sie nickte allen geschäftsmäßig freundlich zu. »Gemütlich habt ihr es hier.«

»Die Ex-Frau, soso«, übernahm Max nun das Gespräch. »Dann verstehen Sie beide sich nach wie vor gut nach Ihrer Trennung?«

»Na klar.« Daniela stellte ihre schweren Taschen auf dem Boden ab und setzte sich zu ihnen. »Wir sehen das alles ganz locker.«

»Sie haben also nichts gegen die neue Beziehung Ihres Ex-Mannes einzuwenden?« Er nahm sie genau ins Visier. Viele Menschen verrieten sich durch bestimmte unwillkürliche Bewegungen ihres Gesichtes, wenn sie nicht die Wahrheit sagten. Ihres blieb ausdruckslos.

»Wie kommen Sie darauf?«, erwiderte sie lächelnd. »Wir sind doch alle erwachsen. Außerdem habe ich wie Peter seine Mathilde selbst auch meinen neuen Freund in Dortmund.«

»Aha.« Dagmar hatte vorhin im Café gesagt, dass Daniela früher noch eifersüchtiger als ihr Ex-Mann Peter gewesen sein sollte. Im Moment schien das tatsächlich nicht so zu sein. Menschen änderten sich. Möglicherweise hatte Dagmar aber auch ganz gezielt nicht die Wahrheit gesagt. Darüber würde er noch einmal genauer nachdenken müssen.

»Würden Sie sich als eifersüchtig bezeichnen?«, versuchte Max es jetzt bei Peter Tauber.

»Normal eifersüchtig, würde ich sagen. Wie jeder halt.« Peter zuckte die Achseln.

»Meinen Sie, dass jeder eifersüchtig ist?«

»Denke schon.« Peter zuckte erneut die Achseln. »Der eine mehr, der andere weniger.«

»Wo waren Sie gestern um Mitternacht?«, fragte Max weiter.

Alle außer Monika sind anscheinend eifersüchtig, so wie es ausschaut.

»In meinem Bett im Hotel. Sie glauben doch nicht, dass ich etwas …« Peter sprach den Satz nicht zu Ende.

»Und Sie?«, wandte sich Max an Daniela. Sein Mund war vom nach wie vor allgegenwärtigen Föhn und dem vielen Reden regelrecht ausgetrocknet. Er trank einen Schluck aus seiner Radlerhalben.

»Auch im Bett im Hotel. Aber in meinem eigenen. Warum fragen Sie?«

»Kann das jemand bezeugen?«

»Keine Ahnung.« Sie zuckte die Achseln. »Nun sagen Sie doch schon, um was es geht.«

»Wann ist Ihr Seminar zu Ende?«, mischte sich Franz wieder ins Gespräch.

»Morgen Abend«, erwiderte Peter.

»Halten Sie sich bis dahin bitte zu unserer Verfügung.« Er sah alle beide ernst an.

»Noch mal.« Daniela schaute etwas weniger freundlich drein als zuvor. »Darf man bitte endlich wissen, um was es hier geht?«

»Lassen Sie es sich von Ihrem Ex-Mann erklären. Wir wollen Sie nicht länger aufhalten. Schönen Abend noch.« Franz trank einen Schluck Bier.

»Auf Wiedersehen.« Peter nickte.

Er und Daniela entfernten sich rasch. Zuvor hatte sie ihm den Großteil ihrer Taschen in die Hände gedrückt. Einmal verheiratet, immer verheiratet.

»Warum hast du ihn nicht verhaften lassen? Er hatte ein persönliches Motiv, Mathilde umzubringen.«

»Welches, wenn ich fragen darf?« Franz sah ihn erstaunt an.

»Eifersucht. Stell dir vor, er hat Mathilde und mich gestern zufällig zusammen gesehen. Dann hat er vermutet, dass sie etwas von mir will, hat mich niedergeschlagen und sie später umgebracht, nachdem er sie zuvor zur Rede gestellt hat.«

»Habt ihr denn herumgeknutscht?«

»Natürlich nicht. Ich bin mit meiner Moni zusammen.«

»Als wäre das ein Hinderungsgrund.« Franz lachte. Josef stimmte ein.

»Sehr witzig.« Max musste ebenfalls zumindest grinsen.

»Wieso sollte er dann gedacht haben, dass ihr etwas miteinander habt?«

»Wer eifersüchtig ist, vermutet sofort überall die nächste Liebesverschwörung.«

»Das hast du schön gesagt.« Franz grinste.

»Ja, das hat er wirklich schön gesagt«, wiederholte Josef, ebenfalls grinsend.

»Außerdem hatte ich die ganze Zeit über das Gefühl, dass er mit irgendetwas hinter dem Berg hält.« Max wurde wieder ernst. »Lucky hat ausgesagt, dass er gesehen hat, wie Peter Tauber Mathilde, Jörg und Dagmar beobachtete.«

»Wann?«, fragte Franz.

»Um 23.30 Uhr.«

»Dann kann er ja trotzdem zur Tatzeit in seinem Hotel gewesen sein«, meinte Josef.

»Mir kam er ganz normal vor.« Franz trank nachdenklich einen Schluck Bier. »Wegen reiner Vermutungen können wir niemanden einsperren, Max. Das solltest du als Ex-Kommissar wissen.«

41

»Da ist leider nichts mehr zu machen.« Der schwarzhaarige Notarzt, der blitzschnell mit einem kleinen Team angerückt war, schüttelte bedauernd den Kopf. Er stand auf und wies die Rettungssanitäter an, Joschi auf eine Trage zu legen. »Woran er genau gestorben ist, kann wohl erst ein Pathologe sagen. Aber er scheint sich bei seinem Sturz eine Rippe gebrochen zu haben, die sich möglicherweise in sein Herz oder in die Aorta oder eine Nervenbahn gebohrt hat. Unglückliche Sache.«

»Aber das wollte doch niemand«, schluchzte Helmut, der sich, bevor die Sanitäter kamen, wieder an seinen Tisch gesetzt hatte. »Und ich bin auch noch auf ihn draufgefallen. Bestimmt bin ich schuld an seinem Tod.«

»Das war ein ganz klarer Unfall, Helmut. Da konntest du nichts dafür.« Monika, die schräg hinter ihm stand, tätschelte beruhigend seine Schulter. »Bestimmt war er schon vorher verletzt. Aber die Polizei müssen wir trotzdem verständigen.«

»Das habe ich bereits getan«, sagte der Notarzt. »Da kommen sie auch schon.« Er zeigte auf den Streifenwagen, der soeben vor dem Biergarten abgestellt wurde.

Die beiden Uniformierten von gestern stiegen aus, Alois Schmied und Holger Brauchitsch. Offenbar hatten sie sich an die leckere Brotzeit erinnert, die ihnen

Monika spendiert hatte, und waren unverzüglich hergefahren, als die Nachricht des Unglücks über den Funk kam.

»Was ist passiert?«, fragte Alois in die Runde hinein, sobald er am Ort des Geschehens angekommen war.

»Unsere Bierverschütter von gestern. Nur dass einer von beiden nicht mehr lebt.« Monika zeigte auf Joschi, der gerade von den Sanis abtransportiert wurde.

»Wie kam das?« Alois sah sie erschrocken und neugierig zugleich an.

»Er ist gestürzt und lag auf dem Rücken am Boden. Dabei hat sich wahrscheinlich eine Rippe ins Herz oder ein anderes lebenswichtiges Organ gebohrt. Als ihm sein Freund Helmut aufhelfen wollte, verlor er ebenfalls das Gleichgewicht und stürzte. Allerdings unglücklicherweise auf Joschi drauf.«

Monika deutete auf Helmut, der seine Jacke ausgezogen hatte und wie ein Häuflein Elend an seinem Tisch kauerte. Tränen liefen ihm über die Wangen. Betrunken, in der Fremde und den besten Freund verloren. Das musste erst mal verarbeitet werden.

»Also ein Unfall.« Alois schaute nachdenklich von Monika zu Helmut. »Kann das sonst noch jemand bezeugen?«

»Ich«, meldete sich Anneliese. »Es war wirklich eine denkbar unglückliche Verkettung von Ereignissen. Da kann der Helmut gar nichts dafür.«

»Davon gehe ich ebenfalls aus«, mischte sich der Notarzt ins Gespräch.

»Dann würde ich sagen, Holger und ich nehmen die Sache auf, und dann trinken wir noch einen Kaffee, bevor wir mit Helmut zu einer ausführlichen Aussage aufs Revier fahren. Da muss er jetzt leider durch.«

»Den Kaffee könnt ihr gleich haben«, sagte Monika. »Ich hole ihn euch. Nehmt schon mal bei unserem Unglücksraben Platz.«

»Machen wir.« Alois und Holger setzten sich zu Helmut an den Tisch.

»Meine schriftliche Stellungnahme schicke ich Ihnen zu«, sagte der Notarzt, während er seinen Rettungskoffer zusammenpackte. »Aus der Pathologie kommt dann noch Genaueres. Wir müssen wieder los. Bei dem starken Föhn zurzeit passiert andauernd etwas. Unfälle, Kreislaufzusammenbrüche, Herzinfarkte, Selbstmorde, Schlägereien. Alles dabei.«

»Wem sagen Sie das, Doktor. Alles klar.« Alois winkte ihm zum Abschied zu.

»Kann ich Ihre Aussage später auch noch aufschreiben?«, fragte Alois Anneliese, die sich anschickte, ihre Arbeit an den Tischen wieder aufzunehmen.

»Auf jeden Fall.« Sie nickte. »Moni und ich werden aussagen, was wir beobachtet haben.«

»Ja.« Monika nickte. »Ich bin gleich wieder da.« Sie eilte ins Haus und schenkte zwei große Tassen Kaffee ein.

Nachdem Helmut mit den beiden Polizisten weggefahren war, spendierte Monika eine Lokalrunde Obstler für die geschockten Gäste.

»Hoffentlich verschluckt sich keiner dran«, sagte sie zu Anneliese, die ebenso wie ihre Chefin grinsen musste, obwohl es gerade alles andere als lustig gewesen war.

Bei ihrer nächsten Rauchpause kam das Thema auf Max, Franz und Josef.

»Max hat vorhin eine Nachricht geschrieben. Er sitzt mit Franzi und Josef schon wieder am Viktualienmarkt, und sie besprechen sich bei angeblich alkoholfreien Getränken.« Monika verdrehte genervt die Augen. »Dabei könnten wir seine Hilfe gerade so gut gebrauchen.«

»Sie trinken kein Bier?«

»Max sagt nein. Ich glaube ihm aber nicht.«

»Weil du ihm grundsätzlich nichts glaubst?«

»Schmarrn, Annie.« Monika schüttelte vehement den Kopf. »Aber die Ausreden, wenn er mit Josef und Franzi zusammen ist, kenne ich zur Genüge. Außerdem trinkt Franzi garantiert ein Bier. Er kann nicht anders.«

»Du meinst, den anderen bleibt dann gar keine Wahl?«

»Ja, das meine ich.« Monika nickte entschieden.

»Aber man hat doch immer eine Wahl.«

»Gewisse Leute nicht.« Monika starrte mit heruntergezogenen Mundwinkeln an die Wand hinter ihrem Tresen.

»Geht es Max denn schon wieder so gut?«

»Schaut ganz so aus.«

»Hast du ihm nicht zurückgeschrieben, dass wir hier einen Toten hatten?«

»Nein.«

»Warum nicht?«

»Weiß nicht.« Monika zuckte die Achseln. »Weil er genug Stress am Hals hat mit seinen Kopfschmerzen?«

»Ich glaube nicht, dass er schon wieder Bier trinkt.

Warum bist du als Wirtin eigentlich so moralisch, wenn es um Alkohol geht?« Anneliese sah sie gespannt an. »Schließlich verkaufst du das Zeug an die Leute.«

»Bin ich das?«

»Ja.« Anneliese nickte.

»Ich mache mir halt Sorgen.« Monika wischte sich die Schweißperlen von der Stirn. Sie konnte gar nicht mehr aufhören zu schwitzen.

»Wir schaffen das hier auch alleine. Siehst du doch.« Anneliese drückte ihrer besten Freundin aufmunternd einen Ellenbogen in die Seite.

42

Franz und Max gingen gemeinsam zur Toilette. Auch wenn sie sich heute wegen gestern mit dem Alkohol schwer zurückhielten, forderte die Natur ihren Tribut. Die eine oder andere Radlerhalbe oder leichte Weiße musste den Körper schließlich irgendwann genauso wie das Bier, das Franz trank, wieder verlassen.

»Ich hab noch mal im Verteidigungsministerium angerufen und erfahren, dass Mathilde dort vor einem halben Jahr an einem sehr brisanten Projekt mitgearbeitet hat.« Franz öffnete den obersten Knopf seines Hemdkragens. »Ich hab schließlich Feierabend«, fügte er erklärend hinzu. »Und zweitens ist es mir zu warm. Zumal hier wieder mal ein Mordsgedränge herrscht. Bald kann man als Einheimischer gar nicht mehr in die Innenstadt gehen, ohne überrannt zu werden.«

»Also doch nicht alles so harmlos, wie zunächst gedacht, im Verteidigungsministerium?« Max hörte ihm aufmerksam zu.

»Schaut so aus.« Franz blickte ernst drein.

»Aber ein halbes Jahr ist eine lange Zeit. Da glaube ich schon eher an jemanden aus Mathildes privatem Umfeld.«

»Es wurden weltweit aber schon etliche Geheimnisträger um die Ecke gebracht«, protestierte Franz. »Möglich wäre es allemal, dass zum Beispiel die CIA sie auf dem Gewissen hat. Mathildes Genickbruch könnte auch die Arbeit eines Profis gewesen sein.«

»Wer sagt das?« Max sah ihn forschend an.

»Der Pathologe. Hast du den Bericht nicht gelesen?«

»Doch, stimmt. Jetzt, wo du es sagst.«

»Außerdem vermute ich es schwer.«

»Vermuten heißt nicht wissen.«

»Weißt du mehr?«

»Nein.« Max schüttelte den Kopf. »Das Ganze artet langsam zu einem schwammigen Rätsel aus. Nichts Eindeutiges. Nicht mal annäherungsweise.«

»Oh Gott, schau dir mal die riesige Schlange vor der

Toilette an.« Franz zeigte auf mindestens 20 Männer jeden Alters, die offenkundig dieselbe Idee gehabt hatten wie sie. »Da machen wir glatt in die Hose, bis wir drankommen.«

»Hofbräuhaus?« Max sah ihn fragend an.

»Das Stüberl auf dem Weg ins Tal ist näher.« Franz ging eilig voraus.

»Und Josef?«, rief ihm Max hinterher.

»Den wird uns schon keiner stehlen. Außerdem sitzt er gut, da, wo er sitzt. Dauert doch nur fünf Minuten.«

»Ich hab eine bessere Idee. Wir gehen zum Lucky.«

»Kenne ich den Herrn?«

»Mein Zeuge von heute Vormittag. Vorhin war er noch mal kurz bei Josef und mir am Tisch. Seine Kneipe ist keine 50 Meter von hier.«

»Dann nichts wie los.«

Sie waren gerade mal zehn Meter gegangen, als ein Mann mit erhobener Waffe auf sie zustürmte.

»Hab ich euch, ihr beschissenen Mörder!«, schrie er. »Hände hoch, oder ihr seid tot.«

»Freisinger, sind Sie das?«, fragte ihn Franz.

»Natürlich ist er das«, erwiderte Max.

»Für dich immer noch Herr Freisinger, Wurmdobler, du elender Wurm.« Karl sprang unruhig von einem Bein auf das andere.

Max hob langsam die Hände. Alles in allem stellte sich die Situation gerade als wenig erfreulich dar.

»Bleiben Sie ruhig, Herr Freisinger. Niemand will Ihnen etwas Böses«, sagte er.

»Halt dein Maul, elender Mörder, oder ich mach dich kalt.« Karl richtete seine Waffe direkt auf Max' Gesicht.

»Nehmen Sie die Waffe runter, Herr Freisinger!«, befahl Franz in schneidendem Kasernenhofton.

»Sonst was?« Karl spuckte mit hochrotem Kopf Gift und Galle in die Richtung von Franz und Max.

Neugierige blieben in einiger Distanz stehen. Sie bildeten einen Halbkreis und beobachteten die Szenerie mit schreckgeweiteten Gesichtern. Dennoch gingen sie nicht weiter. Max schüttelte unmerklich den Kopf. Tod, Gewalt und Gefahr schienen auf die Menschen eine unwiderstehliche Anziehungskraft auszuüben. Siehe nur die ganzen Gaffer, wenn irgendwo ein Unfall geschehen war.

»Sonst sage ich Ihrem Onkel, was Sie für einer sind.« Franz klang weiterhin streng, kein bisschen eingeschüchtert.

»Mein Onkel geht dich einen Scheiß an, Wurmdobler Wurm.«

Karl zeigte jetzt mit der Waffe auf Franz.

»Aber Sie geht er etwas an, Herr Freisinger. Oder etwa nicht?« Franz ließ Karl nicht aus den Augen, während er sprach.

»Das geht dich ebenfalls nichts an, Wurmdobler Wurm. Außerdem stirbst du sowieso gleich.« Karl kam zwei Schritte näher.

Die Menge hinter ihm stöhnte unisono auf. Bestimmt freuten sich einige bereits darauf, dass es gleich richtig zur Sache ging. Die Handys hatten die meisten jedenfalls bereits gezückt und hielten sie hoch, um jeden Moment eine Videoaufnahme der geplanten Hinrichtung zu starten.

»Wir dürfen ihm auf keinen Fall unsere Angst zeigen«, flüsterte Franz Max zu.

»Warum nicht?«, zischte Max zurück.

»Das ist nun mal so bei solchen Irren. Hab ich aus einer Fachzeitschrift für Psychologie.«

»Aha.«

»Was habt ihr zu tuscheln, miese Schweine?« Karls Stimme überschlug sich vor Aufregung oder Wut oder beidem.

»Oh Lord, won't you buy me a colored TV«, begann Max unvermittelt zu singen.

»Schnauze, Raintaler!«, herrschte ihn Karl an.

»Was machst du da«, zischte Franz in Max' Richtung.

»Ich zeige ihm, dass ich keine Angst habe.« Max zuckte unmerklich die Achseln. Er blickte unschuldig drein.

»Aber nicht singen, bitte. Vor allem nicht Janis Joplin. Du siehst doch, dass ihn das nur provoziert.« Franz sah aus, als würde er jeden Moment platzen. Die Anspannung im Angesicht des Todes hatte seinen gesamten Körper jetzt fest im Griff.

»Was ist falsch an Janis Joplin?« Max war kaum zu hören.

»Nichts.« Franz winkte ärgerlich ab.

»Was machen wir jetzt?«

»Wir müssen ihn noch ein wenig näher heranlocken.«

»Gute Idee. Wenn er nah genug herankommt, haue ich ihn um.«

»Und ich schnapp mir seine Waffe.«

»Okay.«

»Gut.«

»Also los.«

»Ja.« Franz kaute nervös auf seiner Unterlippe herum.

»Jetzt.«

»Also gut.«

»Mach schon.«

»Hey, Freisinger oder besser der, der sich für ihn ausgibt.« Franz setzte ein herausforderndes Gesicht auf. »Was soll das hier eigentlich werden?«

»Ich bin der einzige Karl Freisinger hier, Wurmdobler Wurm. Der echte.« Karl zeigte mit einem irren Grinsen auf seine Brust.

»Glaub ich nicht.«

»Du spinnst doch.« Karl hatte inzwischen weißen Schaum in den Mundwinkeln.

»Der Freisinger, den ich kenne, schaut ganz anders aus.«

»Soll ich kommen und dir die Knarre an den Kopf halten?«, brüllte Karl. »Glaubst du es mir dann?«

Die Menge raunte erschrocken.

»Vielleicht.« Franz zuckte die Achseln.

»Wie du willst.« Karl ging mit der Pistole im Anschlag auf Max und Franz zu.

43

Josef wunderte sich, wo Max und Franz wohl abblieben. Man ging doch nicht eine halbe Stunde lang auf die Toilette.

Während er seine leichte Weiße allein am Tisch weitertrank, beobachtete er nachdenklich die Leute, die auf dem Weg direkt neben ihm hin und her liefen.

Jahr für Jahr kommen mehr Touristen nach München, stellte er fest. Bis auf das letzte Frühjahr, als weltweit diese gefährliche Grippe getobt hatte. Eine Zeit, die er nicht unbedingt noch mal erleben musste. Obwohl er finanziell unabhängig war und es sich in seinem großen Haus mit Garten am südlichen Stadtrand gemütlich machen konnte, hatte ihm die Kontaktsperre als Single schwer zugesetzt. Bis heute waren die Frauen einem ihnen fremden Mann gegenüber misstrauisch. Zu nahe kommen durfte man den meisten von ihnen schon gleich gar nicht.

Es gab schon mal bessere Zeiten. Aber auch schlechtere. Siehe nur die beiden Weltkriege im letzten Jahrhundert, der Eiserne Vorhang, Tschernobyl, Fukushima, die Spanische Grippe, die Weltwirtschaftskrisen in den 20er-Jahren des 20. Jahrhunderts oder in den Jahren 2007 und 2008.

Alles in allem durfte sich ein Münchner, der einigermaßen finanziell abgesichert war und ein festes Dach über dem Kopf hatte, heutzutage nicht großartig beschweren.

Die Landeshauptstadt war nach wie vor ein Ort des lockeren Lebens mit vielen Seen, Bergen und Grün in der Nähe.

Allerdings war Josef auch absolut klar, dass es hier in dieser reichen Metropole nicht jedem gleich gut ging. Sehr viele hatten nur sehr wenig Geld zur Verfügung. Solo-Selbstständige, Künstler, Alleinerziehende oder Rentner mussten beispielsweise zum Teil gewaltig sparen, um überhaupt noch annähernd menschenwürdig existieren zu können.

»Ist bei Ihnen noch Platz?«, riss ihn eine männliche Stimme aus seinen Gedanken.

Ein älteres Ehepaar stand vor ihm. Offenkundig keine Einheimischen. Josef hatte es gleich am Dialekt des Mannes erkannt.

»Die zwei Plätze dort drüben sind frei.« Er zeigte auf die andere Tischseite. »Hier bei mir sitzen schon zwei.«

»Wunderbar. Dann setzen wir uns auf ein Bier zu Ihnen, wenn Sie gestatten.« Der Herr mit dem Wollsakko und der Baskenmütze auf dem Kopf lächelte erfreut. »Rüdiger Sagenreich mein Name«, stellte er sich vor. »Und das hier ist meine Frau Emma.« Er zeigte auf die kleine brünette Frau im bunten Sommerkleid neben ihm. Ihre strahlend blauen Augen fielen Josef sofort auf.

»Angenehm, Josef Stirner«, erwiderte er. »Woher kommen Sie?«

»Wuppertal«, gab Rüdiger schnell Auskunft und kam Emma damit zuvor, die ebenfalls den Mund aufgemacht hatte, um zu antworten.

»Ja, genau, Wuppertal«, fügte sie kopfnickend und schüchtern lächelnd hinzu.

»Also nördlich vom Weißwurscht-Äquator«, stellte Josef mit wissender Miene fest.

»Nein, nein. Deutschland, nicht Afrika.« Rüdiger hob, nach wie vor lächelnd, aber mit Bestimmtheit im Tonfall, den Zeigefinger. Er setzte seine Baskenmütze ab und fuhr sich mit den Fingern durch das schüttere hellbraune Haar.

»Sag ich doch.« Josef trank einen Schluck von seiner leichten Weißen. Als er fertig war, zwirbelte er die feuchtgewordenen Enden seines Schnurrbartes nach oben. König-Ludwig-Style, wie Frau Bauer, Max' Nachbarin, sehr treffend bemerkt hatte.

»Sie sagten Äquator«, korrigierte ihn Rüdiger. »Der liegt in Afrika. Nicht in Deutschland.«

»Rüdiger, hör doch auf, den Mann zu belästigen«, mischte sich Emma ins Gespräch. »Hol uns lieber mal ein Bier.«

»Gleich, Emma. Aber vorher möchte ich schon gerne klären, dass der Äquator in Afrika liegt und nicht in Deutschland.«

»Er war Lehrer am Gymnasium, müssen Sie wissen«, wandte sich Emma erklärend an Josef.

»Das tut hier nichts zur Sache, liebe Emma.« Rüdiger hatte inzwischen aufgehört zu lächeln.

»Guter Mann, jetzt hören Sie mir einmal zu.« Josef räusperte sich, bevor er weitersprach. »Der Äquator spannt sich um die ganze Erde herum und teilt sie in eine Nordhälfte und in eine Südhälfte. Da sind wir uns doch einig, oder?«

»Sicher.« Rüdiger nickte mit sauertöpfischer Miene. »Das wollte ich Ihnen ja nur sagen. Eben nicht in Deutschland. Wir sind viel zu weit im Norden.«

»Aber Sie haben mir nicht genau zugehört.«

»Doch.«

»Nein.« Josef schüttelte den Kopf.

»Aber selbstverständlich.« Rüdiger bekam einen roten Kopf.

»Rüdiger.« Emma war deutlich anzusehen, dass sie am liebsten vor Scham im Erdboden verschwunden wäre.

»Sei bitte still, Emma. Ich unterhalte mich mit dem Herrn.«

»Was sagte ich genau?«, fragte Josef.

»Nördlich vom *Äquator*«, ereiferte sich Rüdiger. Kleine Schweißtropfen traten auf seine Stirn. »Was natürlich nicht ganz falsch ist, denn wir befinden uns ja auf der nördlichen Halbkugel. Aber das Wort *nördlich* impliziert eine gewisse Nähe, also quasi Afrika, was aber in unserem Fall wiederum nicht stimmt.«

»Sagte ich wörtlich *Äquator*?«

»Sicherlich.« Rüdiger nickte.

»Nein.«

»Wie, nein?«

»Ich sagte nicht Äquator.«

»Doch.« Rüdiger war seine innere Aufregung deutlich anzusehen. Er begann schneller zu atmen und knetete nervös seine Finger.

»Nein, ich sagte ›Weißwurscht-Äquator‹.«

»Was soll das denn sein?«

»Der Main.«

»Der Main?« Rüdiger kratzte sich ratlos am Hinterkopf.

»Der Main.« Josef nickte wissend.

»Ich gehe Bier holen, Emma.« Rüdiger stand ruckartig auf. »Möchtest du ein eigenes Glas?«

44

Als Karl einen guten Meter vor ihnen stand, warf sich Franz auf ihn und riss ihn dabei mit sich zu Boden. Max reagierte blitzschnell und trat dem durchgedrehten James-Bond-Verschnitt zur gleichen Zeit die Waffe aus der Hand.

Franz ließ Karl für einen Moment aus den Augen, um aufzustehen. Der erkannte seine Chance, riss sich los, sprang noch vor Franz auf und rannte trotz der Drohung von Max, dass er schießen würde, wenn er nicht anhielt, davon.

Max schoss natürlich nicht, da zu viele Leute unterwegs waren. Er hätte einen Unschuldigen treffen können. Stattdessen folgten er und Franz dem Flüchtigen quer durch die sich träge dahinwälzende Menschenmasse.

Zuerst ging es zum Würstelstand am Nordwesteingang des Viktualienmarktes. Dort schlug Karl einen Haken und lief die Straße Richtung Süden hinunter.

Er raste durch die Passanten, rempelte sie an, schubste sie aus dem Weg und zu Boden. Egal ob Männlein oder Weiblein, ob alt oder jung.

Max und Franz blieben dicht hinter ihm. Doch Karl war dank seiner Jugend und seines durchtrainierten Körpers sehr schnell unterwegs. Rein läuferisch schien er ihnen überlegen zu sein. Zumindest was Franz betraf, war das definitiv so.

Er ließ sich nach einer Weile völlig außer Atem zurückfallen, wie Max aus den Augenwinkeln beobachten konnte. Sicher merkte er, dass es aussichtslos war, weiterzulaufen. Stattdessen hielt er an und telefonierte.

Bestimmt rief er bei der Inspektion elf gleich ums Eck an. Sie befand sich ganz in der Nähe, und mit vereinten Kräften sollte es gelingen, den Wahnsinnigen einzufangen.

Während Franz also telefonierte, rannte Max weiter hinter Karl her. Der Kerl war eine tödliche Gefahr für jeden, der sich gerade auf dem Viktualienmarkt befand. Eine tickende Zeitbombe, die jeden Moment hochgehen konnte. Keinesfalls durfte er ihn aus den Augen verlieren.

Er trieb ihn von Westen nach Osten Richtung Biergarten, wo Josef nach wie vor an seinem Platz gleich beim Weg sitzen sollte. Max hoffte, dass sein Kumpel so geistesgegenwärtig sein würde, die Lage zu erfassen und zu reagieren. Wie auch immer das aussehen mochte. Hauptsache, es endete mit der Gefangennahme des Flüchtigen.

Karl schlug gerade brutal auf eine junge Frau ein, die ihm im Weg stand.

Max schoss jetzt doch einen Warnschuss ab. Allerdings in die Luft, so dass niemand verletzt werden konnte. Er rief Karl zu, sich zu ergeben oder der nächste Schuss würde ihn treffen.

Die Menschen um sie herum duckten sich laut schreiend zu Boden, versteckten sich, wenn sie konnten, mit angstvollen Gesichtern hinter den Obst- und Gemüseständen.

Karl ließ schließlich von der Frau ab, zeigte sich ansonsten allerdings unbeeindruckt von Max' Drohung.

Vielmehr rannte er wie ein wildgewordener Stier weiter Richtung Biergarten.

Max hoffte inständig, dass er dabei niemanden ernsthaft verletzte, und folgte ihm, so schnell er konnte.

Karl stürmte in geringem Abstand an den Sitzreihen des Biergartens vorbei.

Dabei beobachtete Max, der nicht weit hinter ihm zurücklag, dass Josef den durchgedrehten Burschen offenkundig herannahen sah und wohl sofort erkannte, wen er vor sich hatte.

Als Karl auf Josefs Höhe ankam, stellte der ihm mit seinem ausgestreckten Fuß ein Bein. Ganz lässig. Ohne große Eile. *Unaufwändig* beschrieb es wohl am besten. Die kleine brünette Frau im bunten Sommerkleid, die mit ihm am Tisch saß, beobachtete das Geschehen mit überraschtem Blick.

Karl stürzte wie ein gefällter Baum zu Boden. Er hielt sich laut schreiend seinen rechten Knöchel. Wie ein angeschossener Hirsch versuchte er hektisch aufzustehen, sackte aber sofort wieder in sich zusammen.

»Welches Schwein war das?«, schrie er mit schriller Stimme. »Ihr habt mir den Fuß gebrochen. Verdammtes Mörderpack.«

»Sofort festhalten den Kerl!«, rief Franz, der den Weg abgekürzt hatte und gerade von links kam.

»Haltet ihn fest!«, war Max von hinten zu hören.

Die zwei Streifenbeamten der Inspektion elf, die bereits die ganze Zeit über zufällig ganz in der Nähe von Josef gestanden hatten, reagierten ebenso prompt wie Josef zuvor.

Sie eilten blitzartig auf Karl zu, fixierten ihn am Boden, drehten ihm die Arme auf den Rücken und verpassten ihm Handschellen.

Max und Franz kamen beinahe gleichzeitig bei ihnen an.

»Sehr gut, Männer«, freute sich Franz. »Hauptkommissar Wurmdobler. Ich habe gerade bei euch auf dem Revier angerufen. Ihr seid doch vom Elfer gleich ums Eck?« Er zeigte ihnen seinen Dienstausweis.

Die beiden nickten.

»Am besten bringt ihr den Burschen gleich in die Nervenheilanstalt«, fuhr Franz fort. »Dort bekommt er die Hilfe, die er braucht.«

»Ist er ein echter Irrer?«, fragte einer der Uniformierten.

»Das kann man so sagen.« Franz nickte.

»Definitiv«, sagte Max, immer noch außer Atem. Er

bekam kaum noch Luft. Seine Kopfschmerzen meldeten sich zurück.

Die Streifenbeamten nahmen Karl zwischen sich und führten ihn ab.

»Das war noch nicht alles, ihr Mörderschweine!«, rief Karl Franz und Max zum Abschied noch zu. Er zappelte dabei trotz seines verletzten Fußes wie ein Fisch auf dem Trockenen zwischen seinen beiden Begleitern hin und her. Versuchte, sich loszureißen. Fluchte wie ein Fuhrknecht.

Franz und Max schüttelten nur stumm den Kopf.

Jedes weitere Wort zum Thema Karl Freisinger wäre reine Verschwendung gewesen. Aber die ganze Sache hatte auch ihr Gutes. Der Karriere seines selbstgefälligen und unfähigen Onkels Jürgen Faltermeier würde dieser Vorfall garantiert ebenfalls Schaden zufügen und ihn hoffentlich endlich zum Rücktritt vom Posten des Polizeipräsidenten zwingen.

»Es gibt nichts mehr zu sehen, verschwindet, Leute. Wird's bald!«, verscheuchte Franz die staunende Menge an Gaffern, die sich um sie herum angesammelt hatte und wie wild Videos und Fotos aufgenommen hatte, die sie gleich anschließend in den sozialen Medien posten konnten.

»Jetzt muss ich aber wirklich auf die Toilette«, meinte Max.

»Ich auch«, schloss sich Josef, der sich längst von seinem Platz erhoben und zu ihnen gesellt hatte, der Meinung seines Vorredners an.

»Dann gehen wir am besten alle drei zum Lucky.« Franz stiefelte voraus.

Die anderen beiden folgten ihm.

45

»Ich kann das alles immer noch nicht glauben«, meinte Anneliese. Es war 19.30 Uhr. Die Sonne schickte sich an, bald unterzugehen. Zumindest begann sie bereits damit, den weiß-blauen Föhnhimmel rosa zu färben.

»Kein Wunder«, erwiderte Monika. »Einen Toten haben wir hier noch nie gehabt.«

Sie standen während einer weiteren kleinen Zigarettenpause zusammen am Tresen.

»So ein saudummer Unfall. Das gibt es normalerweise doch gar nicht.« Anneliese schüttelte immer wieder den Kopf.

»Schau mal her.« Monika zeigte ihrer besten Freundin ihre nach wie vor zitternden Hände.

»Ich weiß gar nicht, ob ich noch arbeiten kann nach dem Schock.« Anneliese setzte sich. Offenbar zitterten ihre Beine zu sehr, um stehen zu bleiben.

»Dann sperren wir doch einfach zu.« Monika starrte brütend auf einen imaginären Punkt irgendwo im Raum.

»Meinst du? Aber dann lynchen uns die restlichen Gäste.«

»Wir erklären es ihnen.«

»Echt jetzt?«

»Echt.« Monika nickte. »Hat keinen Sinn mehr für heute. Pfeif aufs Geld. Es gibt manchmal wirklich Wichtigeres. Zum Beispiel unsere eigene Gesundheit.«

»Ich bin dabei.« Anneliese nickte ebenfalls.

»Komm mit.«

Sie drückten ihre Kippen aus. Dann ging Monika voraus in den Biergarten. Dort bat sie alle Anwesenden, ihr kurz zuzuhören.

Anneliese stellte sich neben sie.

»Wegen des Todesfalles vorhin müssen wir für heute leider schließen«, verkündete Monika mit wackeliger Stimme. »Meine Freundin und ich sehen uns im Moment nicht mehr in der Lage zu arbeiten. Ich freue mich sehr, wenn Sie alle ein andermal wiederkommen, und danke Ihnen jetzt schon für Ihr Verständnis.«

Die Gäste raunten, manche begannen zu diskutieren, aber niemand beschwerte sich. Es gab eindeutig mehr verständnisvolle Stimmen als kritische. Sicherlich war der eine oder andere von Joschis Tod ebenfalls geschockt. Monika gab noch einmal eine Runde Schnaps für alle aus. Dann kassierten sie und Anneliese ab.

Über allem lag dabei drückend die typische Stimmung nach einem schweren Unglück. Die Welt erschien auf einmal unwirklich. Als hätte sie jemand aus den Angeln gehoben und mit ihr alles andere, was bislang als normal betrachtet werden konnte.

Die meisten Gäste gaben ein großzügiges Trinkgeld und erklärten dabei noch einmal persönlich, dass sie Monikas Maßnahme richtig fänden. Viele versprachen, entweder gleich morgen zum Sonntagsfrühschoppen oder am nächsten Wochenende wiederzukommen.

»Nach dem tödlichen Unfall schmeckt mir das Bier jetzt gerade sowieso nicht mehr besonders«, meinte ein älterer Herr im feinen Zwirn, der mit seiner brünetten schlanken Frau und den Enkelkindern da war. »Und für die Kinder ist es eh besser, wenn sie nach Hause kommen. Sie haben schließlich alles mitbekommen.«

»Ich habe ihnen zwar die Augen zugehalten, aber sie haben natürlich trotzdem zu dem Toten hinübergesehen. Kinder, was soll man sagen ...« Die brünette Frau zuckte resigniert die Achseln.

Nachdem die letzten Gäste gegangen waren, räumten Monika und Anneliese auf, reinigten Stühle und Tische und ließen die Spülmaschine laufen.

Anschließend setzten sie sich draußen mit einer guten Flasche Weißwein an den Tisch direkt neben dem Eingang. »Ich möchte jetzt nicht an Helmuts Stelle sein«, sagte Anneliese, nachdem sie einen großen Schluck Wein getrunken hatte. »Der muss doch völlig verzweifeln.«

»Und außerdem ist er sicher immer noch betrunken. Das muss wirklich der pure Horror sein.« Monika schüttelte langsam den Kopf.

»Was für zwei seltene Chaoten.«

»Da sprichst du wahre Worte gelassen aus.«

»Ich kapiere das Ganze immer noch nicht so ganz.« Anneliese trank einen weiteren Schluck. »Irgendetwas in meinem Kopf weigert sich einfach zu verstehen, was da vorhin geschehen ist.«

»Kneipe.«

»Wie meinst du das?«

»Das sind die Dinge, die du nicht an einem Schreibtisch erlebst.« Monika drückte ihre Kippe im Aschenbecher aus. »In einer Kneipe oder einem Biergarten oder an jedem anderen öffentlichen Ort ist es viel wahrscheinlicher.«

Normalerweise rauchte sie nicht so viel. Aber heute herrschte eine Ausnahmesituation. Da wollte sie es mit der gesunden Lebensweise einmal nicht so genau nehmen. Im Angesicht des Todes erschien ihr diese sogar im Moment völlig daneben.

»Oder als Polizist oder Rettungssanitäter.«

»Besonders als Polizist oder Kriminalbeamter. Ich muss gerade an Max denken. Er hat mir sicher viel Schreckliches, das er erlebt hat, verschwiegen.«

»Aber bestimmt nicht, um dich dummzuhalten, sondern um dich zu schonen.« Anneliese zündete sich noch eine Zigarette an.

»Das weiß ich doch, Annie. Eigentlich mag ich ihn schon sehr, meinen blonden Helden.« Monika lächelte versonnen.

»Darfst du auch. Er ist in Ordnung.« Anneliese blickte mit ernstem Gesichtsausdruck in die Weite.

»Warum meinst du eigentlich immer, ihn gegen mich verteidigen zu müssen?«

»Tu ich doch gar nicht.«

»Doch, tust du.«

»Vielleicht, weil du manchmal ungerecht zu ihm bist.«

»Hast du was mit ihm?« Monika klang trotz des lässigen Plaudertons, in dem sie sprach, einigermaßen ernst.

»Spinnst du? Soll ich gleich gehen?« Anneliese lief vor augenscheinlicher Empörung rot an. Sie sprang auf und starrte Monika entsetzt an.

»Setz dich wieder, Annie. War bloß ein Witz.« Monika grinste.

»Hörte sich aber nicht so an.« Anneliese blieb stehen. »Und wenn, dann war es ein ziemlich schlechter.«

»Ich würde ihn dir gönnen.« Monika grinste noch breiter.

»Das wird ja immer besser.«

»Komm, lass sein.« Monika fasste Anneliese am Arm. »War wirklich nicht so gemeint.«

»Dein Humor ist manchmal sehr gewöhnungsbedürftig.« Anneliese nahm kopfschüttelnd wieder Platz.

»Tut mir leid.«

»Okay.«

»Ich bin total fertig.« Die Tränen schossen Monika in die Augen.

»Willst du den Biergarten morgen aufsperren?«

»Ich denke schon. Das Leben geht weiter, oder?« Monika sah Anneliese mit großen, verweinten Augen an.

46

»Der Karl Freisinger ist endlich dort, wo er hingehört«, jubilierte Franz. Die Erleichterung war ihm deutlich anzuhören. »Da hat der Matthias Schweiger in Rosenheim noch mal Glück gehabt.«

»Absolut.« Max nickte.

Er war kurzfristig nicht ganz bei der Sache, da ihn Monika gerade angerufen hatte und ihm mit zitternder Stimme von einem schrecklichen Unglück in ihrem Biergarten erzählt hatte. Es hätte einen Toten gegeben. Sie hatte sich angehört, als bräuchte sie ihn an seiner Seite. Er durfte sich also heute auf keinen Fall erst wieder so spät bei ihr blicken lassen.

Doch erst einmal musste mit Franz und Josef auf die erfolgreiche Festnahme von Karl Freisinger angestoßen werden. Allerdings weder mit Radler noch mit Limo oder einer leichten Weißen. Sie hatten sich jetzt alle drei ein schönes Helles mehr als verdient. Es musste ja nicht wieder so ausarten wie gestern.

»Ein Schnäpschen dazu, Leute?« Lucky sah erwartungsvoll von einem zum anderen.

»Einer kann nicht schaden, oder?« Franz sah seine beiden Freunde an.

»Kann er nicht.« Max schüttelte den Kopf.

»Auf gar keinen Fall«, meinte Josef.

Eine Gruppe von FC Bayern-Fans, die heute Nachmittag anscheinend beim Heimspiel im Stadion gewesen waren, sangen die FC Bayern-Hymne »Stern des Südens«.

Max als eingeschworenem 1860er-Fan tat es in den Ohren weh. Aber er ließ sie gewähren. Schließlich sollte jeder das Recht auf seinen Verein haben. Das gebot alleine schon die als normal vorauszusetzende Toleranz in einer Demokratie.

»Die singen das falsche Lied«, meinte Josef, der ebenso wie Max und Franz ein eingeschworener Löwen-Fan war, wie die Spieler ihres Vereins in Fankreisen auch genannt wurden. Einmal Löwe, immer Löwe, hieß es überdies.

»Lass sie. Denn sie wissen nicht, was sie tun«, erwiderte Max.

Alle drei lachten.

Währenddessen traute Max seinen Augen nicht, als er erkannte, wer gerade im Geschäftsanzug zur Tür hereinspazierte. Peter Tauber höchstpersönlich, dem er seine Geschichte vorhin nicht so ganz abgekauft hatte. Eine gute Gelegenheit, um noch einmal nachzubohren. Danach würde immer noch genug Zeit zum Feiern bleiben.

»Bin gleich wieder da, Jungs«, sagte er.

Er ging schnell zu Tauber hinüber.

»Hallo, Herr Tauber«, sagte er, als er bei ihm ankam. »Noch ein Feierabendbierchen vor dem Schlafengehen?«

»Ach, Herr Raintaler. Sie auch hier?« Peter sah überrascht aus.

»Ich bin Münchner, schon vergessen?«

»Äh, natürlich.« Peter fuhr sich hektisch durch die

Haare. Er schien nervös zu sein. Offensichtlich hätte er gerade wohl lieber seine Ruhe gehabt.

»So oft, wie Sie hier am Viktualienmarkt anzutreffen sind, könnte man glatt vermuten, dass Sie doch etwas mit Mathildes Tod zu tun haben.« Max ließ ihm gleich mal eine Breitseite angedeihen. Sein innerster Wunsch, den Mord an Mathilde aufzuklären, war zu stark, um rücksichtsvoll vorzugehen.

»Wie bitte? Was?«, stammelte Peter.

»Geradeheraus, Herr Tauber: Haben Sie Mathilde umgebracht?« Gleich noch einen draufsetzen. Das hatte schon so manchen Lügner ins Wanken gebracht.

»Sind Sie verrückt? Natürlich nicht.« Peter atmete schwer. Ob vor Empörung oder Angst, würde sich bestimmt bald herausstellen. »Wie kommen Sie denn darauf?«

»Sie hatten eine enge Beziehung zu ihr. Eifersucht möglicherweise?«

»Aber ich hätte Mathilde niemals etwas angetan. Ich habe sie geliebt. Das sagte ich Ihnen doch alles schon.«

»Ich glaube Ihnen aber nicht.« Max sah ihm direkt in die Augen, bis Peter es nicht mehr aushielt und seinen Blick abwendete.

»Ich sage aber die Wahrheit.« Schweißperlen traten auf Peters Stirn.

»Das sagen sie alle.« Max schüttelte wissend den Kopf. »Waren Sie vielleicht nicht doch etwas zu eifersüchtig? Deshalb stritten Sie mit ihr. Sie beschimpfte Sie, das reizte Sie bis aufs Blut. Sie packten sie und drehten ihr den Hals um? War es nicht so?« Er wusste, dass Tauber etwas verbarg, und wollte auf jeden Fall herausfinden, was das war.

»Nein. So war das nicht.« Peters Stimme klang flehentlich.

»Wie dann?«

»Also gut. Ich gebe es zu.« Tränen traten ihm in die Augen. »Es hat mir etwas ausgemacht, wenn andere Männer sie ansahen.«

»Weiter.« Max wusste, dass er jetzt auf keinen Fall lockerlassen durfte. Tauber würde gleich reden wie ein Wasserfall. Das hatte er im Gespür.

»Ich muss mich bei Ihnen entschuldigen, Herr Raintaler.« Peter reichte ihm die Hand.

Max nahm sie mit verwirrtem Gesichtsausdruck entgegen.

»Bei mir?«, fragte er neugierig.

»Ich habe Sie gestern Abend zusammen mit Mathilde gesehen.«

»Wo?«

»Hier auf dem Viktualienmarkt. Ich wollte es erst selbst nicht glauben, als ich sie sah.« Peter blickte betreten drein. »Ich wusste nicht, dass sie sich ebenfalls hier in München aufhielt. Dann noch mit einem fremden Mann.«

»Sie wollen sagen, es war reiner Zufall?«

»Ja.« Peter nickte.

»Ich glaube nicht an Zufälle.« Max sagte es in einem entschiedenen Tonfall, als würde er einer Glaubensgemeinde die biblischen Gesetzestafeln vorlesen.

»In dem Fall war es aber wirklich so.« Peter atmete hektisch. Er lockerte seine gemusterte Krawatte und öffnete den obersten Knopf seines weißen Hemdes.

»Reden Sie weiter, Herr Tauber.«

»Ich war's.« Tauber ließ kraftlos Kopf und Schultern hängen.

»Also doch, Sie haben sie umgebracht. Wusste ich es doch.« Max schlug kräftig mit der flachen Hand auf den Tresen neben ihnen.

»Nein.« Peter schüttelte vehement den Kopf.

»Was jetzt? Ja oder nein?« Max spürte, wie ihm das Adrenalin in die Blutbahn schoss. Lange würde er sich nicht mehr zusammenreißen können und auf den Kerl losgehen.

»Ich bin Ihnen und Mathilde gestern Abend bis zum Karl-Valentin-Brunnen gefolgt.«

»Und? Weiter!«

»Als Mathilde zu einem der Stände ging, schlich ich mich an Sie heran und haute Ihnen meinen Laptop mit voller Wucht auf den Kopf.«

»Ach, das meinen Sie. *Sie* waren das also. Aber warum?« Das saß. Max setzte ein verwundertes Gesicht auf.

»Ich dachte, Sie hätten etwas mit ihr.« Peter schaute auf seine Schuhspitzen. Offensichtlich schämte er sich.

»Aber da war nichts. Ich wollte ihr nur helfen, ihre Freundin Dagmar zu finden.«

»Es tut mir aufrichtig leid. Ich hoffe, die Schmerzen sind nicht zu arg.« Peter waren die Reue und das schlechte Gewissen deutlich anzusehen.

»Geht schon wieder.« Max winkte ab. Darüber würde möglicherweise noch ausführlicher zu reden sein. Der Mord an Mathilde war jedoch im Moment wichtiger. »Was geschah dann? Sie folgten ihr und brachten sie um, richtig?«

»Nein.«

»Wie war es dann, Herr Tauber?«

»Ich konnte Mathilde nirgends finden. Dann ging ich in mein Hotelzimmer und lag stundenlang wach«, sagte Peter unter Tränen. »Sie wissen gar nicht, wie froh ich war, als ich Sie vorhin in dem Biergarten wohlauf sah. Mir fiel ein ganzer Felsbrocken vom Herzen. Ich hätte Sie aus lauter Dummheit fast umgebracht.«

»Das hätten Sie. Den Schmerzen heute Morgen nach hat nicht mehr viel dazu gefehlt.« Max kniff in Erinnerung daran automatisch die Lippen zusammen.

»Tut mir wirklich unendlich leid.« Peter sah Max jetzt zum ersten Mal geradewegs in die Augen. »Und jetzt ist Mathilde auch noch tot. Ich weiß gar nicht, was ich noch auf dieser Welt soll.«

»Gibt es Zeugen, die Sie im Hotel gesehen haben? Ihre Ex-Frau zum Beispiel.«

»Der Nachtportier hat mich um 23.45 Uhr reinkommen gesehen. Das weiß ich noch, weil er mich so besonders freundlich gegrüßt hat. Ich ging dann bis zum Morgen auch nicht wieder hinaus.«

»Ich werde das überprüfen. Welches Hotel?«

»›Hotel zum Glockengießer‹. Es ist gleich hier ums Eck.« Peter zeigte hinter sich zur Kneipe hinaus.

»Ich kenne es.« Max nickte. »Die haben einen hervorragenden Brunch.«

»Das ist wohl wahr.« Peter nickte ebenfalls. »Besonders der marinierte Lachs schmeckt sehr gut.« Er sah ängstlich aus.

Max wusste noch allzu gut, wie es gewesen war, als er bis heute Nachmittag selbst falsch verdächtigt wurde.

Es fühlte sich alles andere als angenehm an. So wie er das sah, war Peter Tauber ein, trotz seines kräftigen und derben Äußeren, sensibler und eigentlich bemitleidenswerter Kerl, der seine große Liebe verloren hatte. Ein Mörder schien er nicht zu sein. Obwohl er beileibe kräftig zuschlagen konnte. Die inzwischen Gott sei Dank nur noch leichten Kopfschmerzen, die Max immer noch verspürte, waren der beste Beweis dafür.

»Muss ich jetzt ins Gefängnis?«, fragte Peter. »Ich könnte es verstehen, wenn Sie mich auf der Stelle verhaften.«

»Fällt Ihnen irgendjemand ein, der Mathilde getötet haben könnte?«

47

Monika wollte gerade das Licht im Biergarten löschen, als ihr im hinteren Eck bei der Kastanie die Umrisse zweier Gestalten auffielen. Sie schienen sich hergesetzt zu haben, nachdem sie und Anneliese alles geputzt hatten und ins Innere ihrer kleinen Kneipe gegangen waren.

»Annie!«, rief sie zum offenen Fenster in den Schankraum hinein. »Komm mal raus. Wir haben Besuch.«

Sekunden später stand Anneliese neben ihr.

»Was sind das denn für welche?«, fragte sie erstaunt. »Hier gibt es doch gar nichts mehr.«

»Das wüsste ich auch gern. Komm mit.« Monika nahm Anneliese bei der Hand.

Sie schlichen ins Halbdunkle zu dem runden Tisch, an dem die beiden späten Gäste in aller Seelenruhe vor sich hin schnarchten. Sie trugen bayerische Tracht und waren, ihren strengen Ausdünstungen nach, betrunken. Einer von beiden hatte einen Vollbart. Der andere war glattrasiert. Neben ihnen lagen ein Geigenkasten und ein Gitarrenkoffer im Kies.

»Was sagst du dazu?« Monika schüttelte verblüfft den Kopf. »Ich hab doch hier keinen Campingplatz.«

»Nicht zu fassen.« Anneliese schüttelte ebenfalls den Kopf. Nur grinste sie im Gegensatz zu Monika breit dabei.

»Hallo!« Monika schüttelte den Glattrasierten.

Lediglich ein undeutliches Grunzen war aus seinem Mund zu hören. Sein Nebenmann ließ sich überhaupt nicht beim Schlafen stören.

»Was machen wir jetzt mit denen?«, fragte Anneliese.

»Keine Ahnung.« Monika zuckte ratlos die Achseln.

»Wir könnten die Polizei rufen.«

»Könnten wir. Aber die zwei scheinen einfach nur ihren Rausch ausschlafen zu wollen.« Monika dachte nach. Eigentlich wäre nichts dabei, die beiden hier sitzen zu lassen.

»In deinem Biergarten? Was, wenn sie in der Nacht aufwachen und randalieren?«

»Hast recht.« Monika nickte. »Ich ruf doch lieber die Polizei. Ich will keinen Stress heute Nacht.« Monika zog entschlossen ihr Handy aus der Tasche und wählte die Nummer des nächstliegenden Reviers.

»Ich hätte zwei Schnapsleichen abzugeben«, sagte sie. »Sie sitzen hier bei mir im geschlossenen Biergarten. ›Monikas kleine Kneipe‹. Könnte jemand sie abholen?«

»Wir schicken eine Streife vorbei«, hieß es am anderen Ende. »Kann aber dauern. Ist viel los heute. Samstag, Föhn. Sie verstehen.«

»Verstehe.« Monika nickte. Sie legte auf.

»Und?« Anneliese sah sie neugierig an.

»Kann dauern. Wir versuchen noch mal, sie zu wecken. Du nimmst den Bärtigen, okay?«

Nachdem sie die beiden kräftig geschüttelt hatten, wachten sie langsam doch noch auf.

»Was gibt's?«, erkundigte sich der Glattrasierte, während er seinen Kopf anhob. Seine Augenlider flatterten.

»Ihr schlaft in meinem Biergarten«, sagte Monika. »Das geht nicht. Wir haben geschlossen.«

»Oh.« Der Kopf des Glattrasierten fiel auf den Tisch zurück.

»Halt. Nicht wieder einschlafen.« Monika wurde laut. Sie hatte die Nase endgültig voll. Es war ein langer, heißer Tag gewesen. Sie wollte ins Bett gehen und sich ausruhen. Da hatten ihr diese zwei Suffköpfe hier gerade noch gefehlt. Hätte sie doch nur tatsächlich einen anderen Beruf gewählt. Im Moment war das alles hier wirklich fast nicht mehr zu ertragen.

»Entschuldigung.« Der Bärtige grinste einfältig. »Wir wollen keinen Ärger machen. Aber wir sind dermaßen müde ...« Die Augen, die er gerade geöffnet hatte, fielen ihm wieder zu.

»Aber hier könnt ihr nicht schlafen.« Monika sprach laut wie mit zwei Schwerhörigen. »Auf geht's, Männer. Soll ich euch ein Taxi rufen?«

»Ein Taxi. Das wäre super ...«, murmelte der Glattrasierte von der Tischplatte her.

»Dann hoffen wir mal, dass eins frei ist.« Anneliese hatte ihr Handy schon gezückt.

Nachdem sie einen Wagen herbestellt hatte, half sie Monika, die beiden Betrunkenen zur Straße zu schaffen.

Erst den Bärtigen, dann den Glattrasierten. Anders war es nicht möglich, da alle beide immer wieder umfielen.

Der Taxifahrer wollte sich zuerst weigern, sie mitzunehmen. Doch als ihn Monika eindringlich auf seine Beförderungspflicht hinwies und ihm klarmachte, dass sie seine Nummer hätte, gab er schließlich nach.

Als Monika und Anneliese zum Haus zurückgingen, schworen sie sich, so etwas nie wieder zu machen. Die harte Kneipenarbeit am Tag und am Abend, und dann noch nachts Betrunkene herumhieven, das ging gar nicht.

Anneliese war müde. Sie machte sich auf den Nachhauseweg.

Monika rief noch einmal auf dem Revier an und sagte, dass sich die Sache mit den Schnapsleichen in ihrem Biergarten erledigt habe. Dann sperrte sie die Tür hinter sich ab und ging hinauf in ihre kleine Wohnung. Normalerweise machte sie sich immer noch einen Gute-Nacht-Tee. Der musste heute jedoch ausfallen. Sie fiel auf ihr Bett und schaffte es nicht einmal mehr, ihre Sachen auszuziehen, bevor sie völlig erschöpft wegdämmerte.

48

»Ich wüsste niemanden, der Mathilde nach dem Leben trachtete.« Peter Tauber schüttelte langsam den Kopf. »Der Einzige, mit dem sie sich nicht so gut verstand, war, wie schon gesagt, ihr Bruder. Aber ich weiß wirklich nicht, ob er sie getötet hat.«

»Das würde nicht viel Sinn machen. Warum ausgerechnet jetzt? Der Streit um die Erbschaft ging jahrelang, und letztlich hatten sie sich wohl geeinigt.« Max sprach mehr zu sich selbst als zu Peter. »Wussten Sie von Mathildes Aufträgen als Programmiererin?«

»Darüber hat sie nie mit mir geredet.« Peter schüttelte erneut den Kopf. »Es wäre besser für mich, wenn ich nichts darüber wüsste, hat sie gemeint.«

»Sie haben sie wirklich nicht umgebracht, oder?« Max wusste, dass er die Antwort auf seine Frage nicht abwarten musste. Tauber war unschuldig. Alles andere hätte ihn sehr gewundert. Außerdem hatte er ein Alibi, sobald der Nachtportier bestätigte, dass er um 23.45 Uhr auf sein Zimmer ging. Fragte sich nur, ob das Hotel einen Hintereingang hatte, zu dem jeder unbeobachtet rein und raus gehen konnte. Das galt es noch abzuklären.

»Ich hätte Mathilde nie etwas antun können«, erwiderte Peter. »Sagen Sie doch bitte, muss ich jetzt ins Gefängnis?«

»Ich werde Sie wegen dem Schlag auf meinen Kopf nicht verhaften. Sie sind gestraft genug, guter Mann.« Max schüttelte den Kopf. »Aber reißen Sie sich in Zukunft zusammen mit Ihrer Eifersucht, sonst landen Sie womöglich eines Tages doch noch hinter Gittern oder Sie geraten an den Falschen.«

»Danke, Herr Raintaler. Das werde ich Ihnen nie vergessen.« Peter atmete erleichtert auf. Er ergriff abermals Max' Hand und machte eine tiefe Verbeugung. »Darf ich Sie und Ihre Freunde auf ein Getränk einladen?«

»Passt schon.« Max riss sich los. Ihm war das Ganze mehr als peinlich. Die Bayern-Fans sahen bereits zu ihnen herüber und lachten dabei. »Schönen Abend noch.«

Max nickte ihm kurz zu. Dann ging er zu Franz und Josef zurück.

»Der war es nicht«, sagte er, als er bei ihnen ankam.

»Glaube ich auch nicht«, meinte Franz.

»Siehst du, das unterscheidet uns, Franzi. Du glaubst, und ich weiß.«

»Was weißt du?«

»Er könnte ein Alibi haben. Ich geh nachher mal in sein Hotel und frage den Nachtportier.«

»Ist er das Alibi?« Franz blickte neugierig über den Rand seines Bierglases hinweg.

»Ja.« Max nickte. Er nahm sein eigenes Glas zur Hand und trank einen kräftigen Schluck.

Es tat gut. Bei Föhn musste man viel trinken. Er hatte das fast schon wieder vergessen.

»Wir haben nach wie vor die Option, dass einer von Mathildes Kunden oder deren Konkurrenz Mathilde einen Auftragskiller auf den Hals gehetzt hat.« Franz setzte sich auf den Barhocker, der bisher unbenutzt neben ihm gestanden war.

»Aber warum dann ausgerechnet jetzt und hier in München?«

»Warum nicht.«

»Der letzte Auftrag, bei dem es um eine brisante Sache ging, ist ein halbes Jahr her. Das wissen wir doch längst von deinem Bekannten, diesem Rainer aus dem Verteidigungsministerium.«

»Rainer Korn. Ja und?«

»Wenn es um viel Geld geht, wird schnell getötet. Nicht erst Monate später.«

»Da ist natürlich was dran.« Franz massierte nachdenklich sein Kinn.

»Jetzt mal was ganz anderes«, mischte sich Josef ins

Gespräch, der die ganze Zeit über aufmerksam zugehört hatte. Er musste laut sprechen, da die Bayern-Fans inzwischen dazu übergegangen waren, bekannte Schlager zu singen. »Griechischer Wein«, »Holzmichel« oder »Verdammt, ich lieb dich«.

»Ja?« Max wandte sich ihm neugierig zu.

Franz sah ihn ebenfalls erwartungsvoll an.

»Nur mal angenommen, der Karl Freisinger ...«

»Hör mir bloß mit dem auf!«, unterbrach ihn Franz unwillig. »Der ist weg, und das soll er auch bleiben.«

»Wir wissen, dass er dich nervt, Franzi.« Josef sprach in ruhigem Plauderton weiter. »Aber stell dir mal vor, dass er Mathilde umgebracht hat und es uns allen, vor allem Max, in die Schuhe schieben wollte, um von sich abzulenken.«

»Daran hab ich noch gar nicht gedacht.« Franz blickte verblüfft in die Runde.

»Ich auch nicht«, meinte Max. »Interessante Theorie, Herr Kollege.« Er klopfte Josef beifällig auf die Schulter. Sein Assistent überraschte ihn immer wieder. Oft genau dann, wenn es niemand erwartete. »Wenn auch etwas gewagt.«

»Das wäre doch die Lösung«, meinte Franz.

»Aber woher sollte er Mathilde kennen?«, gab Max zu bedenken.

Sie brüllten sich inzwischen regelrecht an, um sich über die tosenden Fangesänge der FC Bayern-Anhänger hinweg verständigen zu können.

»Gar nicht«, sagte Franz.

»Wie meinst du das?«

»Er hat sie erst kennengelernt, nachdem du niedergeschlagen wurdest. An irgendeinem Standl hier auf dem Viktualienmarkt. Dann hat sie ihm einen Korb gegeben, und er hat sie daraufhin umgebracht. Fertig.« Franz rieb sich die Hände.

»Aber war sie nicht zu alt für ihn?« Max hatte immer noch seine Zweifel an Josefs These. Ihm war dabei schon wieder etwas zu viel Zufall im Spiel.

»Sie war zwar älter als er, aber durchaus attraktiv.« Franz hob triumphierend den Zeigefinger.

»Stimmt. Na, das wäre ja was.«

»Auf jeden Fall knöpfe ich mir den Burschen morgen noch mal gründlich vor.« Franz rieb sich mit sichtlicher Vorfreude die Hände.

»Meinst du, die lassen dich zu ihm? Er sitzt doch sicher in der geschlossenen Abteilung.«

»Aber wir haben einen Mordfall zu klären.«

49

Monika wachte auf, als sie Geräusche im Biergarten unten hörte. Obwohl sie völlig erschöpft war hatte sie wie immer einen leichten Schlaf.

»Wer, in drei Teufels Namen, schleicht denn jetzt schon wieder da unten herum«, zischte sie genervt. »Warum ist Max eigentlich nie da, wenn man ihn braucht? Der könnte doch jetzt nach dem Rechten sehen.«

Sie stieg aus dem Bett, angezogen war sie ja noch, nahm ihren alten Baseballschläger zur Hand, der für den Fall, dass sie überfallen wurde, immer neben dem Nachtkästchen an der Wand lehnte, und stieg im Dunklen die Treppen hinunter.

Als sie im Schankraum ankam, machte sie kein Licht. Sie wollte erst einmal durch die Fenster beobachten, was draußen vor sich ging, ohne selbst entdeckt werden zu können.

Sie glaubte nicht, was sie sah. Das war doch Helmut. Was wollte der schon wieder hier?

Sie sperrte die Tür auf und ging zu ihm hinaus.

»Was, um alles in der Welt, machst du denn hier mitten in der Nacht?« Sie sah ihn forschend an.

»Habe ich zufällig meine Jacke hier vergessen, Frau Monika?«, fragte er mit Tränen in den Augen. »Ich finde sie nicht mehr.«

»Die hab ich reingebracht. Du hast sie an deinem Stuhl hängen lassen. Magst du reinkommen? Du siehst ja ganz fertig aus.« Sie hatte Mitleid mit ihm. Ganz offensichtlich konnte er den Tod seines Freundes Joschi nicht verkraften und irrte wahrscheinlich seit Stunden allein durch die Stadt.

»Gerne, wenn ich darf.« Er schniefte.

Drinnen machte Monika ihm einen Tee. Dann setzte sie sich zu ihm an den kleinen Bistrotisch beim Eingang.

»Ich habe Joschi auf dem Gewissen«, schluchzte er.

»Hast du nicht. Es war ein Unfall. Ein schreckliches Unglück. Zu so etwas kann keiner was.«

»Ich hätte nicht auf ihn drauffallen dürfen.« Helmut schnäuzte sich in die Papierserviette, die ihm Monika gerade gereicht hatte.

»Aber du bist eben auf ihn draufgefallen. Daran lässt sich nichts mehr ändern. Du hast es doch nicht mit Absicht getan.« Sie tätschelte seine Schulter. »Außerdem hat er sich bestimmt schon vorher so schwer verletzt, dass er sterben musste.«

»Das weiß ich nicht genau.«

»Was weißt du nicht genau?« Sie sah ihn neugierig an.

»Ob ich es mit Absicht gemacht habe oder nicht. Vielleicht habe ich mich ja extra fallengelassen.«

»Geh, so ein Schmarrn.« Monika schüttelte vehement den Kopf. »Ich war doch dabei. Du hast einfach das Gleichgewicht verloren, als er dich nach unten zog, weil du zu betrunken warst. So etwas kann man nicht spielen.«

»Ich weiß nicht.« Helmut liefen nun ungehemmt die Tränen übers Gesicht. Er trank einen Schluck Tee.

»Du darfst dir höchstens Vorwürfe dafür machen,

dass du so betrunken warst, dass du die Kontrolle verloren hast.«

»Ich trinke nie wieder Alkohol.«

»Das halte ich für ein Gerücht. Aber etwas weniger wäre ja schon mal ein Schritt in die richtige Richtung.« Sie tätschelte ihm jetzt den Oberarm.

»Sagt die Frau, die uns das ganze Bier gebracht hat.« Helmut sah sie lange an.

»Ach, jetzt bin ich also schuld?«, fragte Monika.

Ihr war natürlich klar, dass man als Kneipenwirtin nicht nur Wasser verkaufte. Vielleicht hätte sie Helmut und Joschi gar nicht erst so viel Bier bringen dürfen. Das stimmte schon. Doch wie sollte sie denn ahnen, dass die beiden so wenig vertrugen. Sie hatte Stammgäste, die tranken an einem Abend locker die doppelte Menge und gingen trotzdem aufrecht nach Hause.

»Das habe ich nicht gesagt.« Helmut schüttelte den Kopf.

»Zum Teil hast du recht. Hätte ich euch kein Bier verkauft, wärt ihr nicht so betrunken gewesen.« Sie schaute nachdenklich in die Dunkelheit hinaus. »Aber es gibt da immer noch die Eigenverantwortung.«

»Stimmt schon.« Helmut nickte.

»Schuld an diesem unglücklichen Unfall ist niemand so wirklich, sage ich dir. Solche Sachen passieren einfach. Auch Leuten, die nüchtern sind.«

»Meinst du?«

»Natürlich. Schau dir doch bloß mal die ganzen Autounfälle an. Diese Leute sind sicher nicht alle betrunken.«

»So habe ich es noch gar nicht gesehen.« Er wischte sich die Tränen aus dem Gesicht.

»Unfall bleibt Unfall.«

»Okay.«

»Aber ein alkoholfreies Bier zwischendurch ist auch nicht so schlecht.«

Sie versuchte, ihn weiter aufzubauen, ohne ihm Vorwürfe zu machen. Das machte keinen Sinn in ihren Augen. Hätte, hätte, Fahrradkette. Manchmal war es sinnvoll, sich mit den Dingen, die geschehen oder geschahen, abzufinden und sich in Zukunft zu bemühen, es möglichst besser zu machen. Helmut wäre wohl auch nüchtern gestolpert. Dass er sich jetzt die Schuld am Tod seines Freundes geben wollte, war in ihren Augen einfach nur überflüssiger Schmarrn.

»Danke, Frau Monika.« Helmut nahm ihre Hand in seine. Er sah ihr tief in die Augen. »Du hast mir sehr geholfen. Das werde ich dir nie vergessen.«

»Nicht der Rede wert.« Sie winkte mit ihrer freien Hand ab. »Wie geht es jetzt weiter? Soll ich dir ein Taxi rufen, das dich in dein Hotel bringt?«

50

Franz war nach Hause gegangen. Max und Josef wollten sich noch einmal nach Zeugen umschauen. Dabei ging es immer wieder um dieselben Fragen: Wer hatte Mathilde gestern zum letzten Mal gesehen? War sie in Begleitung gewesen? Wenn ja, wie hatte diese ausgesehen?

Sie bezahlten ihre Rechnung bei Lucky, der sich herzlich von ihnen verabschiedete, und traten auf die Straße hinaus.

»Wo geht's hin?«, fragte Josef.

»Zuerst zum Hotel von Peter Tauber. Dann vom Karl-Valentin-Brunnen aus Richtung Tatort in der Utzschneiderstraße.«

»Bist du das nicht schon alles heute Vormittag abgegangen?« Josef blickte erstaunt drein.

»Richtig. Aber die Kneipen und Klubs, die erst am Abend öffnen, hatten da noch geschlossen.«

»Wie wahr. Deshalb bist du der Chef und ich der Hiwi.«

Max ging voraus.

Der Nachtportier im »Hotel zum Glockengießer« bestätigte, dass Peter um 23.30 Uhr auf sein Zimmer gegangen und nicht wieder heruntergekommen sei. Allerdings gäbe es auch einen Hintereingang, der schwer einzusehen war. Aber Peter habe um kurz nach Mitternacht noch einen Tee aufs Zimmer bestellt.

»Danke, das war's.«

Max und Josef verabschiedeten sich.

Sie gingen quer über den Viktualienmarkt und dann Richtung Gärtnerplatz.

»Kopfschmerzen scheinst du keine mehr zu haben«, stellte Josef fest, als er Max letztlich doch noch eingeholt hatte.

»Die sind weg. Arzt und Krankenhaus bleiben mir Gott sei Dank erspart.«

Sie bogen in die Reichenbachstraße ein.

»Hier können wir es versuchen. Was meinst du?« Josef zeigte auf die Glasfassade eines winzigen italienischen Cafés, das bis in die Abendstunden geöffnet hatte.

An den kleinen runden Tischen, die davor aufgebaut waren, trafen die Raucher von drinnen auf die Frischluftfanatiker. Eine explosive Mischung, wie der lautstarke Streit eines blassen Nichtrauchers gegen einen Zigarillo qualmenden FC Bayern-Fan gerade verriet.

Max und Josef ließen sich davon nicht weiter stören. Sie betraten den kleinen Innenraum, der von einem großen dunklen Holztresen dominiert wurde. Aus den Musikboxen an der Decke erklang italienische Schlagermusik.

Sie bestellten zwei Wasser bei dem schmalen Wirt, der eine schwarze Baskenmütze auf dem Kopf hatte.

Als er das Wasser brachte, zeigte ihm Max das Foto von Mathilde auf seinem Handy und fragte ihn, ob er sie gestern gesehen hätte.

Er verneinte.

»Hier kommen so viele Leute herein, dass ich sie mir gar nicht merken kann. Aber diese Frau wäre mir aufgefallen. Sie ist hübsch.« Er zeigte auf Mathildes Gesicht.

»Danke Ihnen.« Max steckte sein Handy wieder ein. Sie tranken aus, Josef bezahlte, dann gingen sie hinaus.

Der Streit zwischen dem rauchenden FC Bayern-Fan und dem Nichtraucher vor der Tür war inzwischen eskaliert. Die beiden standen sich mit erhobenen Fäusten auf dem Gehsteig gegenüber, jeweils bereit, dem anderen den ersten Schlag zu verpassen.

»Habt ihr nichts Besseres zu tun?«, fragte Max die beiden.

»Halt doch du dein Maul!«, schoss der Fußballfan übertrieben scharf zurück.

»Genau, halten Sie sich raus, guter Mann«, empfahl ihm der blasse Nichtraucher. »Hier tobt gleich eine Schlacht. Da wird Blut fließen.«

»Oh ja«, bestätigte der Fußballfan.

»Man fragt ja nur.« Max zuckte die Achseln. »Wir leben in einer Welt voller Umweltprobleme, Krankheiten, Armut, Krieg, Mord und Totschlag und Verdruss. Und ihr zwei Deppen habt nichts Besseres zu tun, als euch wegen ein bisschen Zigarrenrauch zu prügeln.«

»Was hast du gesagt? Ich bin ein Depp?« Der Fußballfan wandte sich Max zu. Er nahm dabei die Drohgebärdenhaltung eines kleinen Berggorillas an.

»Das hab ich gesagt, richtig.« Max nickte.

»Na gut, lassen wir es bleiben.« Der Fußballfan nickte ebenfalls, drehte sich auf dem Absatz um und verschwand blitzschnell Richtung Viktualienmarkt ums nächste Eck.

»Wenn doch alles immer so einfach wäre.« Max kratzte sich verblüfft am Hinterkopf. Natürlich neben seiner Wunde. »Sie können Ihre Fäuste jetzt wieder herunternehmen«, erklärte er dem Nichtraucher. »Ihr Gegner ist nicht mehr da.«

»Wusste ich es doch«, erwiderte der schmale glatzköpfige Mann im bunten Hawaiihemd. »Große Klappe, nichts dahinter.«

Max und Josef gingen kopfschüttelnd weiter.

»Manchmal willst du nicht glauben, dass wir alle zur selben Spezies gehören sollen«, meinte Josef, während sie sich durch die Schweiß, Knoblauch, Zwiebeln, Parfüm und Rasierwasser ausdünstende Menge der Nachtschwärmer drängten.

Die nächste Kneipe auf ihrem Weg war erneut relativ klein, und wieder standen Raucher davor. Sie hieß »Rinnsal«, was zunächst wohl auf zwei vordringliche Weisen zu interpretieren war, wie Max bemerkte.

»Wie meinst du das?«, wollte Josef wissen.

»Einmal das Rinnsal beim Trinken, das die Kehle benetzt«, dozierte Max.

»Und dann?«

»Und dann das Rinnsal, bei dem das erste Rinnsal wieder entsorgt wird.«

»Du hättest Philosoph werden sollen.«

»Bin ich doch.«

Sie traten ein. Max zeigte dem Wirt und den wenigen Anwesenden das Bild von Mathilde auf seinem Handy.

»Was bist du denn für ein komischer Vogel?«, pöbelte ihn der mittlere von drei Jugendlichen an, die zusammen an einem Ecktisch saßen. Mit ihren langen Haaren und den schwarzen Lederjacken sahen sie aus wie aus der Zeit gefallen. Ihrem geschätzten Alter nach waren sie ganz bestimmt noch nicht trocken hinter den Ohren. Dreckfrech waren sie allerdings zweifelsohne.

»Ich will nur wissen, ob ihr die Frau kennt. Sonst nichts.« Max blieb ruhig. Obwohl er sich schon langsam fragte, ob heute die ganze Stadt einen leichten Dachschaden hatte. Überall nur Streit und Geschrei. Das waren fast schon Verhältnisse wie in Chicago oder in den ärmeren Vierteln von Los Angeles. Normal war es jedenfalls nicht. Es konnte nur mit dem anhaltenden Föhn zusammenhängen.

»Und ich hab dich gefragt, was du für ein komischer Vogel bist.« Der blonde, schlaksige Bursche stand auf.

»Ich bin kein komischer Vogel.«

»Doch, das bist du.«

»Nein.« Max schüttelte entschieden den Kopf.

Er hatte prinzipiell etwas gegen Menschen, die mit halb geöffnetem Mund Kaugummi kauten. Erstens sah es zumindest debil aus. Zweitens empfand er es als unhöflich, von jemandem angeschmatzt zu werden. Dabei konnten schließlich tödliche Viren übertragen werden, und das grenzte an Körperverletzung. Ein Raucher war, damit verglichen, selbst noch vom größten Frischluftfanatiker als harmlos einzustufen.

»Soll ich dir zeigen, was für ein komischer Vogel du bist?«

Der Jugendliche zog ein Schnappmesser aus der Innentasche seiner Lederjacke.

Er kam hinter seinem Tisch hervor. Bewegte sich nach wie vor Kaugummi kauend auf Max und Josef zu.

51

»Ich will nicht zurück in mein Hotel«, sagte Helmut mit weinerlicher Stimme.

»Warum nicht?«, fragte Monika.

»Joschi und ich hatten ein Doppelzimmer, und jetzt ist sein Bett leer. Ich halte das nicht aus.«

Er zitterte am ganzen Körper.

Der Schock, den er hatte, musste sehr groß sein. Der Tee schien auf jeden Fall nicht viel geholfen zu haben. Aber sie wollte ihm auf keinen Fall einen Schnaps zur Beruhigung anbieten. Das würde im Moment sicher alles nur noch schlimmer machen.

»Das kann ich verstehen«, sagte sie stattdessen in verständnisvollem Tonfall.

»Kann ich nicht hier schlafen?«, fragte er.

»Das geht nicht. Ich habe zu wenig Platz.« Sie hob bedauernd die Arme.

»Joschi und ich gingen schon gemeinsam in den Kindergarten«, meinte Helmut wenig später. »Er war mein bester Freund.«

»Das ist hart.«

Stell dir nur mal vor, Max und Franzi wäre das Gleiche oder etwas Ähnliches passiert. Die kannten sich schließlich auch seit dem Kindergarten. Keiner von beiden würde es überleben, wenn er den anderen versehentlich getötet hätte.

»Einmal wollten mich ein paar Jungs aus der Nachbarschaft verprügeln. Da hat Joschi sich einen großen Stock genommen und sie mit lautem Geschrei vertrieben.«

»Das war mutig von ihm.«

»Unbedingt.« Helmut nickte.

»Er schien ein guter Freund gewesen zu sein. Davon hat man nicht viele.«

Das weiß ich sehr gut aus eigener Erfahrung. Da sind Max, Anneliese, Josef, Franzi und seine Sandra, und dann kommt erst mal ganz lange nichts.

»Er war klein, aber ein echter Wadenbeißer.« Helmut lächelte stolz. »Er hätte es mit jedem aufgenommen. Mit jedem.« Er trommelte seine letzten Silben einzeln mit der Faust in den Tisch hinein.

»Das stimmt. Mumm hatte er auf jeden Fall.«

Monika holte ihm noch einen Tee. Da sie es nicht mehr mitansehen konnte, wie stark er immer noch zitterte, stellte sie ihm entgegen aller guten Vorsätze nun doch einen doppelten Obstler daneben.

»Stell dir vor«, fuhr Helmut fort, als sie wieder neben ihm saß. »Einmal hatte ich bei dem Fahrrad eines Jungen, der mich geärgert hatte, die Luft rausgelassen.«

»Bubenstreiche.« Monika lächelte milde.

»Die Lehrerin wollte mich dafür nachsitzen lassen, aber Joschi hat die Schuld auf sich genommen.« Helmut schlug sich begeistert mit der flachen Hand auf seinen Oberschenkel.

»Warum das?«

»Er wusste, dass mein Vater mich grün und blau schlagen würde, wenn ich zu spät nach Hause kam.«

Offenkundig hatte Helmut keine leichte Kindheit gehabt. Monika war schon immer der Meinung, dass Väter, die ihre Familien schlugen, lebenslänglich hinter Gitter gesperrt gehörten, wo sie nichts Böses mehr anrichten konnten. Höchstens unter ihresgleichen, was sie nicht weiter schlimm fand. Denn dabei traf es zumindest immer die Richtigen.

Sie hatte Gott sei Dank einen sehr liebevollen Vater gehabt, der niemals die Hand gegen einen von ihnen erhoben hätte. Eher hätte er sich dieselbe eigenhändig mit einem Beil abgehackt.

»Seine Eltern hätten es akzeptiert, dass er zu spät nach Hause kam?«, fragte sie Helmut.

»Sein Vater war damals bereits tot. Seine Mutter war nicht sonderlich streng.«

»Da hat ihm der Vater wohl gefehlt.«

»Ein wahres Wort, Frau Monika. Da sagst du ein mehr als wahres Wort.« Helmut verfiel in andächtige Stille. Offenkundig war er im Geist in der Vergangenheit unterwegs und hatte alles andere um sich herum gerade vergessen.

»Ach ja.« Monika wischte sich ein paar kleine Tränen aus den Augenwinkeln.

Manchmal kam es wirklich saudumm. Steckte hinter alldem wirklich ein groß angelegter Plan, wie es die Kirche den Menschen erklärte, oder geschah alles rein willkürlich und war somit dem Zufall überlassen? Sie wusste es nicht. Natürlich nicht. Wer konnte das schon wissen. Es war eine Glaubensfrage, nichts weiter.

»Warte mal.«

Monika ging nach oben.

Wenig später kam sie mit ihrem Smartphone in der Hand zurück. Sie setzte sich erneut zu Helmut, der immer noch mit versonnenem Blick im Lokal umherschaute und seinen Obstler wohl schon getrunken hatte. Zumindest ließ das leere Schnapsglas schwer darauf schließen.

Sie rief Anneliese an und fragte sie, ob Helmut in ihrem Gästezimmer schlafen könne. Er sei völlig fertig hier bei ihr angekommen und könne unmöglich in dem Doppelzimmer, das er mit Joschi gemietet habe, schlafen.

»Ist er sehr betrunken?«

»Nicht so schlimm.«

»Wirklich nicht?«

»Ehrlich.«

»Schick ihn her. Ich bin sowieso noch wach.«

52

»Ach, der feine Herr kommt auch schon nach Hause.« Sandras Stimme triefte vor schlechter Laune. Sie saß vor dem Fernseher und schaute sich einen Film an.

»Schon wieder spät, ich weiß«, erwiderte Franz durch die offen stehende Wohnzimmertür. »Nichts als Arbeit haben wir mit diesem Mord von letzter Nacht.«

»Riecht irgendwie bis hierher nach Bier, deine Arbeit.« Sie hielt sich demonstrativ die Nase zu.

»Ein kleines Bier wird man wohl noch trinken dürfen nach einem anstrengenden, heißen Tag.« Er zog seine Jacke und die Schuhe aus, deponierte beides im Flur in der Garderobe und betrat das von Sandra im rustikalen Landhausstil eingerichtete Wohnzimmer.

»Ein kleines Bier. Dass ich nicht lache!«, schnarrte sie höhnisch. »Du riechst eher wie eine ausgewachsene Brauerei.«

»Gibt es etwas zu essen?«, fragte er erwartungsvoll. Er hatte seit einer Stunde ein mächtiges Hungergrummeln im Bauch. Ihre grenzenlose Übertreibung wegen dem Bier überhörte er geflissentlich.

»Mach dir Brote. Im Kühlschrank sind Wurst und Käse. Gekocht habe ich nichts, weil du nicht genau sagen wolltest, wann du heimkommst.« Sandra blickte nicht von ihrem Film auf, während sie mit ihm sprach. Ihr Tonfall war weiterhin nicht gerade freundlich. Er ging jetzt eher auch noch in Richtung eingeschnappt und vorwurfsvoll.

»Danke, meine Liebe. Sehr nett.« Franz machte auf dem Absatz kehrt. Er begab sich direkt in ihre Küche.

Mann, hat die schon wieder eine miese Laune. Was kann ich denn dafür, wenn ich meine Arbeit machen muss? Sie lebt doch gar nicht schlecht von meinem Gehalt als Abteilungsleiter.

Er fand genug Brot im Brotkasten. Im Kühlschrank lagen unter anderem Gelbwurst, Bierschinken, zwei Paar Wiener Würstchen, Essiggurken und ein halber Camembert. Das sollte reichen. Bier war leider aus. Ein mittleres Drama. Aber eine Flasche Wein würde es ausnahmsweise auch tun. Er musste am Montag unbedingt daran denken, zum Getränkehandel zu fahren.

Als er schwer beladen ins Wohnzimmer zurückkehrte und es sich gerade neben Sandra auf der großen dunkelgrauen Wohnzimmercouch bequem machen wollte, klingelte sein Smartphone.

»Gehst du nicht ran?«, fragte sie.

»Nein. Ich esse jetzt.«

»Und wenn es wichtig ist?«

»Nichts kann wichtiger sein als mein wohlverdientes Abendessen.« Franz biss voller Vorfreude in das erste Wiener Würstchen.

»Du hast doch bestimmt schon mehr als genug getrunken. Das viele Bier hat auch Kalorien.«

»Ich weiß.« Franz schmatzte fröhlich vor sich hin. Er wusste aus Erfahrung, dass sie nach zwei, drei, manchmal auch mehr hintereinander abgefeuerten Belehrungen wieder damit aufhören würde. Es galt dabei, nur lange genug die Ohren auf Durchzug zu schalten und sich nicht aus der Ruhe bringen zu lassen.

»Der Alkohol wird zuerst von der Leber abgebaut«, wusste sie. »Dann erst das Fett. So nimmt man immer mehr zu.«

»Stimmt.« Er nickte und kaute dabei weiter.

Wenn sie ihm nur nicht jedes Mal mit denselben nervenden Sprüchen kommen würde. Er kannte sie bereits alle auswendig. Als Nächstes würde ganz sicher kommen, dass alles nicht so schlimm wäre, wenn er sich nur mehr bewegen würde.

Eigentlich fand er es schade, dass sie in der Diätkunde ein so liebes Hobby gefunden hatte. Ihre Hingabe daran konnte man fast schon als fanatisch bezeichnen. Fröhlichkeit oder gute Laune hier zu Hause waren davon dauerhaft überschattet. Herrgott noch mal, das machte so eine jahrelange Ehehölle auch nicht unbedingt gemütlicher.

»Das wäre aber alles nicht so schlimm, wenn du dich nur mehr bewegen würdest.«

»Ist klar, Sandra.« Er nickte erneut, während er sich gierig über ein großes Stück Camembert hermachte. Wo blieb ihr Yogakurs?

»Wenn ich nicht jede Woche regelmäßig meinen Yogakurs besuchen würde, wäre ich wahrscheinlich fast so dick wie du. Na ja, so dick auch wieder nicht.« Sie ließ ihren Film auch jetzt keine Sekunde lang aus den Augen.

»Natürlich, mein Engel.«

Na also, da ist er ja.

»Um was geht es?«

»Beim Yoga? Das weißt du doch.«

»In dem Film.« Er zeigte mit seinem dritten Wiener Würstchen auf den Fernseher.

»Eine Frau hat ihren Mann verlassen, weil er zu viel trinkt und isst.« Sie lachte fröhlich.

»Sehr witzig.« Franz legte zehn Scheiben Gelbwurst auf ein kleines Brot. »Und um was geht es wirklich?«

»Um Liebe. Aber davon verstehst du nichts.« Sie winkte ab, ohne den Blick vom Fernseher zu lösen.

»Wieso sollte ich nichts von Liebe verstehen.«

»Wer zu viel Bier trinkt, spürt nichts mehr. Auch keine Liebe.« Sie trank einen Schluck aus ihrer Stammtasse mit Kräutertee vor sich auf dem Couchtisch.

Es war jeden Abend derselbe Tee. Eine Frau aus ihrem Yogakurs hatte ihn ihr einmal empfohlen. Er sorge für guten Schlaf und eine gute Verdauung. Sandra schwor seitdem darauf. Franz hatte einmal einen Schluck davon probiert und anschließend gleich wieder in den Ausguss gespuckt. Es hatte widerlich geschmeckt.

»Wer sagt das?« Er schob sich das kleine Brot mit den zehn Scheiben Wurst auf einen Sitz in den Mund.

»Das ist wissenschaftlich erwiesen.«

»Von wem?«

»Von Wissenschaftlern natürlich.«

»Die müssen es ja wissen.«

»Mit vollem Mund spricht man nicht.«

Er kaute unverdrossen weiter und schaute sich dabei nun auch den Film an.

»Habt ihr euren Mörder gefunden?«, fragte Sandra etwas später.

»Nein.« Er schüttelte den Kopf. »Wir haben zwar

einige Verdächtige, aber richtig überzeugend ist das alles noch nicht.«

»Wäre auch der erste Fall, der beim Biertrinken gelöst würde.«

»Gleich morgen früh werde ich diesen Karl Freisinger, von dem ich dir erzählt habe, noch mal eingehend verhören.« Franz überhörte ihre abermalige Anspielung. »Josef hatte die Idee, dass er hinter allem stecken könnte.«

»Der Kerl aus Rosenheim, der Max des Mordes beschuldigte?«

»Genau der. Er sitzt jetzt in der Nervenheilanstalt.«

»Wie das?«

»Er ist durchgedreht. Hat Max und mich vorhin am Viktualienmarkt mit seiner Dienstwaffe bedroht.«

»Was?« Sandra schlug erschrocken die Hand vor den Mund. Sie sah ihn zum ersten Mal, seit er hereingekommen war, an. »Um Himmels willen. Das wusste ich nicht. Entschuldige, Franzi.«

»Wofür?« Er zuckte die Achseln.

»Für meine schlechte Laune. Ist doch klar, dass man nach einem solchen Erlebnis ein Bier zum Runterkommen braucht.«

»Na ja, wir bei der Mordkommission sind ja Gott sei Dank einiges gewohnt.« Franz trank sein Weinglas in einem Zug leer.

»Hast du Durst?«, fragte Sandra mit besorgtem Blick. »Soll ich dir ein großes Glas Wasser bringen?«

»Passt schon.« Franz nahm sich das letzte Wiener Würstchen vor.

53

»Ich könnte dir ein paar schöne Flügel schnitzen. Damit könntest du dann gleich wieder hier rausfliegen. Was meinst du?« Der Blonde fuchtelte mit seinem Schnappmesser herum.

»Jetzt hör schon auf, Charly«, sagte sein dunkelhaariger Freund, der rechts von ihm gesessen hatte. »Er hat dir doch gar nichts getan.«

»Danke«, sagte Max in seine Richtung.

»Noch nicht«, sagte Charly. »Passt gut auf, den schaff ich auch ohne Waffe.« Er steckte sein Messer wieder ein und kam immer näher, ein obercooles Grinsen auf den Lippen.

»Ach Gott, Kinder.« Max stöhnte. »Könnt ihr uns nicht einfach bei unserer Arbeit helfen?«

»Kinder? Bist du wahnsinnig? Weißt du nicht, wer wir sind?«

»Nein.« Max schüttelte den Kopf. Er kannte Typen wie diesen Charly zur Genüge. Meistens hatten sie eine große Klappe, aber wenn es wirklich ernst wurde, klemmten sie den Schwanz ein.

»Wir sind die *Dead Angels* aus Obersendling«, sagte Charly. Er zeigte dabei mit beiden Händen auf seine eigene Brust.

»Nie gehört.« Max schüttelte erneut den Kopf.

»Ab heute wirst du uns nie wieder vergessen.« Charly lachte hohl. Wahrscheinlich hielt er sich für einen tödlichen Zombie in einem schlechten Horrorfilm.

»Was wird das hier?«, fragte Max. »Labern wir noch zwei Stunden blöd herum oder könntest du bitte endlich zur Sache kommen.«

Manche dieser jungen Leute sehen zu viele schlechte Filme und haben zu wenig Respekt vor anderen. Es ist ein Jammer.

»Habt ihr das gehört, Jungs?« Charly drehte sich zu seinen Freunden um. Dann sah er wieder Max an. »Das ist dein Todesurteil, guter Mann.« Er machte einen schnellen Schritt auf ihn zu.

Max wich ihm aus und verpasste ihm eine schallende Ohrfeige. Danach versetzte er ihm sicherheitshalber noch einmal eine Watsche auf die andere Backe, um sicherzustellen, dass er die Lektion nicht so schnell wieder vergaß.

»Spinnst du? Wir sind Jugendliche.« Charly fasste sich erschrocken an die geröteten Wangen.

»Können wir jetzt vernünftig miteinander reden oder ist sonst noch jemand ohne Fahrschein?« Max sah alle drei der Reihe nach an.

»Schon gut«, lenkte Charly ein, der stocksteif vor ihm stand und sich offenkundig immer noch nicht von seinem Schreck erholt hatte. »Wir reden mit euch.«

»Na siehst du. Geht doch.« Max konnte sich ein Grinsen nicht verkneifen. Das war gerade nicht besonders schwierig gewesen. »Gib dein Messer her.«

»Aber das gehört mir.«

»Jetzt nicht mehr. Oder willst du eine Anzeige wegen unerlaubtem Waffenbesitz?« Max wusste, dass das Mitführen eines Springmessers seit einigen Jahren in Deutschland nicht mehr strafbar war. Aber wusste das Charly auch?

»Das darf ich aber haben vom Gesetz her«, sagte Charly und beantwortete Max' Frage damit umgehend.

»Wenn ihr mir helft, gebe ich es dir vielleicht zurück.«

»Also gut.« Charly nickte. Er reichte Max das Corpus delicti.

Er schien tatsächlich nur halb so gefährlich zu sein, wie es zunächst den Anschein gehabt hatte. Max behielt also mit seiner anfänglichen Einschätzung recht. Bellende Hunde bissen nicht.

»Schau dir das Bild noch einmal genau an. Hast du diese Frau schon einmal gesehen?« Max hielt ihm Mathildes Foto ganz nah vors Gesicht.

»Kenn ich nicht.« Charly schüttelte den Kopf. Er hatte kaum hingesehen.

»Schau sie dir wirklich ganz genau an«, sagte Max.

Josef stand schweigend daneben. Wie es aussah, überließ er Max das Spielfeld, stärkte ihm jedoch den Rücken. So als hätten sie jahrelang als Kollegen bei der Kripo zusammen Verbrecher gejagt. Der perfekte Assistent.

»Moment mal«, sagte Charly auf einmal. »Jetzt fällt es mir wieder ein. Die habe ich gestern, als wir beim Rauchen vor der Tür waren, gesehen.«

»Bist du dir ganz sicher?«

»Bin ich.« Charly nickte. »Hubsi, Bertl, kommt einmal her.« Er winkte seine Freunde herbei. »Ihr könnt euch doch sicher auch noch an die Frau hier erinnern?«, fragte er sie, nachdem Max ihnen Mathildes Foto von nahem gezeigt hatte.

»Stimmt. Die kam hier vorbei, oder, Bertl?«, sagte Hubsi, während er seinen Freund ansah.

»Die hab ich auch gesehen«, bestätigte Bertl.

»Wann war das?«

»So gegen Mitternacht, oder, Jungs?«

Hubsi und Bertl nickten.

»War sie allein?« Max merkte, wie sein Puls schneller wurde.

»Nein.« Charly schüttelte langsam den Kopf. »Da war noch jemand bei ihr.«

»Wer?« Max sah ihn gespannt an.

»So eine Blonde. Stimmt's, Leute?« Charly sah seine Freunde erwartungsvoll an.

»Stimmt«, meinte Hubsi.

Bertl nickte nur.

»Warum fiel dir das auf?«, fragte Max Charly.

»Sie haben ziemlich laut gestritten.«

»Da schau her.« Max steckte sein Smartphone wieder ein. »Und ihr seid euch alle drei sicher?«, erkundigte er sich noch einmal.

Eine blonde Frau. Also vielleicht doch Dagmar Siebert.

Er holte sein Smartphone gleich wieder raus und suchte ein Bild von ihr.

»Sind wir«, sagte Charly. »Sie waren zwar schon älter, aber immer noch voll scharf.«

Alle drei nickten mit einem begeisterten Grinsen im Gesicht.

Max dachte an seine eigene Jugend. Attraktive ältere

Frauen hatten ihn damals auch oft fasziniert. Sie waren einfach cooler als die meisten Gleichaltrigen, und man konnte einiges von ihnen lernen.

»Voll scharf also, ja?«

»Megascharf.«

»Würdet ihr die blonde Frau wiedererkennen?«

»Ich glaube schon.« Charly nickte.

»Ist sie das?« Max zeigte ihnen das Bild von Dagmar auf seinem Handy.

»Kann gut sein.« Charly nickte.

»Ist sie es oder nicht?« Mit ungefähren Aussagen konnte Max nicht viel anfangen. Die zerriss jeder Rechtsanwalt sogleich in der Luft.

»So genau weiß ich das, ehrlich gesagt, nicht mehr.« Charly sah ihn unbefangen an. »Es war schließlich dunkel, und sie gingen ziemlich schnell vorbei.«

»Und die anderen?« Max sah Bertl und Hubsi fragend an.

»Kann sein«, erwiderte Hubsi.

»Möglich.« Bertl nickte.

»Danke, ihr habt uns sehr geholfen«, sagte Max. »War das jetzt wirklich so schwer?«

Möglicherweise ein Fall für eine direkte Gegenüberstellung. »Nein«, meinte Charly. Seine anfängliche Aggressivität war mit einem Mal völlig verflogen. So wie er sich jetzt gab, hätte er Kassenwart bei einem Taubenzüchterverein sein können.

»Ihr müsstet eure Aussagen morgen noch auf dem Revier schriftlich machen.«

»Okay.« Alle drei nickten erneut.

Max reichte ihnen seine Visitenkarte, falls ihnen noch

etwas einfiele, und gab Charly sein Messer zurück. Danach spendierte er allen dreien noch ein Bier, weil er vor langer Zeit schließlich auch mal jung und ungestüm gewesen war.

54

»Ich bin wegen Karl Freisinger hier. Professor Reinhard hat am Telefon gemeint, ich solle einfach gegen 10.00 Uhr herkommen.« Franz zeigte der freundlich dreinblickenden jungen Frau am Empfang des Nervenkrankenhauses seinen Dienstausweis.

»Moment, ich rufe den Herrn Professor. Nehmen Sie solange bitte dort drüben Platz.« Sie deutete auf eine dunkelbraune Kunstledersitzgruppe gleich gegenüber an der Wand.

»Dauert es lang?«

»Nein.« Sie schüttelte den blondgelockten Kopf.

Keine zwei Minuten später kam ein schmaler älterer

Herr mit halblangen grauen Haaren und einer runden Brille auf der Nase auf ihn zugeeilt.

»Hauptkommissar Wurmdobler?«, fragte er, während er Franz die Hand schüttelte.

»Der bin ich.«

»Grüß Gott. Sie wollten zu Herrn Freisinger, richtig?«

»Richtig. Ich würde ihm gerne einige Fragen zu einem Mordfall stellen, wenn das möglich ist.«

»Kommen Sie.« Professor Reinhard ging voraus. »Fürchterlicher Föhn zurzeit, nicht wahr«, fügte er wenig später hinzu.

»Ja.« Franz nickte. »Die Leute in der Stadt sind allesamt ganz schön aus dem Häuschen.«

»Das stellen wir hier bei unseren Patienten auch fest. So ein starker Dauerföhn macht uns die Arbeit jedes Mal ein gutes Stück schwerer.«

Franz folgte ihm durch einige verschlossene Türen, die sich wie von Zauberhand öffneten. Insgesamt sah es hier gar nicht so ungemütlich aus, wie er sich das vorgestellt hatte. Bilder an den Wänden, Zimmerpflanzen in den Ecken, freundlich grüßendes Personal.

»Wissen Sie schon, was mit Karl Freisinger los ist?«, fragte er den Professor.

»Er hat eine mittelschwere Psychose. Was genau, kann ich Ihnen aber leider nicht sagen. Wir stecken mitten in der Anamnese. Es könnte etwas mit einem traumatischen Kindheitserlebnis zu tun haben. Elterliche Gewalt, ein schrecklicher Unfall, sexueller Missbrauch oder Ähnliches.«

»Aha.«

So weit waren wir auch schon. Die Sache mit der Schwester und dem Badesee.

Sie kamen zu Karls Zimmer. Professor Reinhard sperrte Franz höchstpersönlich auf und ließ ihn hinein.

»Wenn Sie etwas brauchen, läuten Sie einfach. Es kümmert sich sofort jemand um Sie«, sagte er noch, bevor er wieder hinter ihm zuschloss.

»Grüß Gott, Herr Freisinger.« Franz sah sich in dem weiß gestrichenen Raum um. Ein Bett und ein Tisch mit zwei Stühlen. Auf dem Tisch standen ein kleiner Blumenstrauß in einer Plastikvase und ein Tablett mit einem Teller mit Brot und einem Plastikbecher. Schätzungsweise die Reste des Frühstücks. Karl saß auf seinem Bett. Er hatte einen Verband um seinen Kopf.

»Grüß Gott.« Er hörte sich relativ normal an. Kein übertriebener Eifer in der Stimme. Keine Hysterie. Offenkundig hatte er wirksame Medikamente bekommen.

»Sie wissen, warum ich hier bin?«, fragte Franz.

»Wegen meiner Schwester?« Karl schaute zum vergitterten Fenster hinaus.

»Nein.«

»Nein?«

»Nein.« Franz schüttelte den Kopf.

»Wissen Sie noch, wo Sie Freitagnacht gegen 24.00 Uhr waren, Herr Freisinger?«

»Wann war Freitag?«

»Vorgestern.«

»Da war ich im Bett, glaube ich.« Karl starrte wie in Hypnose vor sich hin auf den Boden. »Ich habe ein gemütliches Bett.«

»Glauben Sie es oder wissen Sie es?« Franz setzte sich auf einen der beiden Stühle.

So wie es aussieht, ist wohl nicht viel aus ihm herauszuholen.

»Ich glaube es. Um 23.30 Uhr habe ich noch mit Onkel Jürgen telefoniert.«

»Gestern oder vorgestern?« Franz sah zum Fenster hinaus. Er entdeckte einen schön angelegten Innenhof. Patienten und Pfleger gingen darin spazieren oder saßen auf Bänken und genossen die Sonne.

»Eins von beidem.« Karl zuckte die Schultern.

»Sie können sich nicht daran erinnern?«

»Nein.« Karl schüttelte den Kopf. »Das Wetter ist schön. Die Sonne scheint.« Er zeigte zum Fenster hinaus.

»Wissen Sie noch, dass Sie Max Raintaler des Mordes beschuldigt haben?«, fragte Franz weiter.

Karl starrte schweigend an die Wand.

»Hallo, Herr Freisinger? Hören Sie mich?«

Karl schwieg weiter.

Franz wiederholte seine Frage.

»Wer ist das?«, erwiderte er schließlich doch noch.

»Max Raintaler?«

»Ja.« Karl nickte.

»Er ist ein verdienter Ex-Kollege bei der Kripo.«

»Ich habe den Namen noch nie gehört.« Karl schüttelte erneut den Kopf.

»Tatsächlich?« Franz merkte, dass die Sache hier wohl keinen Sinn hatte. Entweder Karl stellte sich dumm und log bewusst, oder die Medikamente hatten ihm den letzten Rest an gesundem Menschenverstand genommen. Ruhiggestellt war wohl das Fachwort dafür. »Und wieso können Sie sich an mich erinnern?«

»Ich kenne Sie nicht.«

»Aber Sie haben mich begrüßt.«

»Sie mich auch, oder nicht?«

»Na gut, Herr Freisinger, dann meine letzte Frage. Haben Sie etwas mit dem Tod von Mathilde Maier zu tun?«

»War das meine Schwester?« Karl blickte Franz direkt in die Augen.

»Nein.« Franz läutete. Er musste so schnell wie möglich hier raus. Das hier hatte im Moment wirklich keinen Zopf. Wenn Karl tatsächlich Mathildes Mörder war, würde es zumindest im Moment niemand aus ihm herausbekommen.

»Was haben Sie dem denn gegeben?«, fragte er den großgewachsenen dunkelhaarigen Pfleger, der ihn zum Ausgang zurückführte.

»Er musste sediert werden. Hat sich heute Nacht wie ein Wahnsinniger aufgeführt. Geschrien, gespuckt, mit seinem Kopf immer wieder gegen die Tür und die Wand geschlagen.«

»Da schau her. Ein Wahnsinniger in der Nervenheilanstalt.« Franz musste grinsen.

»Gibt es hier öfters.« Der Pfleger grinste nicht.

»Daher wohl auch der Kopfverband.«

»Ja.« Der Pfleger nickte.

Als sie in den Empfangsraum kamen, entdeckte Franz jemanden, dem er gerade nicht so gerne begegnet wäre. Aber was sollte er tun. Das Leben war schließlich kein Wunschkonzert.

55

»Wie spät ist es?« Max schlug langsam die Augen auf.

»Schau auf dein Handy, dann weißt du es.« Monika drehte ihm ihren Rücken zu.

»Was ist los?«, fragte er, während er sich aufsetzte und auf das Display seines Smartphones sah: 9.00 Uhr.

»Was soll los sein?«

»Du hörst dich schlecht gelaunt an.« Max stand auf und ging ins Bad. Er brauchte dringend eine Dusche. Seine verschwitzten Kleider von gestern hatte er noch in der Nacht vor Monikas Waschmaschine gelegt.

»Tatsächlich?«, fragte sie. »Dabei habe ich doch gar keinen Grund.«

Der ironische Unterton in ihrer Stimme entging ihm nicht.

»Wir hatten gestern noch eine wichtige Zeugenaussage«, rief er aus dem Badezimmer zu ihr hinein. »Außerdem weiß ich jetzt auch, wer mir eins auf den Kopf gegeben hat. Peter Tauber war's.«

»Das freut mich sehr.«

»Was ist denn nur mit dir? Du bist so komisch.« Er streckte seinen Kopf zur Badezimmertür heraus.

»Nichts, was nicht schon lang wäre.« Sie sah ihn nicht an. Sprach gegen die Wand neben ihrem Bett.

»Und das wäre?«

»Mir geht deine andauernde Trinkerei auf die Nerven.«

»Aber ich habe gestern so gut wie nichts getrunken.«

Max kam nackt aus dem Bad heraus. Er schüttelte den Kopf. »Zwei Radler und später noch ein Bier zusammen mit Josef und drei wichtigen Zeugen.«

»Das darf glauben, wer will.«

»Aber es ist tatsächlich so. Wir sind ein gutes Stück in unserem Mordfall weitergekommen.« Er schüttelte den Kopf. Verstand nicht, worauf sie hinauswollte.

Seiner Meinung nach hatte er alles richtig gemacht. Hatte sich beim Bier zurückgehalten, war, so schnell er konnte, zu ihr nach Hause gekommen und hatte sich, ohne sie zu wecken, neben sie gelegt. Geschnarcht hatte er wohl auch nicht, sonst wäre er mit einem trockenen Mund aufgewacht.

»Na gut, aber vorgestern zum Beispiel hattest du zu viel getrunken.«

»Vorgestern war vorgestern. Du hast vor vier Wochen auf der Geburtstagsparty von Josef auch zu viel getrunken. Schon vergessen?« Er setzte sich zu ihr auf den Bettrand.

»Das kann man nicht vergleichen. Vier Wochen sind eine halbe Ewigkeit. Du trinkst öfter.«

»Na und, dann habe ich halt zweimal in der letzten Zeit zu viel gehabt.« Er zuckte mit den Achseln. »Ich war noch nie ein Heiliger, und das Leben ist kurz. Das weißt du selbst.«

»Dreimal.« Sie hielt den Daumen und zwei Finger ihrer rechten Hand hoch.

»Von mir aus auch dreimal. Warum kommst du ausgerechnet heute damit an?«

»Weil es mich nervt.« Sie drehte ihren Kopf und sah ihm direkt in die Augen.

»Was?«

»Ich mach mir hier Sorgen wegen deiner Kopfschmerzen, und du kommst schon wieder erst mitten in der Nacht. Es hätte dir wer weiß was passieren können.«

»Normalerweise wäre ich wie meistens zu mir nach Hause gegangen. Ich dachte, du freust dich, wenn ich zu dir komme.«

»Leider nein.« Sie sah ihn ausdruckslos an.

»Dann kann ich ja gleich wieder gehen.« Er spürte, wie Wut in ihm aufstieg.

»Von mir aus. Das hier ist kein Gefängnis. Du weißt ja, wo der Maurer das Loch für die Tür gelassen hat.«

»Okay, Moni.« Max trabte ins Bad zurück. Sie hatte es geschafft. Jetzt war er ebenfalls sauer. Dass sie ihn immer mit ihrer schlechten Laune anstecken musste. Offenbar hielt sie es nicht aus, dass jemand guter Dinge war, während sie schon wieder nur schwarzsah. »Interessiert es dich eigentlich gar nicht, wie es um den Mordfall steht?«, rief er aus der Dusche zu ihr hinüber.

»Nein.«

»Dann hab mich doch gern, Frau Schindler.« Er trocknete sich schnell ab, zog eilig ein frisches Hemd und Jeans aus seinem Kleiderstapel, der im Badezimmerschrank lagerte, und zog sich an.

»Du mich erst recht.«

»Ich hab dir nichts getan, und das weißt du auch«, sagte er, als er ins Schlafzimmer zurückkam. »Du kannst mich mal.« Er zog seine Schuhe an und lief wutentbrannt aus dem Raum.

Im Schankraum angekommen, sperrte er die Eingangstür auf und trat ins Freie hinaus.

»Die hast du vergessen!«, rief ihm Monika aus dem Fenster im ersten Stock nach und warf seine Armbanduhr in den Biergarten.

»Spinnst du jetzt völlig? Du weißt genau, dass das die Uhr von meinem Vater ist.« Er lief zu der Stelle, wo sie gelandet war, hob sie auf und stellte erleichtert fest, dass sie noch lief und keine nennenswerten Kratzer abbekommen hatte. Gott sei Dank. Die einzige Erinnerung, die ihm an seinen Vater geblieben war. Den gesamten Hausstand seiner Eltern hatte er damals, nachdem sie bei ihrem Autounfall in Italien gestorben waren, entsorgt. Erstens hatte er die Möbel nicht gebrauchen können, und zweitens hätte es ihn zu sehr geschmerzt, bei ihrem Anblick andauernd an die beiden erinnert zu werden. Er hatte sie sehr geliebt.

Monika schlug wütend das Fenster zu.

Max verließ kopfschüttelnd das Grundstück.

Er ging durch die grünen Isarauen Richtung Norden, wollte am Gärtnerplatz frühstücken und dann noch einmal den Tatort absuchen. Vielleicht hatten die Jungs von der Spurensicherung etwas vergessen oder übersehen. Es wäre nicht das erste Mal gewesen. Außerdem war er schon gespannt, was Franz bei seiner Befragung von Karl Freisinger herausfand.

Die Vögel zwitscherten.

Sein Handy rührte sich.

Er hob ab.

»Willst du dich entschuldigen? Vergiss es!«, zischte er wütend.

»Herr Raintaler?«, fragte eine Männerstimme.

»Ja.« Max räusperte sich.

Wie peinlich.

»Peter Tauber hier.«

»Hallo, Herr Tauber. Was gibt's?« Max bemühte sich, locker zu klingen. So, als wäre nichts gewesen.

»Ich muss Sie sprechen. Mir ist noch etwas wegen Mathilde eingefallen.«

»Geht das nicht am Telefon?« Max atmete erleichtert auf. Peter Tauber schien gar nicht gemerkt zu haben, dass er ihn zu Anfang des Gespräches mit Monika verwechselt und angeschnauzt hatte.

»Nein.«

»Gut, dann in einer halben Stunde im Eckcafé am Gärtnerplatz. Ich muss sowieso etwas frühstücken.«

»Ich komme hin.« Peter legte auf.

56

»Ja, da schau her, der Herr Wurmdobler. Was machen Sie denn hier? Ist im Moment nicht die Zeit für den sonntäglichen Kirchgang?« Jürgen Faltermeier im Sonntagsanzug, der Franz um zwei Köpfe überragte, blieb breitbeinig vor ihm stehen. Die Hand zum Gruß gab er ihm nicht.

»Das Gleiche könnte ich Sie fragen«, erwiderte Franz. Er sah nicht den geringsten Grund für übertriebenen Respekt vor dem bekanntermaßen arroganten Polizeipräsidenten. »Ich hatte ein paar Fragen mit Ihrem Neffen zu klären.«

»Reicht es Ihnen immer noch nicht, was Sie ihm angetan haben? Schauen Sie sich doch nur mal um.« Jürgen zeigte im Raum umher. Das Blut stieg ihm in den Kopf. Er schien innerlich erregt zu sein. »Mein Neffe im Irrenhaus. Wie erkläre ich das seinen Eltern? Wissen Sie es?«

»Wollen Sie damit etwa sagen, dass ich daran schuld bin, dass er hier gelandet ist?« Franz kratzte sich verwirrt am Hinterkopf. Er hatte schon viel an Dreistigkeit erlebt. Aber das hier übertraf gerade alles. Die gesamte Familie um Karl herum schien nicht ganz dicht zu sein.

»Wer denn sonst?«

»Passen Sie mal auf, Herr Faltermeier. Ihr reizender Neffe hat gestern Abend auf dem Viktualienmarkt mit der Dienstwaffe in der Hand mich, meinen Kollegen und etliche Passanten bedroht.« Es war nun an Franz, ebenfalls eine rötliche Gesichtsfarbe zu bekommen. Die Wut, die ihn gerade packte, kam tief aus seinem Inneren. »Wir konnten ihn Gott sei Dank überwältigen, bevor Schlimmeres passierte. So jemand hat im Polizeidienst nichts verloren.«

»Ach, hören Sie doch auf mit Ihren erfundenen Geschichten. So etwas würde unser Karl nie tun.«

»Dann kennen Sie Ihren Neffen aber schlecht.« Franz schüttelte fassungslos den Kopf. Er fragte sich, ob diese unerschütterliche Ignoranz, die ihm Faltermeier gerade vorführte, wohl die Voraussetzung für das hohe Amt war, das er bekleidete.

»Unser Karl tut niemandem etwas zuleide.«

»Stimmt nicht.« Franz schüttelte den Kopf. »Freunden Sie sich besser mit dem Gedanken an, dass Ihr Neffe nie wieder im Polizeidienst arbeiten wird.«

»Das haben Sie nicht zu bestimmen, Wurmdobler. Was bilden Sie sich eigentlich ein?«

»Wollen Sie mich etwa als Lügner hinstellen?« Franz wurde laut.

Die Empfangsdame bat die beiden, vor die Tür zu gehen, wenn sie sich weiter miteinander auseinandersetzen wollten. Die Patienten könnten durch einen Streit irritiert werden. Außerdem gehöre es sich einfach nicht, in ein Krankenhaus zu kommen und herumzubrüllen.

»Sie haben uns gar nichts zu sagen, Fräuleinchen«, erwiderte Faltermeier von oben herab. »Oder wollen Sie Ihren Job gleich wieder loswerden?«

»Kommen Sie schon, Faltermeier.« Franz hielt ihm die Tür auf.

»Für Sie immer noch, *Herr* Faltermeier«, schnauzte der ihn an.

»Dann aber bitte auch Herr Wurmdobler.«

»Hab ich doch gesagt.«

»Haben Sie zuletzt nicht.«

»Papperlapapp.«

Franz ließ Faltermeier hinaus und folgte ihm auf den großzügig mit Bänken und Fahrradparkplätzen angelegten Vorplatz.

»Also noch mal, halten Sie mich etwa für einen Lügner?«, wiederholte Franz.

»Nein, natürlich nicht. Aber Karl lügt ebenfalls nicht.«

»Herr Faltermeier.« Franz stöhnte. »Ihr Neffe hat psychische Probleme. Das müssen Sie einsehen. Wir verdächtigen ihn im Moment sogar, etwas mit dem Mord an Mathilde Maier zu tun zu haben.«

»Sie sind doch verrückt.« Der Polizeipräsident verlor langsam, aber sicher die Fassung. Er spuckte vor Wut und Aufregung.

»Nicht im Geringsten.« Franz schüttelte den Kopf. Im Gegensatz zu seinem Gegenüber blieb er ruhig, was ihn gerade selbst erstaunte. Jürgen Faltermeier hätte eine saubere Watsche mehr als verdient gehabt. »Sie dürfen gerne den Herrn Professor Reinhard oder meine Kollegen fragen, die mit mir am Viktualienmarkt waren. Ihr Neffe ist im Moment nicht zurechnungsfähig.«

»Mit dem Professor werde ich auf jeden Fall reden.

Mit Ihren Kollegen sicher nicht. Die sagen doch sowieso nur, was Sie ihnen aufgetragen haben.« Faltermeier hielt lehrmeisterhaft seinen Zeigefinger in die Luft.

»Also bin ich nicht nur ein Lügner, sondern auch noch ein Verschwörer?« Franz hielt immer noch die Füße still, obwohl er kurz davor war zu explodieren.

»Das wissen Sie wohl selbst am besten.« Der andere schnaubte ärgerlich.

»Jetzt pass einmal auf, Bürscherl.« Franz hatte die Nase voll. Mit Höflichkeit und Plädieren auf Einsicht war hier nichts zu holen. Er musste anders an die Sache herangehen. »Dein Neffe ist ein armer Irrer, Punkt. Je eher du das kapierst, desto besser für euch alle. So, das war's.«

»Sind Sie jetzt vollkommen wahnsinnig, Wurmdobler?« Faltermeier bekam Schnappatmung.

»Nicht im mindesten. Und wenn noch eine Unverschämtheit kommt, fängst du dir eine dermaßene Watsche ein, dass du nicht mehr aufstehst. Hamma uns?« Franz stemmte die Hände in die Hüften. Er sah entschlossen zu seinem Kontrahenten hinauf.

Er wusste natürlich, dass er ihm körperlich unterlegen war, aber er hoffte auf den Überraschungseffekt seiner Attacke. Außerdem waren weit und breit keine Zeugen zu sehen, so dass sein ungebührliches Benehmen gegenüber dem großen Polizeichef unter ihnen bleiben würde.

»Ich lasse Sie einsperren«, erwiderte Faltermeier.

»Wegen was?«

»Wegen Bedrohung.«

»Dann lass ich dich wegen Beamtenbeleidigung und

übler Nachrede einsperren.« Franz zog nicht zurück. Das hier musste bis zum Ende ausgefochten werden.

»Das will ich sehen.«

»Das wirst du sehen.« Franz lächelte humorlos. »Im Ministerium munkelt man sowieso schon, dass du deinen Job nicht mehr lange machen wirst.«

»Woher wollen ausgerechnet Sie das wissen?« Faltermeier lachte höhnisch.

»Weil ausgerechnet ich sehr gute Verbindungen dorthin habe.«

»Dass ich nicht lache.«

»Von mir aus. Lach dich ruhig tot.« Franz machte auf dem Absatz kehrt und stapfte davon.

»Halt, Herr Wurmdobler!«, rief ihm Faltermeier hinterher. Er klang weniger fordernd als bittend. »Warten Sie bitte.«

Franz blieb stehen.

»Was gibt es noch?«, fragte er, in sich hineingrinsend. Dann drehte er sich mit ernster Miene zu Jürgen um.

»Vielleicht haben Sie ja recht mit Karl.«

»Da schau her. Auf einmal? Tatsächlich?«

»Bestimmt ist der derzeit starke Föhn schuld an Karls Verhalten.« Karls Onkel räusperte sich umständlich. Er lockerte seine Krawatte. »Er hat ihn schon als Kind nicht vertragen. Anders kann ich mir das alles gar nicht erklären.«

»Und?« Franz sah ihn fragend an.

»Aber ein Mörder ist er nicht. Das müssen Sie mir glauben.« Er wirkte jetzt alles andere als arrogant. Es war ihm deutlich anzusehen, dass ihm das Wasser bis zum Hals stand. Allein die Schweißtropfen auf seiner

Stirn sprachen für sich. Einen Skandal wegen seinem Neffen konnte er zurzeit ganz sicher am allerwenigsten gebrauchen.

»Muss ich das?«

»Es soll Ihr Schaden nicht sein.«

»Wollen Sie mich etwa bestechen?« Franz machte große Augen. Das hatte er jetzt am allerwenigsten erwartet.

»Nein.« Der Polizeipräsident schüttelte den Kopf. »Müssen Sie denn immer alles falsch verstehen. Ich würde es eher eine freundschaftliche Beziehung im Berufsalltag nennen.« Er klang werbend und umgarnend wie ein schmachtender Liebhaber vor seiner Angebeteten in einem Theaterstück.

»Schönen Sonntag noch, Herr Faltermeier.«

Unfassbar, was Menschen zu tun bereit waren, die ihre Felle davonschwimmen sahen.

»Schönen Sonntag, Herr Wurmdobler.«

57

Peter Tauber trug einen dunklen Anzug und ein weißes Hemd, wie es sich am Sonntag früher einmal gehört hatte. Auf Max' Einladung hin setzte er sich zu ihm an den Tisch.

Aufgrund des immer noch sehr warmen Wetters waren trotz der frühen Tageszeit bereits viele Passanten auf den Straßen unterwegs. Sie liefen lachend, plaudernd oder schweigend vorbei. Manche von ihnen stritten auch laut. Der Föhn war nach wie vor präsent. In der Luft und in den Köpfen.

»I want to wake up in a city, that never sleeps …« Max fiel die berühmte Zeile aus Frank Sinatras Song »New York« ein. München war zwar nicht so groß wie die amerikanische Metropole. Aber auch hier war rund um die Uhr etwas los.

»Was haben Sie mir denn so Dringendes zu sagen?«, eröffnete er das Gespräch, nachdem der Kellner ihre Kaffees gebracht hatte.

»Sie kennen doch Dagmar Siebert und ihren Freund Jörg?« Peter senkte die Stimme.

»Sicher.« Max nickte.

»Ich auch. Von Dortmund her und von Bildern, die mir Mathilde gezeigt hatte.« Peter machte ein geheimnisvolles Gesicht.

»Was ist mit den beiden?« Max sah Peter gespannt an.

»Ich habe sie gestern Abend mit Mathilde gesehen.«
»Wann?«
»Nachdem ich Ihnen wehgetan hatte.«

Es war Peter anzusehen, dass ihm die Tatsache, dass er Max niedergeschlagen hatte, immer noch höchst peinlich war. Er schien es tatsächlich zu bereuen. Kein von Grund auf böser Mensch also. Eher das Gegenteil. Da hatte ihn Max wohl von Anfang an richtig eingeschätzt. Obwohl bei Peter Tauber ein deutlicher Widerspruch zwischen dem Äußeren und dem Inneren vorherrschte.

»Warum haben Sie das nicht gleich gesagt?«
»Entschuldigung, die Herren. Hätten Sie vielleicht einen Euro für mich?« Der Obdachlose von gestern stand vor ihrem Tisch. Er lächelte schief. Offenbar hatte er Max gleich wiedererkannt und hoffte erneut auf dessen Großzügigkeit. Einen Fünf-Euro-Schein bekam er sicher nicht von jedem und schon gar nicht jeden Tag.

»Geht das jetzt immer so?«, fragte ihn Max lachend. »Dann wird der Espresso hier allerdings teuer.«

»50 Cent?« Der Mann lächelte breiter. Er entblößte seine braun verfärbten Zähne dabei.

»Ich habe Kleingeld«, meinte Peter. Er holte seinen Geldbeutel heraus und gab dem Obdachlosen zwei Euro.

»Danke schön. Möge Ihnen das Glück für den Rest Ihres Lebens hold sein.« Der Mann verbeugte sich umständlich.

»Waren Sie einmal Dichter oder Schriftsteller, weil Sie sich so gewählt ausdrücken?«, wollte Max von ihm wissen.

»Sie haben es erraten. Ich war Professor für Germanistik und Theaterwissenschaften hier an der Uni. Ich heiße übrigens Hermann Brotkorb.« Hermann zog einen imaginären Hut von seinem Kopf. »Eigentlich Professor Doktor Hermann Brotkorb. Aber das kauft mir keiner mehr ab. Deswegen lasse ich den Titel beiseite.« Hermann hörte auf zu lächeln.

»Wie kommt es, dass Sie auf der Straße gelandet sind, Herr Professor?« Max sah ihn neugierig an.

»Meine Frau hatte einen tödlichen Unfall«, erwiderte Hermann nach einigem Zögern. »Das war mir zu viel. Ich begann zu trinken, verlor meinen Job und meine Wohnung und stand plötzlich ohne alles da.«

»Darüber können Sie so ohne Weiteres mit Fremden sprechen?« Max staunte nicht schlecht. »Entschuldigung, aber für mich klingt es eher auswendig gelernt.«

»Ist es auch.«

»Warum?«

»Weil es gut klingt und weil der wahre Grund niemanden etwas angeht.«

»Aber das mit dem Professor stimmt?«

»Ja.« Hermann nickte.

Sie schwiegen eine Weile.

»Dann wünsche ich Ihnen noch einen schönen Tag.« Max lächelte ihn freundlich an. »Möge die Macht mit Ihnen sein.«

»Auch Germanistik?«

»Starwars.«

»Auf Wiedersehen, die Herren.« Hermann machte sich vom Acker.

Zwei Tische weiter versuchte er erneut sein Glück bei

einem aufgebrezelten jungen Pärchen und hatte Erfolg. Max beobachtete staunend, wie ein Zehn-Euro-Schein den Besitzer wechselte. Das hätte er den beiden oberflächlich wirkenden Schickimickis mit ihren superfeschen Sonnenbrillen gar nicht zugetraut. So konnte man sich in den Leuten täuschen. Auch wenn man ein Ex-Kommissar mit nachweisbar guter Menschenkenntnis war.

»Sie stritten laut und heftig«, sagte Peter.

»Wer?«

»Dagmar, Jörg und Mathilde. Vorgestern Abend.«

»Ach so, ja klar.« Max hatte einen Moment gebraucht, um sich von seinen Gedanken über Obdachlosigkeit im Allgemeinen und im Besonderen wieder loszureißen. »Sind Sie sich sicher?«

»Absolut.« Peter nickte. »Jörg hat Mathilde sogar geschubst. Ich wollte schon hingehen und ihn zur Rede stellen, aber da waren sie alle drei bereits ums nächste Eck verschwunden. Als ich dort hinkam, sah ich sie nicht mehr.«

»Und warum rücken Sie erst jetzt damit heraus?« Max sah ihn fragend an.

»Ich hatte Angst, dass Sie mich verdächtigen, Mathilde umgebracht zu haben, wenn ich es Ihnen sage.«

»Der Sache müssen wir auf jeden Fall nachgehen.« Max zog mit ernstem Gesicht sein Handy aus der Tasche. Er wählte Franz' Nummer.

»Guten Morgen«, meldete sich Franz.

»Servus, Franzi.« Max erhob sich von seinem Platz. Er stellte sich ein paar Meter weiter weg in die Sonne, so dass niemand hören konnte, was sie sich zu sagen hatten.

»Was gibt es so früh am Sonntagmorgen?«

»So früh ist es auch nicht mehr.«

»Stimmt.«

»Ihr müsst unbedingt Dagmar Siebert und ihren Freund Jörg noch mal gründlich verhören.«

»Gerne. Darf man erfahren, warum?« Franz musste wie immer zeigen, dass er der Chef der Ermittlungen war. Auch alte Freunde hatten ihre Rivalitätsspielchen. Dennoch hatte er natürlich ein Recht darauf, Genaueres zu erfahren. Das war Max absolut klar.

»Ich habe zwei neue Zeugenaussagen«, erwiderte er mit gesenkter Stimme. »Peter Tauber sagt, dass er die beiden gegen 23.30 Uhr erkannte und dabei beobachtete, dass sie heftig mit Mathilde stritten.«

»Und der andere?«

»Der andere, ein gewisser Charly, will gesehen haben, wie Mathilde etwa zur Tatzeit Richtung Utzschneiderstraße ging.« Max blickte unwillkürlich in Richtung des Tatortes, der gleich hier in der Nähe lag. »Sie war in Begleitung einer blonden Frau, die gut Dagmar gewesen sein könnte. Die beiden hatten ebenfalls gestritten.«

»Ich lasse Dagmar Siebert und ihren Freund sofort vom Hotel abholen und in mein Büro bringen, Max. Das klingt mir alles sehr nach einem klaren Tatverdacht.«

»Dachte ich mir auch.« Max nickte. Er beobachtete gerade, wie eine Gruppe rennradelnder Senioren in bunter Fahrradkleidung den Gärtnerplatz umrundete. Sie sahen auf skurrile Weise aus wie faltig gewordene Athleten, die an einem offiziellen Wettrennen teilnahmen.

»Die Aussagen der Zeugen brauche ich natürlich dann noch schriftlich.«

»Logisch. Ich schick dir ihre Adressen aufs Handy.«

»Willst du gar nicht wissen, was bei Karl Freisinger herauskam?«, fragte Franz.

»Doch, natürlich.« Max hatte vor lauter Dagmar und Jörg ganz darauf vergessen.

»Er ist völlig bedeppert. Kann sich an nichts erinnern. Wahrscheinlich haben sie ihm eine Überdosis Beruhigungsmittel gespritzt.«

»Hat er ein Alibi für die Tatzeit?«

»Keine Ahnung. Es war, wie gesagt, nichts Vernünftiges aus ihm herauszubekommen. Aber rate mal, wen ich am Eingang des Krankenhauses traf.«

»Wen?« Max zuckte die Achseln.

»Unseren lieben Herrn Polizeipräsidenten.«

»Da schau her. Familienbande.« Max wunderte sich kurz, wieso die Seniorenradlertruppe in den schrillen Rennradleroutfits nun schon zum dritten Mal das Gärtnerplatzrondell umrundete. Womöglich betrachteten sie sich alles ganz genau oder wussten einfach nicht, wo sie abbiegen sollten.

»Er wollte mich fertigmachen wegen seinem Karl. Aber dem habe ich den Kopf gewaschen. Das kannst du mir glauben.« Franz hörte sich aufgeregt an. Die Begegnung musste ihn sauber mitgenommen haben.

»Sehr gut, Franzi«, lobte ihn Max. »Dann bis später.«

»Bis später.«

Sie legten auf. Max setzte sich wieder zu Peter an den Tisch.

»Dagmar und Jörg werden noch einmal gründlich verhört«, sagte er.

»Ich hoffe, ich konnte Ihnen helfen.«

»Auf jeden Fall.« Max nickte.

»Mathildes Mörder muss bestraft werden.« Peter hatte Tränen in den Augen.

»Der Meinung bin ich auch.«

Max dachte an Monika. Er fragte sich, ob er am Ende doch etwas falsch gemacht hatte, kam aber sogleich zu dem Ergebnis, dass dem nicht so war. Sie hatte den Bogen mit ihrer übertriebenen Reaktion eindeutig überspannt. Das mit der Armbanduhr seines Vaters würde er ihr ganz sicher nicht so bald verzeihen. Es gab Dinge, die durften einfach nicht geschehen, egal, wie groß der seelische Druck war.

Eine Viertelstunde später wurde Peter Tauber von seiner Ex-Frau Daniela abgeholt, um ins Seminar zu gehen. Dabei herrschte sie ihn grantig an, dass er sich doch bitte etwas beeilen solle. Man warte schließlich schon auf sie.

»Der hat es auch nicht leicht mit den Frauen«, murmelte Max, nachdem er sich von ihnen verabschiedet hatte. Er erinnerte sich daran, dass Daniela Mathilde sogar einmal gedroht und ihr gesagt haben sollte, dass sie Kampfsport mache. Dagmar Siebert hatte es gesagt und Sabine Bornschläger hatte Franz gegenüber ebenfalls eine diesbezügliche Anspielung gemacht. Und Daniela war blond, wie Dagmar. Sie könnte also auch deren Begleiterin gestern Nacht gewesen sein.

58

»Ich frage Sie noch einmal: Warum stritten Sie mit Mathilde und wo waren Sie um 00.10 Uhr vorgestern Nacht?« Franz blickte von Dagmar zu Jörg und wieder zurück.

Er hatte sie mit der Androhung, sie verhaften zu lassen, wenn sie seiner Aufforderung nicht unverzüglich nachkämen, aufs Revier bestellt. 30 Minuten später waren sie hier gewesen.

»Aber wir haben Ihnen alles schon gesagt, was wir wissen«, beteuerte Dagmar. Sie sah ihn mit großen Augen an.

»Genau«, meinte Jörg, der seine Hand auf ihrem Knie geparkt hatte. »Sie wissen alles, was wir wissen.«

»Offenbar nicht. Denn Sie wurden dabei beobachtet, wie Sie heftig mit Mathilde stritten.« Franz blickte abwartend drein. »Das wusste ich bis vorhin noch nicht.«

»Aber das war doch kein Streit, sondern nur eine lautstarke Auseinandersetzung. Total harmlos.« Dagmar schüttelte den Kopf.

»Genau«, bestätigte Jörg. »Total harmlos.«

»Worum ging es dabei?«, fragte Franz.

»Um meine Unzuverlässigkeit am Freitagabend, weil ich Jörg getroffen hatte und deswegen weder zu erreichen war noch mich gemeldet hatte. Mathilde machte mir Vorwürfe deswegen.«

»Dann eskalierte der Streit, und Sie haben sie umgebracht. Geben Sie es doch zu. Das verschafft Ihnen

Strafmilderung.« Franz sah Dagmar lange an. Er spielte dabei mit seinem Kugelschreiber.

»Nein, so war das nicht.« Tiefdunkle Röte stieg ihr unvermittelt ins Gesicht. Der von Franz geäußerte Verdacht schien sie wirklich mitzunehmen.

»Wie dann?«

»Es gab einige Worte hin und her. Dann entschuldigte ich mich aber bei ihr, und die Sache war geregelt.« Sie hörte sich verzweifelt an und sah auch so aus.

»Aber Sie wurden gegen Mitternacht mit ihr in der Nähe der Utzschneiderstraße gesehen.«

»Da muss sich jemand geirrt haben. Jörg und ich waren die ganze Zeit über am Tresen in der Kneipe am Viktualienmarkt gewesen. Von dort kehrten wir direkt ins Hotel in mein Zimmer zurück. Fragen Sie den Wirt. Er hat uns um 00.30 Uhr das Taxi bestellt.«

»Stimmt das?« Franz sah Jörg an.

»Absolut.« Er nickte. »Dagmar hätte Mathilde außerdem niemals etwas antun können. Die Idee ist völlig verrückt.«

»Das mit dem Wirt werden wir überprüfen. Haben Sie eine Rechnung des Taxifahrers?«

»Ja.« Dagmar überreichte sie ihm. »Datum, Taxinummer. Alles drauf, was Sie brauchen.«

»Sehr gut.« Franz nickte.

»Und jetzt?«

»Jetzt geben Sie bei meinen Kollegen beim Empfang vorne bitte alles noch schriftlich zu Protokoll. Dann können Sie gehen.«

»Na gut. Auf Wiedersehen.« Dagmar stand auf und ging zur Tür.

»Hoffentlich nicht zu bald.« Jörg folgte ihr.

Als die beiden weg waren, rief Franz bei Max an.

»Deine Zeugen aus dem ›Rinnsal‹ gestern Nacht müssen sich getäuscht haben«, sagte er, sobald Max abgehoben hatte.

»Wie meinst du das?«

»Dagmar war am Freitag vor Mitternacht dort nachweisbar nicht mit Mathilde unterwegs.«

»Gibt es dafür auch Zeugen?«

»Möglicherweise sogar zuverlässigere als deine Jugendlichen.« Franz nickte, ohne dass es jemand sehen konnte. Die Macht der Gewohnheit. »Zum Beispiel den Kneipenwirt, bei dem Dagmar und Jörg bis 00.30 Uhr am Tresen standen, oder den Taxifahrer, der sie von dort aus direkt ins Hotel gebracht hatte.«

»Okay.«

»Gestritten haben sie auch nicht ernsthaft mit Mathilde, wie es Peter Tauber gesehen haben will, sondern sich nach einem kleinen Geplänkel gleich wieder versöhnt.« Franz war es schon wieder viel zu warm. Er stellte sich an sein geöffnetes Fenster und atmete tief ein und aus.

»Sagt Dagmar?«

»Ja.«

»Du glaubst ihr das so einfach?«

»Ihr Freund Jörg hat es bezeugt.« Franz beobachtete zwei Amseln, die unter lautem Singen geschäftig auf einem Ast der Kastanie im Innenhof hin und her hüpften. »Ich glaube nicht, dass er lügt.«

»Weil?«

»Weil er nicht der Typ dafür ist. Nenne es Bauchgefühl.«

»Das kann auch täuschen.«

»Richtig. Aber wenn der Wirt und der Taxifahrer ihnen ebenfalls Alibis geben ...«

»Mist.« Max hörte sich fast ein wenig entmutigt an. Aber Franz wusste natürlich, dass das nicht der Fall war. Da musste schon mehr kommen, um einen Max Raintaler tatsächlich aus der Bahn zu werfen. »Hast du eigentlich diese Daniela Tauber mal gründlicher überprüft?«, fuhr Max fort.

»Nein. Wozu?«

»Weil sie möglicherweise sehr eifersüchtig auf Mathilde und Peter Tauber war, und weil sie auch blond ist.«

»Aber ihre Drohung ist doch ewig her«, sagte Franz. »So etwas sagt man schon mal dahin in der momentanen Wut. Klar. Aber es ist bestimmt nicht weiter ernst zu nehmen. Vielleicht will Peter Tauber mit seiner Aussage ja nur von sich selbst als Täter ablenken. Schließlich war er Mathilde viel näher als seine Exfrau, die doch immer noch ganz gut mit ihm auszukommen scheint, wie sie uns auf dem Viktualienmarkt sagte.«

»Das glaube jetzt wiederum ich eher nicht«, erwiderte Max. »Aber glauben heißt natürlich nicht wissen.«

59

Max setzte sich auf eine Bank im Schatten an der Isar und grübelte. Er versuchte dabei zum einen, seinen Kopf, was den Streit mit Monika anging, wieder frei zu kriegen. Zum anderen hoffte er, irgendwo in seinem Inneren noch auf wichtige Hinweise zum Mordfall zu stoßen. Wie genau das gehen sollte, wusste er gerade nicht. Vielleicht half ihm der Zufall, obwohl er nicht wirklich daran glaubte. Aber langsam musste ein Täter her. Sonst war es womöglich zu spät, um ihn noch zu erwischen.

Der Föhn blies unentwegt, trocknete Kehle, Augen und Gesicht aus. Die Menschen in den Straßen benahmen sich immer verrückter. Autofahrer fuhren bei Rot über die Ampeln. Radfahrer sangen laut irgendwelche Lieder und vergaßen dabei, dass es auch noch andere Verkehrsteilnehmer gab. Fußgänger rempelten jeden an, der ihnen zu nahe kam. Wieder andere stritten lautstark wegen Kleinigkeiten mit ihren Partnern oder weil ihnen jemand im Weg stand.

Nach einer guten Stunde am Fluss rief er Franz und Josef an. Er fragte sie, ob sie sich alle drei um 11.30 Uhr im Biergarten auf dem Viktualienmarkt treffen könnten, weil er in der Causa Mord an Mathilde Maier im Moment alleine nicht weiterkam.

Beide hatten ihm, ohne zu zögern, zugesagt.

Während er sich auf den Weg machte, fiel ihm ein, dass es wichtig war, Freunde zu haben, auf die man sich verlassen konnte. Ganz alleine durch das Leben zu geistern, konnte einen sicher ganz schnell an seine eigenen Grenzen bringen.

Er fragte sich, wen Charly und seine Freunde gestern vor dem »Rinnsal« wohl gesehen hatten. Dabei erschien ihm der Gedanke immer wahrscheinlicher, dass es zwei völlig fremde Frauen gewesen waren. Immerhin waren die drei Burschen gut angetrunken gewesen. Andererseits gab es da den Tatort gleich ums Eck, was wiederum in Zusammenhang mit der Tatzeit doch wieder auf Mathilde schließen ließ.

Ein junger Mann rempelte ihn grob von hinten an.

»Geht's noch?« Max drehte sich zu ihm um.

»Pass doch auf, wo du herumeierst, Opa.« Der in Designerklamotten gekleidete Bursche sah ihn herausfordernd an.

»Da musst du einen aber nicht gleich über den Haufen rennen. Sag ganz normal, dass du vorbei willst, und geh vorbei. Ist das so schwer?« Max schüttelte den Kopf. Es war langsam wirklich höchste Zeit, dass der Föhn wieder aufhörte und sobald nicht wiederkam. Die aggressive Stimmung hier in der Stadt war wirklich nicht mehr auszuhalten.

Er hatte Monika bereits des Öfteren vorgeschlagen, in ein paar Jahren gemeinsam Richtung Mittelmeer zu ziehen. Irgendwo auf eine schöne Insel an den Strand. Aber sie war aus ihrer Kneipe einfach nicht herauszukriegen. Sie ginge erst, wenn man sie mit den Füßen voraus hinaustrug, scherzte sie immer wieder gerne, wenn Max das Gespräch auf irgendwelche Umzugspläne lenkte.

»Willst du mir vielleicht sagen, was ich zu tun habe und was nicht?« Die Augen des jungen Mannes blitzten angriffslustig.

»Ja.« Max sah ihn lange an.

»Na gut.« Der Bursche ging weiter, als wäre nichts gewesen.

»Was für ein bescheuertes Wochenende«, murmelte Max kopfschüttelnd.

Es sah fast so aus, als wollte sich Monika von ihm trennen. Nur weil er zweimal wegen eines unglückseligen Mordfalles spät in der Nacht heimkam. Hirnrissiger ging es gar nicht.

Die Pharmaindustrie und das Militär, für die Mathilde gearbeitet hatte, kamen ihm erneut in den Sinn. Möglicherweise hat Franz doch recht, und Mathilde war von einem internationalen Auftragskiller getötet worden.

Wenn sich das von irgendeiner Seite her bestätigen sollte, war er allerdings aus dem Rennen. Er konnte lokal in München Morde, Diebstähle oder Betrugsfälle ermitteln, sogar immer mit einer guten Chance auf Erfolg. Aber eine internationale Ermittlung überstieg seine Möglichkeiten. Da müsste er die Aufklärung dann anderen überlassen.

Er rief Franz erneut an.

»Dieser Josef Hurt in Amerika hatte etwas mit Mathilde, Franzi«, platzte er ohne Gruß heraus. »Vielleicht ließ er sie doch durch einen Auftragskiller umbringen?«

»Wie kommst du auf einmal darauf?«

»Weil mir langsam sonst nichts mehr einfällt.« Max kratzte sich ratlos am Hinterkopf.

»Amerika ist ein bisserl weit weg und ein bisserl spät. Sie sind sicher schon lange nicht mehr zusammen.«

»Ich weiß.« Max presste die Lippen zusammen. Es war zum Mäusemelken. Keine Lösung in Sicht. »Und der Auftrag für das Militär hier bei uns?«, fuhr er fort. »Was, wenn sie ihre Arbeit an die Russen, Amis oder Chinesen verscherbelt hat?«

»Wäre sie dann nicht schon längst tot? Das hatten wir doch schon alles.«

»Hast ja recht.«

Sie legten auf.

Eine exklusiv gekleidete Dame in seinem Alter stieß mit der Schulter gegen Max' Oberarm. Offensichtlich hatte sie auf ihren sündhaft teuren Highheels das Gleichgewicht verloren.

»Passen Sie doch auf, Sie Flegel!«, fauchte sie ihn an. »Kein Benehmen mehr, diese Jugend.«

Zum ersten Mal an diesem drückend heißen Sonntagvormittag musste er lauthals lachen.

60

11.30 Uhr. Pünktlich wie die Maurer trafen Josef und Franz gleichzeitig an Max' Tisch im Biergarten auf dem Viktualienmarkt ein.

»Komplizierter Fall«, meinte Max, nachdem sie sich Bier, Brezen und Weißwürste als spätes Frühstück geholt hatten.

»Das darfst du laut sagen«, meinte Franz. Er machte sich gierig über seine Würste her. So als hätte er wochenlang nur Salat und Gemüsebrühe bekommen.

»Du kannst Tag und Nacht essen, oder?« Max sah ihn erwartungsvoll an. Er selbst hatte noch nicht einmal damit angefangen, die Pelle von seiner Weißwurst zu entfernen.

»Wenn's sein muss.« Franz legte noch einen Gang zu.

»Wenn nur das nervtötende Schlafen zwischendurch nicht wäre.« Josef lachte.

»Du sagst es, mein Freund.« Franz spülte seinen letzten Bissen mit einem Schluck Bier hinunter. »Bernd hat mir übrigens vorhin eine wirklich gute Nachricht geschickt«, fuhr er danach fort. »Eine Information aus erster Hand sozusagen.«

»Morgen früh geht die Welt unter.« Max grinste breit. »Dann haben wir alles hinter uns.«

»Nicht ganz, alter Schwarzseher.« Franz schüttelte lachend den Kopf.

»Was dann?« Max horchte auf.

»Faltermeier tritt zurück.«

»Nein!« Max machte große Augen. »Woher weiß Bernd das?«

»Er kennt jemanden im Präsidium. Der hat es ihm taufrisch gesteckt.« Franz schob sich ein großes Stück von seiner Brezen in den Mund. »Anscheinend gab Faltermeier eine kurzfristig anberaumte Pressekonferenz, gleich nachdem er seinen Neffen in der Klinik besucht hatte.«

»Ich versteh dich nicht, wenn du mit vollem Mund sprichst.« Max zeigte mit seiner Gabel auf Franz' Gesicht.

Franz schluckte herunter. Dann wiederholte er seinen letzten Satz.

»Wahrscheinlich tut der Faltermeier das nur, weil du ihn vorhin so hart angefasst hast.« Max meinte, was er sagte. Er wusste aus eigener Erfahrung, wie zielsicher Franz manchmal seine Finger in offene Wunden legen konnte.

»Verarschen kann ich mich selber.« Franz zerschnitt die dritte seiner vier Weißwürste in der Mitte und zuzelte die erste Hälfte davon aus.

»War keine Verarsche.«

»Blödsinn.« Franz winkte halb geschmeichelt, halb verlegen ab. »Der tritt doch nicht wegen mir zurück. Bestimmt hat er selbst eingesehen, was für einen Schmarrn er andauernd macht.«

»Dann auch noch sein Neffe Karl«, fügte Josef hinzu. »Gar nicht gut fürs Renommee.«

»Ihr habt recht.« Max grinste. »Aber erfreulich ist es trotzdem, das zu hören.«

»Du sagst es.« Franz musste aufstoßen. Offenbar hatte er den großen Bissen von seiner Riesenbrezen gerade zu hastig geschluckt und vorher nicht genug durchgekaut. Da konnte es schon einmal einen Stau in der Gurgel geben. Gott sei Dank gab es genug Bier am Tisch, um ihn wieder aufzulösen.

»Jetzt fehlt nur noch, dass wir endlich Mathildes Mörder erwischen, dann ist der Tag perfekt.« Max nahm den ersten Bissen seiner ersten Weißwurst in den Mund und kaute genüsslich. »Unser Bayern ist schon ein Traum«, fuhr er mit vollem Mund fort. »Man nehme nur mal die grandiosen Getränke und Speisen. Ganz abgesehen von den Bergen, den Seen, Schlössern und den Wäldern.«

»Eine blitzsaubere Kulturlandschaft halt«, meinte Franz. »Mit allem Drum und Dran.«

»Genau«, sagte Josef.

»Wir sollten einen Werbespot für unser traumhaftes Heimatland drehen«, meinte Max. »Der würde sicher super bei den Leuten ankommen.«

»Wir würden Millionen machen«, sagte Franz.

Sie stießen lachend miteinander an.

»Du gannst misch ma gerne hom, Hannelore«, ertönte es auf einmal lautstark vom Nebentisch. Dem Dialekt nach musste es unbedingt ein Mann aus dem Osten sein. Sachsen, um genauer zu sein.

»I mog nimma, Gernot«, kam es im deftigsten Bayerisch zurück. »Leck mi am Oarsch.« Eine rothaarige jüngere Frau im großzügig ausgeschnittenen Dirndl stand von ihrem Platz auf. Hannelore war ausnehmend hübsch, und sie sah ausnehmend wütend aus.

»Wenn de jetz gehst, brauchst de gar nüscht mehr

wiederzugommen.« Gernot, lang und dürr, halblanges, schütteres blondes Haupthaar, mit rundem Nasenfahrrad und hautenger bunter Radlerkleidung ausgestattet, erhob sich ebenfalls.

»Das habe ich auch nicht vor.« Hannelore drehte ihm den Rücken zu. Sie stakste, ohne noch einmal zu ihm zurückzublicken, auf ihren roten Highheels davon.

Gernot setzte sich wieder. Er trank einen großen Schluck Bier. Dann stierte er betrübt auf die rot-weiß karierte Tischdecke vor sich. Die Umsitzenden, die ihn neugierig betrachteten und über ihn tuschelten, schien er gar nicht wahrzunehmen.

»Die hätte ich jetzt nicht so ohne Weiteres in die Wüste geschickt«, meinte Josef, während er seine halb zerschnittene Weißwurst in den Berg von süßem Senf auf seinem Teller tauchte.

»Der Föhn macht's möglich«, sagte Max. »Seit ein paar Tagen spinnen sie wirklich alle.«

»Jaja, der Föhn.« Franz nickte wissend.

Sie stießen erneut miteinander an. Vollkommen verrückt. So war es halt einmal, das sogenannte ganz normale Leben in der bayerischen Landeshauptstadt.

»Zurück zum Thema. Wie geht es jetzt weiter mit unseren Ermittlungen?« Josef legte fragend seinen Kopf schief.

61

»Da bist du ja.« Monika umarmte Anneliese. »Und den Helmut hast du auch gleich mitgebracht.« Sie zeigte auf Helmut, der drei Meter hinter Anneliese in der Tür stand und sich nicht schlüssig zu sein schien, ob er hereinkommen durfte oder nicht.

»Er hat Hunger und braucht einen Kaffee. Wir haben fast die ganze Nacht lang geredet, stimmt's, Helmut?« Anneliese sah ihn fragend an.

»Setzt euch doch in den Biergarten. Ich mach uns Kaffee. Semmeln mit Marmelade hab ich auch noch da.«

»Kommen nicht bald deine Gäste?«

»In einer Viertelstunde, um 12 Uhr. Das reicht für ein schnelles Frühstück.«

»Ich helfe dir.« Monika und Anneliese verschwanden in der Küche. Helmut ging in den Biergarten hinaus.

»Vielen Dank für alles, meine Damen«, sagte er, als sie wenig später zu dritt am Tisch saßen und sich ihre Semmeln schmierten.

»Geht es dir heute besser?«, fragte ihn Monika.

»Ja.« Er nickte. »Anneliese hat mich letzte Nacht aufgebaut. Ich werde wohl erst mal eine längere Alkoholpause einlegen.«

»Das klingt auf jeden Fall vernünftig.« Monika war normalerweise kein Moralapostel, eher ein lebensbejahender Mensch in allen Belangen. Aber im Moment schien sie geradezu vom Schicksal in diese Rolle hineingedrängt zu werden.

»Es war tatsächlich ein Unfall«, meinte Anneliese. »Ich habe vorhin bei der Pathologie angerufen. Helmut wollte unbedingt wissen, was los ist. Gott sei Dank war der Doktor Stelzer persönlich dran, ein guter Bekannter von mir und meinem Ex.«

»Das klingt gut.« Monika trank einen Schluck Kaffee. »Wie kommt er darauf?«

»Er hat mir, obwohl er das eigentlich nicht darf, verraten, dass Joschi ein Aneurysma und dadurch eine plötzliche Hirnblutung hatte, kurz bevor er sich die Knochen brach.«

»Helmut ist also tatsächlich nicht an seinem Tod schuld?«

»Nein.« Anneliese schüttelte den Kopf. »Doktor Stelzer meinte auch, dass die Aussackung seit längerem auf eine Region in Jürgens Gehirn gedrückt haben musste, in der die Emotionen entstehen.«

»Daher seine Ausraster?«

»Ganz genau.« Anneliese nickte.

»Ich bin also nicht an Joschis Tod schuld«, mischte sich Helmut ins Gespräch. »Das ist wirklich eine große Erleichterung für mich.«

»Das glaube ich dir.« Monika sah ihn mitfühlend an. Sie begann ihn immer mehr zu mögen. Er war wirklich kein Unmensch.

»Trotzdem bin ich immer noch traurig.« Helmut blickte an ihr vorbei ins Nichts.

»Ist doch klar.« Monika nickte.

Sie wusste auf einmal, dass sie unbedingt mit Max sprechen musste. Sie wollte sich wieder mit ihm vertragen. Er hatte sie im Stich gelassen. Aber er hatte sicher seine Gründe. Schließlich hatte er im Endeffekt nichts wirklich Schlimmes getan. Hoffentlich nahm er ihre Entschuldigung an. Alles andere würde ihr den ganzen Tag vermiesen.

Sie sprang auf und eilte hinein, um in Ruhe mit ihm sprechen zu können.

»Monika, was gibt's?« Er klang neutral, und Monika sagte er nur zu ihr, wenn er ihr böse war. Also keine guten Vorzeichen. Sie sprach trotzdem weiter.

»Hallo, Max.«

»Was kann ich für dich tun?« Er hörte sich immer noch fremd und merkwürdig sachlich an, wie der Verkäufer eines Callcenters.

»Ich wollte mich bei dir entschuldigen.«

»Aha.«

»Weil ich blöd war.«

»Aha.«

»Saublöd. Und die Uhr deines Vaters hätte ich niemals zum Fenster rauswerfen dürfen. Ich hoffe, sie geht noch.« Sie hatte Tränen in den Augen. »Wenn nicht, lasse ich sie auf meine Kosten reparieren.«

»Aha.«

»Jetzt hör halt endlich mit dem saublöden Aha auf. Es ist ein irrer Föhn zurzeit, ich habe Arbeit ohne Ende, dann noch der Tote und deine Kopfverletzung. Es war einfach alles zu viel für mich.« Sie setzte sich auf einen ihrer Barhocker und legte die Stirn in ihre Hand.

»Aha.«

»Max?«

»Ja?«

»Verzeih mir bitte noch mal.«

»Okay.«

»Okay?«

»Okay.«

»Kann man das nicht etwas persönlicher sagen?« Sie wusste nicht, ob er nach wie vor sauer oder aus irgendwelchen anderen Gründen so knapp war oder ob er sie einfach auf den Arm nahm.

»Nein.«

»Weil Franz und Josef zuhören?«

»Ganz genau.«

»Liebst du mich noch?«

»Ja.«

»Ich dich auch. Kommst du heute Abend zu mir?« Tränen der Erleichterung liefen ihr über das Gesicht.

»Ich versuche mein Bestes, dass es nicht wieder so spät wird.«

»Alles klar, bis dann.«

»Bis dann, Moni. Schön, dass du angerufen hast.«

Sie legten auf.

Die ersten Gäste kamen.

Monika ging frohen Herzens hinaus. Sie vergaß ihr Frühstück mit Helmut und Anneliese und teilte stattdessen Speisekarten aus. Dann nahm sie bestens gelaunt die ersten Bestellungen auf.

Anneliese kam kurz darauf dazu und half ihr dabei.

62

»Moni?« Franz sah Max fragend an, der gerade aufgelegt hatte.

»Ja.« Max nickte.

»Alles wieder gut?«

»Ja.« Max steckte sein Handy in die Brusttasche seines Hemdes zurück.

»Gott sei Dank. Wo waren wir stehengeblieben?« Franz sah erst Max an, dann Josef.

»Hab ich vergessen«, erwiderte Max.

»Und wenn es nun doch ein Raubüberfall war?«, fragte Josef unvermittelt.

»Aber Geldbeutel, Geld, Kreditkarten und Papiere sowie ihr Handy waren in ihrer Handtasche, als sie gefunden wurde.«

»Sie könnte doch etwas bei sich gehabt haben, von dem wir nichts wissen konnten.«

»Was zum Beispiel?« Max sah Josef aufmerksam an. Wirklich immer wieder wohltuend überraschend, was der Gute aufs Tapet brachte.

»Zum Beispiel mehr Geld oder irgendeinen Computerstick mit wichtigen Daten darauf oder etwas in der Art.« Josef strich sich nachdenklich über seinen ausladenden Schnurrbart.

»Mehr Geld spräche dann möglicherweise doch für einen Raubüberfall«, überlegte Max. »Ein USB-Stick mit geheimen Daten eher für einen Auftragsmord.«

»Beides nur sehr schwer zu verfolgen.« Franz presste nachdenklich die Lippen aufeinander. »Da bräuchten wir Interpol und so weiter.«

»Schaut mal, wer da ist«, sagte er und zeigte auf Peter Tauber und seine Ex-Frau Daniela, die keine zwei Meter entfernt an ihnen vorbeigingen. Anscheinend hatten sie gerade Mittagspause bei ihrem Seminar und wollten etwas essen.

Er bat die beiden an ihren Tisch. Sie nahmen achselzuckend an. Möglicherweise hatten sie gleich bemerkt, dass die anderen Tische sowieso alle besetzt waren.

»Wir trinken Bier, und Sie?« Er sah beide abwechselnd an.

»Limonade?« Peter blickte schüchtern zurück.

»Ich ein Wasser«, sagte Daniela.

Wenig später war Max mit ihren Getränken zurück.

»Gibt es etwas Neues? Haben Sie schon einen Verdacht, wer Mathilde umgebracht haben könnte?«, fragte Peter, nachdem er einen Schluck getrunken hatte. Dicke Schweißperlen standen ihm auf der Stirn. Ein dunkler Businessanzug war am heutigen Tag sicher nicht das geeignete Kleidungsstück.

»Leider nicht.« Max schüttelte den Kopf.

Franz und Josef taten es ihm gleich.

»Müssen Sie heute noch mal in Ihr Seminar?«

»Nein«, erwiderte Peter. »Wurde verkürzt. Am frühen Abend geht unser Zug.«

»Schreckliche Sache mit Mathilde«, meinte Max daraufhin. »Haben Sie sie sehr geliebt?« Er folgte mit seiner wiederholten, laut vor allen Anwesenden gestellten Frage einfach nur seiner Intuition. Schließlich hatte er im Fall Mathilde nichts mehr zu verlieren.

»Sie war die große Liebe meines Lebens.« Peter stiegen die Tränen in die Augen.
»Jetzt übertreib mal nicht«, mischte sich Daniela ins Gespräch. »Mit mir hast du es auch immer sehr gut gehabt, oder?«
»Stimmt. Aber mit Mathilde war es anders.« Peter blickte versonnen über die Köpfe der Umsitzenden. »Sie hatte etwas, was nur ganz wenige Menschen haben.«
»Und was soll das sein?« Daniela wurde lauter.
»Sie konnte einen verzaubern.« Er lächelte beseelt.
»Das stimmt«, sagte Max. Er wartete gespannt, wie das hier weiterging.
»Ach, und ich konnte dich nicht verzaubern?« Sie klang vorwurfsvoll und zugleich ein wenig verbittert. Womöglich hatte sie die Trennung von Peter doch nicht ganz so locker weggesteckt, wie sie gestern noch gesagt hatte.
»Mit dir war es anders, Daniela.«
»Was soll das denn schon wieder heißen?« Sie bekam ein rotes Gesicht und sah ihn angriffslustig an, schien, anders als die letzten Male, ihre wahren Gefühle zu zeigen.
»Auch schön, aber anders.« Peter blickte verwundert zurück. Offensichtlich konnte er gerade gar nichts mit ihrer aggressiven Art anfangen.
»Mir reicht es jetzt. Ich gehe meine Sachen packen.« Daniela sprang, bebend vor Wut, auf.
»Bleiben Sie ruhig noch etwas hier, Frau Tauber.« Max lud sie mit einer Geste zum Sitzen ein. »Sie heißen doch noch Tauber?«
»Natürlich heiße ich noch Tauber. Wie denn sonst?« Sie setzte sich wieder und blickte ihn dabei fragend an.

»Sie sagten gestern, es hätte Ihnen nichts ausgemacht, dass Ihr Ex-Mann eine neue Freundin hätte.«

»Das ist richtig.« Sie nickte.

»Nun, den Eindruck machen Sie gerade aber nicht.« Josef, Franz und Peter nickten nahezu gleichzeitig.

»Na und? Ich kann fühlen und sagen, was ich will. Das ist ein freies Land.«

»Das stimmt. Aber Sie dürfen niemanden umbringen, nur weil er Ihnen nicht in den Kram passt.«

Totenstille am Tisch.

»Wie bitte?« Daniela sah ihn ungläubig an.

»Sie haben schon richtig gehört.«

Die Augen aller vier Männer am Tisch waren gespannt auf Daniela gerichtet.

»Warum sollte ich sie denn umgebracht haben? Geht's noch?« Sie blickte herausfordernd in die Runde.

»Weil sie Ihnen das Liebste in Ihrem Leben genommen hatte, Ihren Ex-Mann.« Max sprach leise, um eine vertraute Atmosphäre herzustellen.

»Wie haben Sie es gemacht, Frau Tauber?« Er sah sie lange an.

»Ich habe nichts gemacht.«

»Ich kann es Ihnen ansehen.« Max blieb ruhig.

»Daniela«, sagte Peter mit schreckgeweiteten Augen, »hast du Mathilde etwas angetan? Jetzt sag schon.«

»Ich soll reden, damit du glücklich bist, oder was?«, brüllte sie hysterisch los. Sie erhob sich erneut von ihrem Platz.

»Wie?« Peter schüttelte verständnislos den Kopf.

»Na gut. Ich habe es der Schlampe gezeigt. Und wenn schon.« Daniela hob die Arme. »Sie hat mir meinen

Mann weggenommen. *Meinen* Mann.« Sie zitterte vor Wut und Aufregung.

»Aber er ist doch gar nicht mehr Ihr Mann«, sagte Max.

»Das ist egal!«, kreischte sie. Die Nerven schienen ihr nun endgültig durchzugehen, und daran war in ihrem Fall sicher nicht nur der Föhn schuld, wie bei so vielen anderen Leuten an diesem heißen Wochenende. »Man heiratet nur einmal im Leben und ist damit bis zum Tod miteinander verbunden. Daran ändert kein Flittchen dieser Welt etwas.«

»Noch mal. Wie haben Sie es gemacht?« Max sah sie auffordernd an.

»Also gut.« Daniela setzte sich wieder. Sie schien sich schlagartig wieder zu beruhigen und senkte die Stimme. »Ich rief sie um 23.30 Uhr an und sagte ihr, sie solle mich in 15 Minuten am Anfang der Reichenbachstraße treffen. Es wäre wegen Peter.«

»Weiter.«

»Als sie kam, sagte ich ihr, dass Peter in einer Kneipe in der Utzschneiderstraße auf uns wartete. Wir gingen zusammen hin.« Ihre stoische Miene ließ jetzt keine Rückschlüsse mehr auf ihre Gefühle zu.

»Woher kennen Sie sich so gut in München aus?«, wollte Max wissen.

»Ich bin hier aufgewachsen. Gleich beim Gärtnerplatz hatten meine Eltern eine große Wohnung.«

»Da schau her. Wie ging es weiter?«

»Ich zerrte sie in diesen Hinterhof und drehte ihr den Hals um.« Daniela saß aufrecht da.

»Bereuen Sie Ihre Tat?«

»Nicht im Geringsten.« Sie schüttelte emotionslos den Kopf.

»Wie konntest du mir das nur antun, Daniela?« Peter Tauber schüttelte wieder und wieder den Kopf. Er schien gar nichts mehr zu begreifen.

Nachdem Daniela abgeführt worden war, spendierte Franz Bier und Brezen für alle.

Max verabschiedete sich nach seiner ersten Halben.

»Ich muss noch wo hin«, sagte er.

»Grüße an Moni«, erwiderte Franz.

Josef und Peter Tauber winkten ihm zum Abschied zu.

Weiße Wolken schoben sich vor die Sonne und spendeten wohltuenden Schatten. Der Föhn ließ langsam nach. Man konnte das allgemeine Aufatmen darüber förmlich spüren. Eine friedliche Sonntagnachmittagsstimmung stellte sich auf dem Viktualienmarkt ein.

ENDE

*Weitere Titel finden Sie auf den
folgenden Seiten und im Internet:*

WWW.GMEINER-VERLAG.DE

Exkommissar Max Raintaler ermittelt:

1. Fall: Alpengrollen
ISBN 978-3-8392-1111-3

2. Fall: Isarbrodeln
ISBN 978-3-8392-1234-9

3. Fall: Isarblues
ISBN 978-3-8392-1307-0

4. Fall: Isarhaie
ISBN 978-3-8392-1386-5

5. Fall: Mordswiesn
ISBN 978-3-8392-1421-3

6. Fall: Alpentod
ISBN 978-3-8392-1522-7

7. Fall: Andechser Tod
ISBN 978-3-8392-1595-1

8. Fall: Krautkiller
ISBN 978-3-8392-1670-5

9. Fall: Brummschädel
ISBN 978-3-8392-1757-3

10. Fall: Stückerlweis
ISBN 978-3-8392-1835-8

11. Fall: Monacomord
ISBN 978-3-8392-2477-9

12. Fall: Mord am Viktualienmarkt
ISBN 978-3-8392-0052-0

weitere:
Raintaler ermittelt
ISBN 978-3-8392-1451-0

Wer mordet schon am Chiemsee?
ISBN 978-3-8392-1505-0

Gründerjahr
ISBN 978-3-8392-2214-0

Journalist Wolf Schneider:
1. Fall: Schattenkiller
ISBN 978-3-8392-1973-7

2. Fall: Schattenrächer
ISBN 978-3-8392-2116-7

3. Fall: Wolfs Killer
ISBN 978-3-8392-2353-6

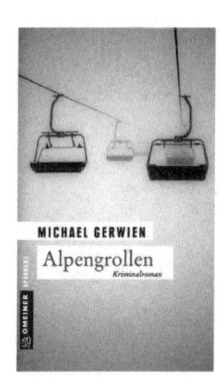

WWW.GMEINER-VERLAG.DE
Wir machen's spannend

DIE NEUEN Lieblingsplätze

ISBN 978-3-8392-2730-5	AUGSBURG UND BAYERISCH-SCHWABEN
ISBN 978-3-8392-2929-3	mit Hund BAYERISCHER WALD
ISBN 978-3-8392-2614-8	CHIEMGAU
ISBN 978-3-8392-2930-9	ENTLANG DER SIEG
ISBN 978-3-8392-2927-9	ERZGEBIRGE
ISBN 978-3-8392-0043-8	FEHMARN
ISBN 978-3-8392-2926-2	IN UND UM GARMISCH-PARTENKIRCHEN
ISBN 978-3-8392-2925-5	MAINFRANKEN
ISBN 978-3-8392-0044-5	MARKGRÄFLERLAND
ISBN 978-3-8392-2932-3	NORDSCHWARZWALD
ISBN 978-3-8392-2924-8	RHÖN
ISBN 978-3-8392-2624-7	RUND UM DRESDEN
ISBN 978-3-8392-2628-5	SCHWARZWALD
ISBN 978-3-8392-2931-6	WALLIS
ISBN 978-3-8392-2634-6	WESERMARSCH UND MEHR
ISBN 978-3-8392-2928-6	WIEN NACHHALTIG

GMEINER KULTUR

WWW.GMEINER-VERLAG
Mensch, Kultur, Region